가까운 세계와 먼 우리

가까운 세계와 먼 우리

이경희

전삼혜

임태운

멀티 레이어

이경희

1.

수위가 높아졌다. 아무 전조도 없이. 무릎 언저리에서 찰랑거리던 빗물이 어느새 목젖을 건드리고 있었다. 기이한 일이었다. 언제 물이 차올랐는지 기억이 나질 않았으니까. 사방이 탁 트인 광장 한가운데를 걷고 있었다. 무릎에서 턱까지 물이 차는 것을 느끼지 못할 리가 없었다. 물은 단숨에 차올랐다. 과정이 잘려 나간 것처럼.

욕조에 몸을 담근 듯 피부가 후끈거렸다. 온수였다. 하늘에서 뜨겁게 달궈진 빗물이 쏟아지고 있었다. 자연적인 현상이 아니었다.

그렇겠지.

스카이파이어는 빗물을 박차고 날아올랐다. 수직으로 상승하다 궤도를 완만하게 꺾으니 하천에 잠긴 광화문 광장이 한눈에 내려다보였다. 불어난 흙탕물에 승용차 수십 대가 떠내려가고 있었다. 보름째 계속된 폭우에 도시의 절반이 수몰됐다. 서울은 끝났다. 완전히. 돌이킬 방도가 없었다.

이제 더는 슈퍼히어로의 싸움이 아니었다. 지켜야 할 도시가 사라졌으므로. 지금부터 벌이게 될 일들은 그저 하찮은 복수일 뿐이다. 재앙을 불러온 빌런들이 피의 대가를 치르게 만드는 것. 남겨진 선택지라곤 고작 그 정도였다.

스카이파이어는 비행하던 방향을 크게 틀어 아래로 향했다. 인근에서 가장 높은 빌딩에 도착한 그는 흡착 능력을 이용해 통유리 외벽에 달라붙었다. 옥상에서 폭포처럼 쏟아지는 빗물이 자꾸만 등을 때렸다. 손아귀에 억지로 힘을 주어 버텼다.

번쩍. 새하얀 섬광이 눈을 찔렀다. 스카이파이어는 미간을 찡그리며 손으로 얼굴을 가렸다. 가까운 빌딩의 전광판이 갑자기 켜졌다. 거대한 화면을 꽉 채운 뉴스 앵커의 얼굴이 보였다. 앵커가 차분한 목소리로 원고를 읽기 시작했다.

– 속보입니다. 지난 밤 스카이파이어가 또다시 초능력 살인을 저질렀습니다. 6개월 전 슈퍼히어로 패스포워드가 사망한 사건을 시작으로 현재까지 집계된 희생자의 수는 총 107만 6739명에 달하는 것으로….

누구 장난인지 뻔했다. 보나마나 뉴스폭스 짓이겠지. 막대한 코인으로 방송국을 사들여 가짜 뉴스를 퍼뜨려 온 슈퍼 빌런. 놈을 내버려 두었다간 큰 대가를 치르게 될 거라 수도 없이 경고했지만, 누구도 스카이파이어의 말을 듣지 않았다. 도시의 여론은 이미 뉴스폭스에게 장악당한 지 오래였다.

아니. 어쩌면 뉴스폭스 때문이라 믿고 싶을 뿐인 것은 아닐까? 한 사람을 악인으로 만들어 모든 책임을 뒤집어씌우는 쪽이 마음 편하니까. 세상 모두와 싸우는 것보단 한 사람을 미워하는 편이 쉬우니까. 뉴스폭스라는 빌런이 정말로 존재하기는 하는 걸까? 스카이파이어는 이제껏 단 한 번도 뉴스폭스의 얼굴을 보지 못했다.

상관없었다. 제아무리 강력한 빌런도 혼자 힘으로 도시를

멀티 레이어

붕괴시킬 수는 없는 법이다. 도시는 스스로 스스로를 파괴한 것이다. 사람들이 이 상황을 원했다. 기꺼이 빌런들에게 힘을 쥐어 준 결과다. 미움은 다정함보다 짜릿하고 재미있다. 때문에 히어로의 싸움은 언제나 지는 싸움이었다. 결국 모든 히어로가 히어로이기를 포기했고, 스카이파이어만이 홀로 도시에 남았다. 미웠다. 모든 것이. 그래도…

끝장은 봐야지.

스카이파이어는 벽면을 박차고 날아올랐다. 도심 어딘가에 숨어 있을 빌런을 찾아내기 위해. 후끈한 기류 속에서 인위적인 열 조작 흔적을 포착했다. 바람을 타고 느리게 활강하여 또 다른 빌딩에 착지하자마자 근처의 전광판이 번쩍였다.

- 여러분, 서울은 안전합니다! 모두 안심하고 생업에….

무시하고 다시 점프했다. 하지만 빌딩 사이를 점프할 때마다 뒤따르듯 전광판이 켜졌다. 스피커에서 터져 나온 소음이 빗물을 튀기며 스카이파이어의 온몸을 뒤흔들었다.

- 이어서 날씨 소식입니다. 지난밤 시작된 폭우가 새벽까지 이어지고 있습니다. 기상청에 따르면 이번 장마는 영원히 계속될 것으로 전망….

- 투자하세요! 단돈 1000만 코인으로 강남 핵심지에 수익형 부동산을!

아무리 속도를 높여도 전광판을 뿌리칠 수 없었다. 대체 어디서 훔쳐보고 있는 거지?

- 솔직히 스카이파이어도 인격에 문제 있는 거 아닌가? 자기 땜에 패스포워드 그렇게 된 건데 사과 한 번 안 함. 계속 히어로 활동하고 싶으면 이대론 안 됨. 진짜 걱정돼서 하는 말임.

– 알아서 하겠지 XX아 니 인생이나 챙겨.

모든 전광판 속 이미지가 패스포워드의 얼굴로 바뀌었다.

– 여러분, 패스포워드예요. 부디 힘을 모아 주세요. 희망을
포기하지 마세요. 눈물의 바다에 빠지지 말아요.

스카이파이어는 이를 악물고 점프했다. 가능한 높은 곳까지.
그리고 발견했다. 남산타워 최상층 전망대에서 먹구름을
불러들이고 있는 슈퍼 빌런 웨더컨트롤의 실루엣을.

곧장 하늘을 날아 전망대로 들이닥쳤다. 날아가던 속도 그대로
주먹을 휘둘러 유리창을 깨고 웨더컨트롤의 허리를 붙잡아
바닥에 쓰러뜨렸다. 재빨리 몸을 굴러 일어나 몇 차례 펀치와 킥을
주고받았지만 큰타격은 없었다. 격투로는 서로에게 피해를 입히기
어려웠다.

빠르게 거리를 벌린 웨더컨트롤이 양팔을 휘둘러
스카이파이어를 향해 벼락과 폭풍을 몰아 쳤다. 멀리서부터
순서대로 창문이 박살 나며 전류를 머금은 날카로운 파편들이
위협적으로 날아들었다. 하지만 999가지 초능력을 마스터한
스카이파이어에게 그쯤은 아무 문제도 되지 않았다.

스카이파이어는 웨더컨트롤에게 시선을 고정한 채로 홀로그램
인터페이스를 열어 손끝으로 메뉴를 훑었다. 마치 매끄러운
유리를 만지는 것 같은 감각이 피드백되어 전해졌다. 진짜 같았다.
홀로그램일 뿐인데도. 점자 처리된 글씨를 읽어 필요한 능력을
찾았다. 아이콘을 스와이프해 장착하고 염력을 휘두르자 날아오던
파편이 허공에 정지했다. 비와 바람마저도.

곧바로 능력을 전환했다. 단숨에 상대의 눈앞으로 순간 이동한
스카이파이어는 웨더컨트롤의 목을 움켜쥐었다.

멀티 레이어

"뉴스폭스는 어디 있지?"

대답이 없었다. 꾸욱 힘을 주어 목을 조였다. 눈앞의 빌런은 켁켁거리면서도 웃음기를 잃지 않았다. 어차피 죽지 않는다는 것을 알고 있어서다.

"정말 괜찮겠어? 나까지 그만두면 레…."

말이 끝나기도 전에 목을 꺾어 버렸다. 듣고 싶지 않았다. 스카이파이어는 축 늘어진 몸뚱어리를 던지듯 툭 내려놓았다.

이겼어. 일단은.

어차피 곧 리스폰(respawn)될 테지만.

시신이 투명해지더니 곧 자취를 감추었다. 웨더컨트롤이 자신의 리스폰 포인트로 돌아간 것이다. 그래도 당분간은 나대지 못하겠지.

폭우가 멈추고 구름이 흩어지기 시작했다. 희미한 광원이 구름 사이 좁은 틈을 뚫고 긴 빛줄기를 그렸다. 비가 그치자 순식간에 수위가 낮아졌다. 물이 빠진 도시를 내려다보며 스카이파이어는 나지막이 중얼거렸다.

"웨더컨트롤 그놈, 대체 무슨 말을 하고 싶었던 거야?"

그 순간 어디선가 목소리가 들렸다.

– 아마 이렇게 말하려고 했을 거야. '레이어(layer)가 붕괴할 텐데?'

앳된 소녀의 목소리. 새로운 빌런인가? 아니면 뉴스폭스? 스카이파이어는 긴장하며 주위를 둘러보았다. 하지만 아무 흔적도 발견할 수 없었다. 일흔 가지가 넘는 탐지 능력으로도 흔적조차 포착할 수 없는 존재라니.

– 너희 레이어는 곧 붕괴할 거야. 이미 이사회 의결까지 끝난

사항이지.

마치 신탁처럼 머릿속에 울리는 목소리. 스카이파이어는
허공을 향해 경고했다.

"할 말 있으면 내 앞에서 직접 해 보지 그래? 겁쟁이처럼 몰래
숨어서 중얼거리지 말고."

그러자 허공에서 소녀가 모습을 드러냈다. 허를 찔린
스카이파이어는 말문이 막혔다. 소녀가 한 걸음 곁으로 다가와
빈정거렸다.

"왜? 그렇게 말하면 못 나타날 줄 알았어?"

소녀의 모습은 조잡하기 짝이 없었다. 찰흙처럼 뭉개진 5등신
카툰 렌더링 캐릭터. 윤곽선은 안티 엘리어싱되지 않아 계단처럼
각져 있었고, 레이 트레이싱도 셰이더도 적용되지 않은 피부는 그
어떤 광택도 반사하지 않았다. 그보다…

내가 어떻게 이런 용어들을 알고 있지?

스카이파이어는 혼란에 빠졌다. 징그러울 정도로 커다란
소녀의 눈동자가 그를 향했다. 눈썹이 과장되게 기울어지며 이마
위로 '화남'을 뜻하는 혈관 모양 이모티콘이 떠올랐다.

"그딴 재수 없는 표정 좀 짓지 마. 짜증 나니까."

대체 뭐야? 뉴스폭스의 새 홀로그램 환각인가? 스카이파이어는
겨우 마음을 추스르며 상대에게 질문을 던졌다.

"넌 누구야?"

"#인클루드(#include)."

"그건…."

프로그래밍 명령어잖아. 그것도 전처리 레벨의.

"한정민, 당신 도움이 필요해."

멀티 레이어

"한정민? 그게 누군데?"

"당신 말고 여기 누가 있어?"

"내 이름은 스카이파이어야."

한숨.

"설마 기억까지 차단한 거야? 당신 진짜 마니악하게 즐기는구나. 아무리 롤 플레이(role-play) 레이어라지만 그렇게까지 하는 건 좀 오버 아냐?"

소녀는 알 수 없는 소리만 늘어놓았다. 스카이파이어가 침묵하자 소녀는 엄지로 창밖을 가리켰다.

"봐. 저쪽이야. 이제 시작될 거야."

"뭐가 시작된다는…."

허공에 거대한 메시지 창이 생성되었다.

〔서비스 종료 공지〕
그동안 〈어반 히어로 배틀러〉를 사랑하고 성원해 주신 유저분들께 감사드리며. 아쉽게도 본 레이어의 이용자 수가 최소 운영 기준에 미달됨에 따라 부득이 서비스를 종료하게 되었음을 알려 드립니다. 미사용 재화 환불 및 코인 보상 방안에 대해서는 추후 별도 공지로 안내 드릴 예정…

갑자기 눈앞 모든 사물의 움직임이 뚝뚝 끊어지며 버벅거리기 시작했다. 어떤 것들은 구간 반복되는 영상처럼 같은 움직임만을 반복했고, 어떤 것들은 영상을 마구 잘라 뒤섞은 것처럼 아무렇게나 이어지지 않는 형상을 그려 냈다. 빌딩들은 잡아 늘린 고무처럼 괴상하게 비틀려 선풍기처럼 회전했다. 그러다 좌표를 잃고 삼각형

파편들로 분해되거나 이상한 위치에서 서로 엉겨 붙어 하나둘 삭제되기에 이르렀다.

먼 쪽. 외곽에서부터 도시가 소멸하고 있었다.

희미한 기억 속에서 단어 하나가 솟아올랐다. **붕괴**. 레이어가 붕괴하고 있어. 그런데 붕괴가 뭐지? 도시는 점차 지워져 이제 절반도 채 남지 않았다. 붕괴의 파도가 점점 가까워지고 있었다.

소녀는 태연했다. 이런 일은 아무것도 아니라는 듯이. 소녀가 손을 내밀며 말했다.

"기억 돌아오면 그때 얘기해."

얼떨결에 손을 잡았다. 보이지 않는 붕괴의 파도가 둘을 덮쳤다. 질감을 잃고 선만 남은 소녀의 그래픽이 깨진 유리창처럼 무수한 삼각형으로 조각나 산산이 흩어졌다.

그리고 완전한 어둠이.

2.

"이제 기억 돌아왔지?"

정신을 차릴 새도 없이 소녀가 재촉하듯 물었다. 정민은 손바닥으로 얼굴을 쓸어내리며 고개를 끄덕였다.

"그래. 돌아왔어."

소녀가 바닥을 가리켰다.

"여기가 어디야?"

"세컨드 서울."

"구체적으로 대답해."

"시작 레이어. 그쪽은 인클루드라고 부르면 되나?"

"당신 편할 대로 불러. 하나도 안 중요하니까. 우선 내가 당신을 찾아온 이유는…."

"그만 좀 재촉해. 의뢰하러 온 거잖아."

정민은 인클루드의 말을 자르며 벽으로 향했다. 벽면에 손바닥을 대고 크게 왼쪽으로 쓸자 창문이 생겨났다. 창밖으로 서울 시내가 한눈에 내려다보였다. 택배 상자를 무분별하게 던져 놓은 듯 위태롭게 쌓아 올려진 빽빽한 빌딩들의 경관. 기분 좋은 봄 햇살의 광원이 정교하게 시뮬레이트되는, 방금 전까지 봐 왔던 경치와는 비교할 수 없이 세밀한 질감의 고해상도 텍스처. 물론 전부 가짜였다. 창문도, 빌딩도, 창을 뚫고 들어오는 햇살의 열감도. 심지어 눈앞의 소녀마저도 전부 기계가 뇌를 속여 꾸며 낸 가짜 감각일 뿐이다.

역설적이게도 가짜라는 인식이 묘한 안정감을 가져다주었다. 돌아왔구나. 정민은 눈앞에 펼쳐진 풍경의 인위적인 디테일을 음미하며 차분히 마음을 가라앉혔다.

스카이파이어로 살아온 기억이 후유증처럼 생생했다. 당연했다. 몇 년이나 그곳에 머물렀으니. 하지만 그 레이어에서의 삶은 끝났다. 〈어반 히어로 배틀러〉는 종료되었다. 이제 다시는 그곳으로 돌아갈 수 없었다.

정민은 몸을 돌려 창틀에 엉덩이를 걸쳤다.

"방금 전엔 무슨 일이 있었던 거지?"

"레이어가 닫혔어. 접속이 끊겨서 시작 레이어로 튕겼고. 그게 다야. 직접 봤잖아."

인클루드가 과장된 표정으로 답하며 어깨를 으쓱였다. 어깨 폭이 머리 폭보다 좁은 주제에. 정민은 곧바로 반박에 나섰다.

"레이어를 그런 식으로 갑자기 닫아 버린다고? 사전 공지 한 번 없이?"

"몰랐어? 요즘엔 다들 그렇게 해."

"아까 나한테 말 걸었지? 그거 어떻게 한 거야?"

"메신저. 귓속말로."

"넌 거기 있지도 않았어."

인클루드는 순순히 인정했다.

멀티 레이어

"맞아. 나는 다른 레이어에 있었어."

"다른 레이어 유저에게 귓속말하는 방법이 있어? 몇 코인짜리 아이템인데?"

"아이템이 아니야. 내 능력이지."

"그럼 그 능력은 어디서 몇 코인에 살 수 있는데?"

"알려 주기 싫어. 이제 질문 끝났어?"

정민은 손짓으로 인벤토리를 열어 말보로 담배를 꺼냈다. 그저 패션으로. 궐련을 입에 물고 깊이 들이마셨지만 아무 느낌도 나지 않았다. 니코틴은 〈세컨드 서울〉이 미처 구현하지 못한 기능 중 하나였다. 그는 연기를 뱉으며 담배로 인클루드의 몸을 가렸다.

"몸은 왜 그래?"

인클루드가 자신의 몸을 내려다보더니 항변하듯 양팔을 좌우로 펼치며 디즈니 캐릭터처럼 눈을 치켜떴다.

"내 아바타에 뭐 문제 있어?"

"그래픽 품질을 몇 단계까지 떨어뜨렸길래 도트가 다 튀고… 됐다. 앉아."

정민은 인벤토리에서 테이블과 가죽 소파를 꺼내 내려놓았다. 인클루드가 묻지도 않고 털썩 소파에 앉더니 손끝으로 가죽을 쓰다듬었다. 실제와 거의 흡사한 촉감이 구현된 최고 등급 가죽이었다. 인클루드의 눈썹이 일그러지며 머리 위에 화난 이모티콘이 떠올랐다. 알기 쉬워서 좋군.

"참 추잡스럽게 사네. 이 촉감 하나 구현하는 데 얼마나 많은 전력이 소비되는지는 알아?"

"알아야 돼?"

가만히 정민을 노려보던 인클루드는 포기한 듯 가짜 한숨을 뱉었다.

"내가 대체 뭘 기대한 건지."

인클루드가 자리에서 일어나 소파를 발로 차 버렸다. 벽과 충돌한 소파가 오류를 일으키며 인벤토리로 되돌아갔다.

"집어치워. 짜증 나니까."

인클루드는 직접 의자를 꺼내 앉았다. 완전히 투명한, 아무런 그래픽 연산도 필요치 않은 환경 친화형 의자.

"알 만하네. 절약주의 실천 중이신가 봐."

"당신 수준도 알 만하다. 내가 절약주의자라고 생각해서 보란 듯이 최고급 소파 꺼내 놓는 거 보면. 비건 앞에서 스테이크 처먹을 새끼. 당신 쓰레기잖아. 코인 몇 푼이면 뭐든 하는 말종. 이렇게 욕 처먹고도 돈만 준다고 하면 좋다고 의뢰받을 거지?"

정민은 능청스럽게 어깨를 으쓱였다.

"가격만 맞으면."

"놀라워. 당신 같은 인간도 한때는 로그아웃주의자였다니."

"그땐 누구나 로그아웃주의자였어. 지금은 대부분 아니고."

"당신은 그냥 누구나가 아니었잖아."

인클루드의 이마에서 화난 이모티콘이 사라지지 않았다. 도저히 화가 가라앉지 않는 모양이었다. 어쩌면 협상에 유리하게 써먹을 수 있겠군. 정민은 속으로 생각하며 소파에 편히 몸을 기댔다.

"의뢰 내용은?"

"… 그래, 일 얘기나 하자. 가이드가 필요해. 지정된 장소까지 루트를 안내해 줄 사람."

"손님은 몇 명이야?"

멀티 레이어

"한 명."

"그쪽?"

"아니, 나는 대리인이야. 당신에게 의뢰한 유저는 따로 있어."

"누군지는 비밀이고?"

"잘 아네."

"목적지는?"

"푸른 집."

저도 모르게 헛웃음이 터졌다. '푸른 집'은 고객 센터를 뜻하는 은어였다.

"내가 잘못 들었나? 어딜 데려다 달라고?"

"그럼 뭐 성수동 맛집 투어라도 시켜 달라고 할 줄 알았어?"

정민은 검지로 담뱃재를 털었다. 흩뿌려진 불씨가 막대한 물리 효과 연산을 일으키며 허공을 부유했다. 인클루드가 또 한 번 미간을 찌푸렸다.

"거긴 아무도 못 들어가. 운영자들이 모든 접근 루트를 막아 버렸으니까."

"그쪽은 가능하잖아. 코인만 지불하면 무슨 공략법이든 찾아 주는 '썩은 물' 한정민. 세컨드 서울 시스템에 대해 당신만큼 잘 아는 유저가 없다고 들었어. 개발 초기부터 참여한 테스터 출신에, 개발자도 못 찾은 버그를 수백 개도 넘게 알고 있다고."

"옛날얘기야. 대부분 막혔고."

"그래도 방법이 하나쯤은 있을 거 아냐. 치팅을 하든 글리치*를

---

* 글리치(glitch): 개발자가 의도하지 않은 게임의 오류. 혹은 오류를 활용한 공략법.

쓰든 딱 한 사람을 딱 한 번만 데려다줄 수 있으면 돼. 그 뒤로 패치가 되든 제재를 먹든 상관없어. 이미 한 번 해 봤잖아. '베르테르'를 거기까지 데려간 게 당신 아니었어?"

"그렇게 간단한 문제가 아니야. 예전에 시도했을 때는….'

"할 수 있어, 없어? 그것만 말해. 시간 낭비하지 말고. 능력 안 되면 다른 사람 찾을 거니까. 최고라고 해서 찾아왔더니.'

위아래로 훑는 시선에 자존심이 상했다. 못한다고는 절대 말하고 싶지 않았다. 정민은 반쯤 객기로 허풍을 떨었다.

"물론 방법이 없진 않아. 비용이 아주 많이 들겠지만.'

인클루드가 허공에 거래 창을 띄워 숫자를 입력했다. 1억 코인. 웬만한 레이어에서 단숨에 랭커로 올라설 수 있을 정도의 거금이었다.

"이 정도면 돼?'

"한참 부족한데.'

인클루드가 0을 하나 더 입력했다. 잠시 후 하나 더. 당황스러웠다. 큰 금액을 부르면 포기할 거라 생각했는데.

"코인은 원하는 만큼 맞춰 줄 수 있어.'

"의뢰인이 돈이 참 많으신가 봐. 푸른 집에 줄이라도 대려고?'

"할 거야, 말 거야? 그것만 말해.'

왜 이렇게까지 서두르는 건데? 눈앞의 소녀는 분명 뭔가 감추고 있었다. 대리인이라는 말도 거짓일 게 분명했다. 소녀는 이 일에 깊게 연관된 당사자였다. 무언가에 쫓기고 있다는 게 얼굴 표정에서부터 티가 났다.

"의뢰인이 누군지 알기 전엔 대답 못 해.'

"의뢰인이 무슨 상관인데?'

멀티 레이어

"푸른 집이 뚫렸다는 걸 알면 운영자들이 범인 찾으려고 아주 혈안이 될 텐데, 나한테 불똥이 튈 문제인지 아닌지 정도는 알아야 나도 판단이라는 걸 하지."

"…."

"댁들 대체 뭔 짓을 꾸미고 있는 건데? 의뢰인이 누구야?"

"말 못 해."

"그럼 의뢰는 못 들은 걸로 할게. 대화 즐거웠어. 나는 바빠서 이만…."

정민은 인터페이스를 열어 자신의 집으로 순간 이동하려 했다. 그러자 인클루드가 다급히 정민의 손목을 붙잡았다. 보기보다 힘이 셌다. 대체 근력에 코인을 얼마나 투자한 거야?

"의뢰인 이름은 한수현이야."

인클루드가 말했다.

"그래, 당신 딸."

3.

약정이 끝났는데도 로그아웃 버튼은 활성화되지 않았다.

고객 게시판에 빗발치는 항의에도 게시판 관리자는 같은 답변을 복사해 붙여 넣을 뿐이었다.

'소중한 의견 꼼꼼하게 확인하여 담당 부서로 전달하였습니다. 고객님들의 사랑과 성원에 보답할 수 있도록 늘 최선을 다하여⋯'

모두가 똑같은 답장을 받았다. 그것도 문의 글을 남긴 지 10초 만에. 게시판은 유저들의 분노로 뒤덮이기 시작했다. 여론이 들끓자 얼마 후 운영자들은 딱 두 문장을 추가했다.

'서비스 100주년 기념 이벤트를 준비 중에 있습니다. 최대한 빠른 시일 내에 세부 사항을 공개할 수 있도록 노력하겠습니다.'

일종의 엔딩 이벤트 같은 게 아닐까 추측하는 유저도 있었다. 100만 명을 동면에서 깨워 바깥세상으로 내보내려면 물리적인 시간이 필요하다고. 이벤트를 즐기다 보면 순차적으로 버튼이 활성화될 거라고. 하지만 대다수는 비관적이었다. 대충 아이템 추첨권 몇 장 쥐여 주고 무마하려는 거겠지. 아니면 홀로그램 폭죽 아이템 같은 걸 무료로 나눠 주든지. 어느 쪽이든 이건 심각한 문제였다. 약정 위반이니까.

유저들은 회사와 약정 계약을 맺었다. 기후 문제가 해결될 때까지 관짝 같은 동면 장치에 몸을 구겨 넣고 세컨드 서울에 접속해 생활하기로. 회사는 100년간 가상현실 서비스를 보장하며, 외부 환경이 생존에 적합할 정도로 회복되었다 판단될 경우 유저들에게 로그아웃할 권리를 제공한다. 판단은 회사의 몫이었다. 세컨드 유니버스 특수회사의 운영자들이 모든 것을 결정했다. 그들은 매번 바깥 환경이 충분히 회복되지 않았다는 변명만을 반복할 뿐이었다.

그렇게 100년을 기다려 왔다. 약정이 끝나기만을. 약속한 계약 기간이 지나면 다시 바깥세상으로 나갈 수 있으리라 믿었다.

하지만 계약에는 큰 맹점이 있었다. 계약은 세컨드 서울이 아닌 바깥세상에서 이루어진 법률 행위였다. 그 계약에 효력을 부여했던 법률도, 판결해 줄 법원도, 심지어 대한민국이라는 국가조차 해수에 잠겨 소멸해 버린 지 오래였다.

이곳에 100년이나 갇혀 있게 될 거라 어느 누가 상상했을까. 당초 회사는 기후가 회복되기까지 걸리는 기간을 30년으로 추측했다. 예측이 조금 빗나간다 해도 길어야 50년이면 충분할 거라고. 누군가에겐 일평생에 가까운 기간이지만, 저체온 동면 장치를 이용하면 노화 속도를 10분의 1로 늦출 수 있었다.

다들 그런 헛된 희망을 품고 조잡한 가상 세계에 정신을 구겨 넣었다. 그것도 엄청난 거액을 바쳐 가면서. 그마저도 운 좋게 살아남은 소수의 사람들에게만 주어진 기회였다. 대부분은 본격적인 위기가 찾아오기도 전에 굶어 죽었으니까. 모두가 세컨드 서울에 들어가고 싶어 했다. 그것 외엔 살아남을 방법이 없었으므로. 도심 수몰과 폭염과 기근을 피해 이곳으로 도망쳤다.

얼마 후 시작된 기념 이벤트는 생각보다 더 형편없었다. 세컨드 서울 100주년 기념 대축제. 매일 저녁 광화문 앞에서 퍼레이드가 진행됩니다. 도시 곳곳에 숨겨진 서울의 마스코트 '해치'를 찾고 포인트를 모아 특별한 코스튬을 얻어 보세요. 예상대로 불꽃놀이 세트도 다발로 지급되었다. 복잡한 광원 효과 때문에 막대한 셰이더* 연산과 프레임 저하를 유발하는 사치품이었다. 여기저기서 무분별하게 폭죽을 터뜨리는 바람에 서버가 거의 마비될 지경이었다.

축제가 끝나기 직전, 모든 레이어의 하늘에 홀로그램 영상이 투사되었다. 세컨드 유니버스 특수회사 CEO이자 세컨드 서울 프로젝트의 디렉터인 'Sun'의 얼굴이 태양 같은 후광과 함께 떠올랐다. 찬양과 비난이 동시에 쏟아졌다.

"안녕하세요, 유저 여러분. 디렉터 이수선이에요. 여러분의 사랑 덕분에 세컨드 서울은 100년간 질서를 유지하며 아름답게 유지되어 올 수 있었습니다. 다시 한번 감사드립니다. 여기 홍보 팀에서 준비해 준 대본에 쓸데없는 자랑이랑 미사여구가 잔뜩 적혀 있는데, 지루하실 테니까 그냥 생략하고요. 곧바로 운영진의 결정 사항을 말씀드리려 합니다."

겉치레와 인사말을 걷어 내고 요약한 회사의 입장은 단순했다.

"세컨드 서울의 모든 유저님들께 간곡히 부탁드립니다. 앞으로 10년, 10년만 더 기다려 주십시오. 바깥이 100% 안전한지 아직 확실치 않습니다. 검증에 시간이 더 필요해요."

* 셰이더(shader): 화면에 표출되는 물체의 표면에 색조, 명암 등의 효과를 입히는 3D 그래픽 기술. 주로 빛과 관련된 처리에 사용된다.

그간 꾹 참아 왔던 사람들은 결국 폭발해 거리로 뛰쳐나왔다. 거의 모든 레이어의 광화문 광장에서 집회를 벌이는 사람들의 모습을 볼 수 있었다. 세컨드 서울은 100년 역사상 처음으로 대혼란을 맞았다.

유저들은 처음엔 그저 몰려다니며 분노를 표출할 뿐이었으나, 사태가 장기화되면서 점차 체계적으로 조직을 갖추기 시작했다. 자유와 해방을 기치로 건 단체가 우후죽순 설립되었고, 각 레이어의 네임드 유저들이 이를 지지하고 나섰다. 단체들은 무수한 이합집산을 거쳐 차츰 하나의 연합을 이루었다. 그들은 스스로를 '로그아웃 혁명단'이라 칭했다.

'로그아웃 운동'의 중심에는 '베르테르'가 있었다. 그는 스스로를 '망한 세대'라 부르는, 평균 기온 1.5도 상승 이후에 태어난 어린 유저들 사이에서 유명세를 떨치며 랭커에 오른 셀럽이었다. 무수한 추종자들이 베르테르를 따랐다. 다 함께 푸른 집으로. 고객 센터를 점거하라. 그들은 과격한 구호 아래 각자의 레이어에서 아이템을 긁어모으며 무장 투쟁을 준비했다.

하지만 정민은 그런 일들에는 아무 관심도 없었다. 세컨드 서울 밖으로 나가야 할 필요성을 느끼지 못했으니까. 이곳에서 그는 세상의 진리를 깨우친 현자였다. 최고의 해결사였다. 남부럽지 않을 만큼의 코인도 모았다. 하지만 밖에서는? 정민은 영원히 이곳에 머무르리라 다짐했다.

문제는 딸인 수현이 베르테르의 열렬한 지지자라는 사실이었다. 수현은 매일같이 베르테르의 뒤꽁무니를 쫓아다니며 혁명단의 활동에 동참했다. 기회가 있을 때마다 정민은 수현을 뜯어말렸다. 쓸데없는 짓 그만두라고. 하지만 수현은 불만 가득한 표정으로 정민에게 쏘아붙일 뿐이었다.

"왜 하지 말라는 건데요?"

수현이 물을 때마다 정민은 머리를 싸매고 억지로 이유를 쥐어짜야 했다. 뭔가 찜찜하다는 말만으로는 딸을 설득할 수 없었다. 세컨드 서울은 바깥과는 다른 규칙을 가진 세상이다. 총에 맞는다고 죽는 것도 아니고, 고문도 불가능하다. 옵션에서 통증을 꺼 버릴 수 있으니까. 일이 꼬인다 해도 시작 레이어로 돌아와 아바타를 삭제하면 그만이었다. 언제든 과거를 지우고 새로운 닉네임으로 다시 시작할 수 있었다.

모든 위험이 제거된 안전한 놀이터. 그런데 왜 자꾸 불길한 생각이 드는 걸까.

어쩌면 혼자만의 착각인지도 몰랐다. 부모란 존재는 영원히 쓸데없는 걱정을 생산하는 법이니까. 정민은 애써 마음을 다잡았다. 그래. 우리 둘 다 여기서 100년이나 살았잖아. 꼰대처럼 굴지 말고 내 인생이나 즐기면 돼. 정민은 언제나처럼 슈팅 게임 레이어에 접속해 가볍게 게임을 즐기고 랭킹을 올렸다. 하지만 예전 같은 재미는 느낄 수 없었다. 어딜 가나 베르테르 얼굴이 그려진 티셔츠를 입은 유저들이 난입해 정상적인 플레이를 방해하고 있었다.

빌어먹을 베르테르. 정민은 베르테르의 얼굴이 보일 때마다 속으로 욕설을 뱉으며 돌격 소총으로 미간을 조준해 방아쇠를 당겼다.

혁명단의 싸움은 생각만큼 잘 풀리지 않았다. 세컨드 서울은 바깥세상과는 달랐다. 이곳에서 운영자들은 마치 신과 같은 권한을 행사했다. 명령어 한 줄이면 운영 규칙을 위반한 유저들을 뿔뿔이 흩어 놓거나 아예 레이어에서 추방할 수 있었다. '선량한' 유저들의 플레이를 방해했다는 명분으로 몇 번이고 제재가 이루어졌다. 선을 넘지 않기 위한 아슬아슬한 싸움이 매일 이어졌다.

지리한 대립에 지친 사람들은 하나둘 혁명단을 멀리하기 시작했다. 싸움을 피해 인적이 드문 레이어로 이주하는 유저가 점점 늘어났다. 그까짓 10년, 참고 기다리면 그만이라는 생각이 역병처럼 퍼져 나갔다. 혁명단은 고립되었고, 뜨거웠던 변화의 열기는 빠르게 식어 갔다.

하지만 수현은 포기할 줄을 몰랐다. 혁명단의 규모가 쪼그라들수록 오히려 열렬히 로그아웃 운동에 매진했다. 친구들과 무슨 사보타주 작전을 성공시켜 혁명단의 핵심 간부로 선출되었다는 말도 들었다. 똑똑한 아이였다. 어린 만큼 바깥세상의 고정관념에 휘둘리지 않았고, 개발자의 의도를 벗어난 꼼수들을 쉽게 찾아냈다. 어디 가서 하소연할 수도 없었다. 수현에게 세컨드 서울 시스템의 허점을 가르친 사람은 바로 정민 자신이었으니까.

투쟁으로 스스로를 물들여 가는 수현을 바라보며, 정민은 점점 더 불안해했다.

*

우연히도 딸을 멈춰 세울 기회가 주어졌다.

수현이 베르테르와 함께 집으로 찾아왔다. 은근슬쩍 손깍지를 끼고 있는 두 사람의 모습을 보아하니, 묻지 않아도 어떤 사이인지 알 것 같았다. 정민은 저도 모르게 빈정거렸다.

"결혼 허락 못 해 줘."

"그런 거 아니거든요?"

수현이 쑥스러워하는 얼굴로 부인했다. 그런 표정을 짓다니. 미칠 것 같았다. 딸의 남친을 총으로 쏴 죽이는 상상을 머릿속으로 백 번도 넘게 반복했다. 정민은 베르테르의 미간을 꿰뚫을 듯 노려보며 물었다.

"그럼 무슨 일로 찾아왔어요?"

베르테르는 정민에게 의뢰할 일이 있다고 했다. 아니, 부탁드릴 일이 있다고. 혁명단의 리더는 간절히 도움을 원하고 있었다.

"솔직히 많이 불리합니다. 여론이 많이 돌아섰어요. 하지만 모든 걸 반전시킬 계획이 있습니다. 성공시킬 자신도 있고요."

"그래서요?"

"상위권 랭커분들 중 다수가 정민 님을 깊이 신뢰하고 따른다는 사실을 알고 있습니다. 그분들의 도움이 필요합니다. 물론 정민 님의 도움도요."

"어떤 도움이 필요한데요?"

"고객 센터에 들어갈 방법을 찾고 있습니다."

"거긴 왜요?"

베르테르가 인벤토리에서 아이템을 꺼내 테이블에 올려놓았다. 손안에 쏙 들어갈 정도로 작은 원통형 막대. 한쪽 끝에 스위치가 달려 있었다. 정민은 미간을 찌푸렸다.

"이게 아직까지 남아 있었어?"

"뭔지 아시는군요?"

"긴급 탈출용 로그아웃 리모컨. 테스터 출신들은 잘 알죠. 버그 때문에 로그아웃이 안 되곤 했으니까. 지금은 기능이 막혔을 텐데요."

"유저용은요. 이건 개발자용입니다. 어떻게 구했는지는 묻지 말아 주세요. 고객 센터 안에서 이 리모컨을 사용하면 시스템을 무시하고 강제로 접속을 끊을 수 있습니다. 우리가 직접 밖으로 나가서 진실을 확인할 수 있어요."

"확실해요?"

"확실합니다. 몇 번이나 체크했어요. 리모컨은 진짜입니다. 워낙 초창기에 만들어진 아이템이라 운영자들조차 이런 게 존재한다는 사실을 모르는 것 같지만요."

"또 누가 알고 있죠?"

"저랑 수현 씨. 그리고 정민 님. 이렇게 셋뿐입니다. 다른 사람들은 약관상 허점을 지적해 로그아웃을 요구하는 작전으로 알고 있어요."

"그런 중요한 정보를 왜 나한테⋯."

수현이 빤히 정민을 바라보았다. 눈이 마주쳤다.

"도와줄 거죠?"

베르테르도 고개 숙여 부탁했다.

"부탁드립니다. 저희를 고객 센터까지 데려다주세요."

절실함과 기대가 섞인 눈빛. 수현의 표정을 본 순간 정민은 알 수 있었다. 거절했다간 다시는 딸을 볼 수 없을 거라는 걸.

오랜 망설임 끝에 정민은 수락했다.

"좋아. 대신 한 가지 조건이 있어."

"뭔데요?"

정민은 수현을 바라보며 말했다.

"약속해. 계획이 성공하더라도 너는 로그아웃하지 않겠다고."

*

수현은 답하지 않았다. 하지만 정민은 침묵을 동의로 받아들이기로 했다. 어차피 믿는 것 외에 달리 할 수 있는 게 없었으니까.

일주일 뒤, 혁명단 간부들과 비밀 미팅을 가졌다. 정민은 운영자들의 봉쇄를 뚫고 고객 센터까지 도달하기 위한 몇 가지 아이디어를 브리핑했다. 아껴 두고 아껴 두었던 꼼수들. 혹은 서버 시스템을 한계까지 몰아붙이기 위한 방해 전술들. 피 같은 보물을 빼앗긴 기분이었다.

하지만 그보다 더 끔찍한 것은 그런 자신을 존경의 눈빛으로 바라보는 수현의 모습이었다. 능청스럽게도 수현이 그 자리에 간부로서 함께하고 있었다. 내보내고 싶었지만 방법이 없었다. 수현과의 관계를 강조하는 건 별로 현명한 선택 같지 않았다.

시간이 흘러 결행일이 찾아왔다.

작전은 크게 세 곳의 레이어에서 동시에 펼쳐졌다. 서버에서 가장 많은 컴퓨팅 파워가 할당되는 '시작 레이어'와, 충분한 화력을 동원할 수 있는 미래 전장 '배틀 시티 2246', 그리고 용과 마법의 판타지 세계를 테마로 하는 '판타 레이'였다.

하루 중 가장 활발하게 서버 연산이 이루어지는 이른 저녁. 게이밍 레이어 배틀 시티 2246에 모인 유저들이 지정된 전장을 이탈해 고객 센터를 향해 돌진하기 시작했다. 경복궁 너머, 북악산 아래에 위치한 푸른 집. 정민이 알기로 그곳은 한때 행정수반이 머물던 장소였으나, 알 수 없는 이유로 민간에 매각되었다. 추후 세컨드 유니버스 특수회사가 그곳을 사들였고, 회사는 상징적인 의미를 담아 디렉터와 운영자들이 머무르는 공간으로 삼았다.

세컨드 서울 개발자와 운영자들은 푸른 집에 틀어박혀 외부와 유리된 생활을 이어 왔다. 가끔 NPC에 빙의하여 모습을 드러내는 경우를 제외하면 그들과 대면할 수 있는 방법은 하나뿐이었다. 직접 푸른 집까지 찾아가는 것. 그래서 그곳은 고객 센터라 불려 왔다.

회사는 고객 센터로 향하는 유저들을 제재할 수 없었다. 아무도 운영 규칙을 위반하지 않았으므로. 사람들은 단지 민원을 제기하기 위해 고객 센터에 찾아가려는 것뿐이었다. 혁명단원들은 그 누구의 동선도 방해하지 않고 질서 정연하게 움직였다. 제아무리 운영자라 해도 규칙 위반 리스트에 이름이 오르지 않은 유저에게는 페널티를 부여할 수 없었다. 개발 초기 유저들의 강력한 요구로 적용된 시스템상의 안전장치 중 하나였다.

결국 회사는 마찬가지로 규칙을 위반하지 않는 선에서만 대응해야 했다. 곳곳에 방어 무기가 배치되기 시작했다. 새로운 임무. 경복궁이 테러리스트들에게 점령되었습니다. 곳곳에 설치된 레이저 포대를 무력화하세요. 게임 플레이를 빙자한 장애물들이 혁명단을 막아섰다.

제트팩으로 광화문 담장을 뛰어넘자마자 궁궐 곳곳에 배치된 광선 무기가 눈에 보이지도 않는 속도로 유저들을 절단했다. 혁명단 내에서 가장 뛰어난 전투력을 지닌 정예 유저 절반이 한순간에 갈려 나갔다. 살아남은 절반은 서둘러 담장 뒤에 몸을 숨겼다.

동시에 거의 모든 레이어에서 산발적으로 고객 센터를 향한 행진이 시작되었고, 운영자들이 각 레이어의 콘셉트에 맞춰 설치한 각기 다른 장애물이 유저들을 가로막았다. 어딘가에서는 전차와 기관총이, 어딘가에서는 불을 뿜는 드래곤이, 또 어딘가에서는 세 발 달린 외계인의 거대 병기가 유저들을 몰살시켰다. 사망한 유저들은 가까운 리스폰 포인트에서 되살아났고, 즉시 광장으로 달려와 대열에 합류했다. 무한히 반복되는 죽음의 행진. 시간이 흐를수록 시체들의 전선은 한 발짝이나마 앞으로 나아갔다.

같은 시각. 앨 고어와 그레타 툰베리 가면을 뒤집어쓴 수만 명의 인파가 시작 레이어에 모여들었다. 그들의 목적은 단순했다. 가장 그래픽 성능이 뛰어난 시작 레이어에서 세컨드 서울 서버의 연산 능력에 가능한 많은 부하를 가하는 것. 혁명단은 독점하다시피 긁어모은 불꽃놀이 아이템을 무차별적으로 터뜨리기 시작했다.

수백 개의 형형색색 광원을 생성하는 폭죽 수만 발이 도시 곳곳을 수놓았다. 세컨드 서울 빌딩 숲의 무수한 창문에 반사된 하나하나의 광선들은 산란하는 새벽 햇살과 섞이며 광선 추적 알고리즘이 끝없이 수렴되지 않는 행렬 연산의 늪으로 빠져들게 만들었다. 유저들은 곧바로 두 번째 폭죽을 장전했다. 두 번째 폭죽이 터지는 순간 모두가 각자의 인벤토리에서 거울과 돋보기를 꺼내 높이 치켜들었고, 빛은 앞서보다도 수만 배의 난반사와 산란과 굴절을 일으키며 폭주했다. 유례없는 빛의 향연. 마치 세상이 정지해 버린 것처럼 눈앞의 광경이 정지했다.

풍경이 버벅거리기 시작했다. 서버 시스템의 그래픽 연산에 과부하가 걸렸다는 증거였다. 판타 레이의 거대한 왕성에 모인 열 명의 혁명단원은 그 광경을 바라보며 아이템을 꺼내 들었다. 소환의 나뭇가지. 랜덤하게 몬스터를 하나 소환해 주는 별것 아닌 아이템이지만, 10만 개 정도 모이면 이야기가 달라진다. 경매장에서 나뭇가지를 싹쓸이한 이들은 보유한 나뭇가지 전부를 인벤토리에서 꺼내 바닥에 던졌다. 왕성이 플라스틱 공을 채운 풀장처럼 순식간에 몬스터들로 가득 찼다.

배틀 시티 2246. 유저들을 학살하던 레이저 포대가 작동을 멈추었다. 서버의 광원 처리 알고리즘에 부하가 걸리자 같은 시스템을 공유하는 광선 무기들의 작동도 함께 중단되어 버린 것이다. 지나칠 정도로 리얼한 광원 효과를 구현한 개발자의 욕심이 되려 역효과를 낳았다. 더불어 혁명단을 가로막던 NPC 병사들의 반응도 일시적으로 느려졌다. 판타 레이에 소환된 대량의 몬스터들 때문이었다.

이 모든 혼란을 틈타 베르테르가 잠입 작전에 돌입했다. 그의 곁에서는 정민이 고용한 최상위권 유저들이 함께하고 있었고, 정민과 수현 역시 가까이에서 베르테르를 호위했다.

대열의 후미를 감시하며 정민은 수현에게 속삭였다.

"괜찮겠어? 니 남친 이대로 보내 버려도?"

"남친 아니라니까요."

"그러게, 남자 아닐 수도 있겠다. 알고 보면 쟤 너보다 한참 나이 많은 할머니일 수도 있어. 껍데기만 봤지 실제로 어떤 모습인지 본 적 없잖아."

"진짜, 오바 좀 그만 떠세요."

"지금이 마지막 기회야. 작별 인사라도 하지 그래? 후회하지 말고."

"아니, 나는 그런 게 아니래도…."

등 뒤에서 누군가 얼굴을 들이밀며 속삭였다.

"걱정 마세요. 꼭 돌아올 테니까요."

베르테르였다. 그가 눈앞에서 리모컨을 흔들어 보이며 말했다.

"부탁 하나만 드려도 될까요? 혹시라도 제가 도중에 죽게 되면 둘 중 한 분이 저 대신 이걸 들고 고객 센터에 가 주시면 좋겠는데요.."

"그건 안…."

"내가 할게. 걱정하지 마."

수현이 대답을 가로챘다. 그러자 베르테르가 되물었다.

"네가 먼저 죽으면?"

자연히 둘의 시선이 정민에게 집중되었다. 정민은 답하지 않았다.

미로처럼 복잡한 궁궐 내부가 엄폐물이 되어 주었다. 선두를 맡은 랭커들이 능숙하게 적병을 처치하며 진입로를 확보했고, 일행은 그 뒤를 따라 안전하게 경복궁을 통과했다. 북문을 빠져나오자 하얀 철문 너머로 푸른 기와지붕이 보였다. 고객 센터였다.

정민은 로켓을 발사해 철문을 날려 버렸다. 치솟은 포연이 가라앉기도 전에 일행은 도로를 가로질러 고객 센터를 향해 육박해 들어갔다. 경호원 모습을 한 NPC가 달려와 총구를 겨누었지만 방아쇠를 당기지도 못하고 픽 쓰러졌다. 'z존$hooter'라는 부끄럽기 짝이 없는 닉네임을 쓰는 랭킹1위 저격수가 지붕에서 그들을 엄호하고 있었다.

서버에 걸린 부하가 점차 해소되면서 적들의 저항이 격해지기 시작했다. 베르테르를 호위하던 용병들이 하나둘 공격에 당해 쓰러졌다. 하지만 상관없었다. 그들은 이미 혁명단으로부터 거액의 코인을 지급받았고, 목적을 달성하기만 하면 잃을 것은 아무것도 없었다. 그들이 열심히 싸워 준 덕분에 베르테르와 정민, 수현 셋 모두 무사히 살아남을 수 있었다.

"수류탄!"

정민이 손으로 방향을 가리키며 경고했다. 어디선가 투척된 추적 수류탄이 자율 비행하며 베르테르를 향해 접근해 왔다. 하지만 가까이 있던 용병이 도중에 수류탄을 붙잡아 품에 안고 엎드렸다. 온몸이 산산조각 나며 시신이 흔적 없이 사라졌다. 근처에 서 있던 수현 역시 폭발에 휘말려 튕겨 나갔다. 위급한 상태임을 알리는 붉은 십자 표시가 수현의 머리 위에 떴다. 아직 사망한 건 아니지만 몸을 움직일 수 없었다.

흥분한 베르테르가 플라스마 방패를 치켜들고 고객 센터를 향해 전력 질주했다. 정민도 바싹 따라붙어 뒤를 쫓았다. 레이어는 달라도 푸른 집은 하나. 고객 센터는 모든 레이어와 이어져 있다. 어떤 레이어에서든 고객 센터에 발을 들일 수만 있다면 작전은 성공이었다. 이제 남은 거리는 10m. 정민과 베르테르는 힘차게 발을 뻗었다.

지뢰가 폭발했다.

정민은 한쪽 다리를 잃고 쓰러졌다. 사방에서 날아든 총알이 몸통에 박히고 주변을 벌집으로 만들었다. 하지만 베르테르만은 무사했다. 정민이 몸을 던져 감싼 덕분에 그는 아무 해도 입지 않았다.

만신창이가 된 몸으로 베르테르의 뒷덜미를 끌어당겼다. 일어나, 이 새끼야. 정신을 차린 베르테르가 짧게 고개를 끄덕이더니, 허겁지겁 몸을 일으켜 방패를 앞세우고 달려 나갔다. 빗발치는 탄환을 뚫고 단숨에 계단을 올라 고객 센터 입구에 도착했다. 베르테르는 출입문을 박차고 한쪽 발을 안쪽으로 밀어 넣었다.

동시에 총성이 멎었다. 고객 센터에서는 일체의 폭력이 금지된다. 운영 규칙에 따라 누구도 베르테르를 공격할 수 없었다. 여전히 총구는 겨누어진 채였지만.

"눌러!"

멀리서 수현이 소리쳤다. 하지만 베르테르는 움직이지 않았다. 한쪽 발을 고객 센터에 디딘 채로 손에 쥔 리모컨을 내려다볼 뿐이었다.

한참 망설인 후에야 베르테르가 리모컨을 치켜들었다. 원을 그리며 팔을 올리는 동작이 너무나 느릿해서 마치 발레 동작을 보는 것만 같았다. 리모컨을 쥔 손이 애처로울 정도로 덜덜 떨리고 있었다.

"가! 빨리!"

딸깍. 이윽고 베르테르가 스위치를 눌렀다.

하지만 아무 일도 일어나지 않았다.

정민은 보았다. 스위치를 누르기 직전, 고객 센터 안쪽에서 누군가 손을 뻗어 슬쩍 베르테르의 어깨를 밀치는 것을. 툭. 발바닥이 땅에서 떨어지자마자 총구가 불을 뿜었다. 수현의 비명 소리가 들렸다. 바닥에 떨궈진 리모컨이 계단 아래로 굴러 떨어졌다.

멀티 레이어

4.

"따라와."

갑자기 주위 풍경이 변했다. 아무 전조도 없이. 주위 모든 사물이
사라지고 정민과 인클루드는 푸른 들판 위에 서 있었다. 파스텔풍의
미려하지만 단순한 카툰 그래픽. 처음 보는 레이어였다.

정식 절차대로라면 이주 신청이며 자격 심사며 운영자의
승인을 얻기까지 몇 시간은 고생해야 가능한 일이었다. 인기
레이어라면 대기열에 이름을 걸어 두고 몇 달씩 기다려야 하는
경우도 있고. 눈앞의 소녀는 그 모든 절차를 우회해 단숨에 자신을
이곳으로 데려온 것이다.

"여긴 어디야?"

정민이 뿔을 흔들며 물었다. 그는 사슴 모습으로 변한 상태였다.

"776번 레이어. '모두 모여 힐링의 숲'이라는 곳이야."

"어떻게 한 거야?"

"알려 주기 싫어."

인클루드는 여전히 투박한 5등신 소녀 모습이었다. 이상했다.
레이어에서 지정한 외형 규정에 맞게 그래픽이 강제로 변경되어야
하는데.

이해할 수 없는 현상이 세 번이나 벌어졌다. 눈앞의 소녀는

처음엔 레이어 밖에서 말을 걸더니, 그다음엔 절차를 무시하고 레이어를 뛰어넘었다. 이번엔 레이어의 콘셉트를 무시하고 고정된 외양을 유지하고 있었다. 어떤 트릭을 쓴 것인지 가설조차 떠오르지 않았다.

이 능력을 활용하면 고객 센터까지 갈 방법이 생길지도 모르겠군.

갑자기 무슨 바람이 불었는지, 말없이 한참을 앞장서서 걷던 인클루드는 순순히 자신의 능력에 대해 설명하기 시작했다.

"현재 세컨드 서울이 서비스 중인 세계의 수는 대략 1000개. 다들 따로 떨어져서 살다 보니 세상이 조각조각 분리되어 있는 줄 알지만, 사실 서버는 하나뿐이야. 현실의 서울을 그대로 카피한 지형 데이터 위에 모두가 겹쳐진 채 살아가고 있어. 다만 서로를 인식할 수 없을 뿐이지. 그래서 그것들을 레이어(layer)라고 부르는 거야."

이미 아는 내용이었지만 정민은 대꾸하지 않았다.

인클루드가 또 한 번 레이어를 전환했다. 똑같은 장소, 똑같은 지형이었지만 그래픽이 달랐다. 눈앞의 풍경에 수묵화 스타일의 필터가 씌워졌다. 여긴 '육룡강호'군. 정민은 펄럭이는 옷자락을 가볍게 매만지고는 인클루드를 안아 들고 경공(輕功)을 사용해 도약했다. 이곳은 무협의 규칙이 적용되는 레이어였다.

눈빛으로 항변하는 소녀에게 이유를 설명했다.

"아까 거기, 인기 있는 사냥터야. 남들 눈에 띄면 안 되잖아."

"맞다. 당신 여기서도 랭킹 1위였었지?"

"한때는."

"아주 사람만 보이면 칼로 쳐 죽이고 다녔다고 소문이 자자하던데."

"정당하게 경쟁해서 이긴 것뿐이야. PK*가 공식적으로 허용된 곳들이었어."

"재수 없긴."

금세 인적이 드문 숲속에 도착했다. 정민은 가느다란 나뭇가지 위에 사뿐 올라섰다. 인클루드가 나뭇잎을 매만지며 설명을 이어 갔다.

"아무튼 세컨드 서울의 운영 시스템이 생각보다 설렁설렁 만들어져 있거든. 촉박한 개발 일정에 맞추려면 어쩔 수 없었겠지만. 바탕이 부실한데 고치기도 쉽지 않아. 서비스를 중단할 수가 없으니까. 그래서 이런 보안 허점도 남아 있는 거고."

다시 레이어가 전환되었다. 경공 능력을 잃은 몸이 나뭇가지를 부러뜨리고 땅으로 추락했다. 엉덩이가 아팠다.

"일어나. 거의 다 왔어."

고개를 들자 실사풍의 도시가 눈앞에 펼쳐졌다. 하지만 빈티지 필름을 현상한 듯 묘하게 빛바랜 색감이었다. 건설 장비들의 소음이 시끄러웠다. 주변이 활발히 개발 중이었다.

"1980년대로군."

"이름하여 '끝나지 않는 영원한 올림픽의 세계'. 30일 주기로 똑같은 올림픽이 끝도 없이 반복되는 끔찍한 곳이지. 여기서부턴 그쪽이 협조를 좀 해 줘야겠어."

"협조?"

"이 꼴을 하고 다닐 순 없잖아."

"그래서?"

---

* PK: player killing. 온라인 게임에서 다른 플레이어를 공격하거나 살해하는 행위.

인클루드의 몸이 종이접기하듯 접히더니 복고풍 디자인의 야구 모자로 바뀌었다. 이젠 놀랍지도 않네. 정민은 씁쓸한 미소를 지으며 바닥에 놓인 모자를 집어 머리에 썼다. 귓가에 속삭이는 목소리가 들렸다.

"가자. 조금만 걸으면 양재역이야."

모자의 안내에 따라 지하철역에 도착했다. 이곳에선 순간 이동이나 인벤토리는 물론, 홀로그램 인터페이스 같은 사소한 편의 기능까지 전부 막혀 있는 모양이었다. 가능한 바깥 세계를 그대로 재현하겠다는 개발자의 집착이 느껴졌다. 당시의 디자인이 그대로 복원되어 있는 고풍스러운 열차를 타고 신촌까지 이동했다. 열차는 만석이었다. 어딜 가나 복고풍 옷차림을 한 젊은이들로 가득했다.

"생각보다 사람이 많군."

"이래 봬도 노인네들 사이에선 최고 인기 레이어라니까. 여기 들어오려는 경쟁이 얼마나 치열한데. 입장권 한 장이 1억에 팔릴 정도야."

"대체 왜?"

"글쎄. 저 사람들한테는 이때가 전성기였나 보지. 봐, 여기선 다들 스무 살이잖아."

"그때 스무 살이었으면 지금은 대체 몇 살인 거야?"

"그런 게 뭐가 중요해. 지금 스무 살이면 스무 살인 거지."

"뻔뻔한 새끼들."

"처음으로 의견이 맞네. 동감이야. 지들이 다 망쳐 놨으면서. 그때 제대로 했으면 세상이 이렇게 될 일도 없었잖아, 안 그래?"

"…."

"왜? 뭐 찔리는 거 있어?"

멀티 레이어

대답하지 않았다. 머뭇거리는 사이 목적지에 도착했다. 최루탄 해장라면. 투박한 글씨의 간판이 눈에 띄었다.

"여기 맞아?"

"들어가 보면 알아."

문을 열고 들어서는 순간 위화감을 느꼈다. 촉각. 후각. 무게감. 모든 감각이 미묘하게 달라졌다. 이곳은 바깥과는 다른 규칙이 적용되는 장소였다.

밖에서 보는 것보다 훨씬 넓은 공간이었다. 허름한 실내엔 걷기 힘들 정도로 많은 테이블들이 놓여 있었고, 테이블마다 꽉 들어찬 손님들이 인스턴트 라면 한 그릇씩을 올려 두고는 시끌벅적 웃고 떠들어 댔다. 저마다 다른 레이어에서 찾아온 듯, 사람들의 그래픽이 천차만별이었다. 가게는 마치 외계 행성의 선술집 같은 분위기를 자아냈다.

어느새 원래 모습으로 돌아온 인클루드가 등 뒤에서 말했다.

"세컨드 서울 곳곳에 이런 백도어가 감춰져 있어. 아마도 초창기 개발자들이 편의상 만들어 뒀다가 삭제하는 걸 잊어버린 거겠지. 원리만 놓고 보면 고객 센터랑 똑같아. 물론 거기처럼 모든 레이어에 연결된 건 아니지만. 아무튼 안심해. 여기만큼은 보안 프로그램들도 못 찾으니까."

"보안 프로그램?"

"모르면 됐어. 싫어도 차차 알게 될 거야."

인클루드가 인파를 헤치고 길을 안내했다. 한쪽 구석에 사다리나 다름없는 나무 계단이 있었고, 계단은 다락방처럼 꾸며진 복층 공간으로 통했다. 위층에는 갈대로 만든 발이 쳐져 있어 내부가 보이지 않았다.

"올라가."

"그쪽은?"

"여기 있을게. 둘 사이에 불편하게 껴 있기 싫거든."

"수현이 혼자 있는 거야?"

"그래."

정민은 천천히 계단을 올랐다. 커튼을 젖히자 노란 장판 바닥에 놓인 낮은 테이블이 보였다. 7년 만에 다시 보는 수현이 태연한 얼굴로 앉아 있었다. 정민은 조심스레 테이블 맞은편에 앉았다. 눈앞에 소주잔이 놓였다.

"한잔할래요?"

"나는 됐어."

수현은 정민의 말을 무시하고 잔에 소주를 부었다.

"마셔요."

정민은 단숨에 술을 들이켜고는 물었다.

"도대체 여기서 뭘 하고 있는 거야? 연락 한 번 없이."

"바빴어요."

"위험한 건 아니고?"

수현은 헛웃음을 지었다.

"당연히 위험하죠. 7년 전에 그 난리를 쳤는데 아주 제대로 조졌지. 뭐 하나라도 꼬투리 잡히면 기억 차단당하는 정도로 안 끝날걸요? 잡혀간 동지들한테 대체 무슨 짓을 하는 건지 아주 다른 사람이 돼서 나오더라고."

후루룩 라면을 삼킨 수현이 다시 소주병을 내밀었다. 정민이 받아 주지 않자 수현은 스스로 잔을 채워 마셨다. 어차피 취하지도 않을 텐데. 그냥 시야가 좁아지고 눈앞이 적당히 흔들릴 뿐이잖아.

멀티 레이어

"후, 취한다."

수현이 잔을 탁 내려놓으며 추임새를 읊었다.

"니가 진짜 취하는 게 뭔지 알긴 해?"

"그걸 내가 어떻게 알아요. 밖에서 마셔 본 적이 없는데."

수현이 다시 잔을 채웠다. 보다 못한 정민은 수현의 팔을 붙잡았다. 다락방 벽을 따라 한 바퀴 줄지어 세워진 초록 병들이 눈에 들어왔다.

"대체 언제부터 이러고 지낸 거야?"

"흐. 7년 내내 이랬죠. 여기 틀어박혀서 할 수 있는 게 술병 쌓는 거 말고 뭐가 있겠어요."

"보니까 니가 여기 리더 같던데. 이러고 있어도 괜찮아?"

"리더는 무슨. 그냥 떠맡은 거지. 다들 책임지기 싫다고 나한테 억지로 떠넘긴 거예요. 야! 내 말이 틀려? 이 쫄보들아!"

수현이 밖을 향해 소리쳤다. 그러자 누군가 "어, 맞어. 우리 쫄보야." 하고 장난스럽게 대꾸했다. 하지만 대부분은 자주 있는 일이라는 듯, 그저 잠깐 웃어넘기고는 다시 원래 하던 대화로 돌아갔다.

"우리가 왜 맨날 지는 줄 아세요? 다 겁쟁이라서 그래요. 베르테르 그 새끼가 쫄지만 않았어도 지금쯤 다들 밖에서 진짜 술에 취해 있을 텐데. 어떻게 거기까지 가서…."

"그래서 내가 하지 말랬잖아."

"제발!'

쾅. 수현이 숟가락을 테이블에 내려쳤다.

"제발 그런 소리 좀 하지 말라고!"

수현이 숟가락으로 삿대질하며 언성을 높였다.

"예. 제가 틀렸어요. 됐어요? 이제 속이 시원해요? 본인이 옳았다는 게 증명돼서? 그러는 양육자님은 7년 동안 뭐 하고 살았는데요? 어디 맞춰 봐요? 세상이 어떻게 망해 가는지도 모르면서 개같이 코인이나 벌고 자빠져 있었겠지."

"그게 뭐가 나빠?"

"나쁘지. 완전 나쁘지. 당신 같은 인간이 제일 나빠."

울고 있었다. 눈물이 강제로 차단되어 흐르지 않았지만 표정으로 알 수 있었다. 정민은 손을 내밀어 보이지 않는 눈물을 닦으려 했다. 수현이 그의 손을 탁 쳐 내며 노려보았다.

"한 번만 더 도와줘요."

"…."

"깔끔하게 한 번만 도와 달라고. 로그아웃할 수 있게."

정민은 차갑게 대꾸했다.

"내가 왜?"

"부모잖아."

"어느 부모가 딸 인생 망치는 걸 도와?"

"어차피 친부모 아니잖아."

"뭐 어쩌라고!"

저도 모르게 짜증을 내고 말았다. 하지만 수현은 눈 하나 깜짝하지 않고 같은 말을 반복했다.

"그러니까 도와 달라고요. 그 정돈 해 줄 수 있잖아."

"억지 좀 그만 부려. 이제 몇 달만 참으면 10년이야. 그때 로그아웃하면 되잖아."

"아직도 그놈들을 믿어요? 또 이상한 핑계 대면서 10년 더 미루겠죠. 모르시겠어요? 그놈들 우리 절대 로그아웃 안 시켜 줄

멀티 레이어

거예요. 코인을 밖으로 가져갈 방법이 없으니까. 나가면 우리랑 똑같이 바닥부터 새로 시작해야 하니까. 그게 싫어서 사람들을 계속 가둬 놓는 거라고요."

수현은 바닥에 나뒹구는 술잔을 주워 들고 다시 술을 채웠다. 잔이 넘치는데도 수현은 계속 술을 따랐다. 손을 타고 흘러내린 소주는 바닥에 닿자마자 삭제되어 사라졌다.

"누군가는 밖으로 나가서 이 미친 시스템을 정지시켜야 해요."

더는 듣고 싶지 않았다.

"몰라. 너 알아서 해."

차마 보고 있기가 힘들었다. 정민은 자리에서 일어났다. 수현 역시 붙잡지 않았다. 그저 말없이 소주를 잔에 부어 들이켤 뿐이었다. 저렇게 취한 척이라도 해야 마음이 편한 걸까.

아래층으로 내려오자 인클루드가 물었다.

"어땠어?"

"…."

"할 거야?"

"아니."

"솔직하지 못하시긴. 할 거잖아."

"아니, 갈 거야."

정민은 곧장 가게 문을 열고 밖으로 나섰다. 하지만 들어왔던 곳과 다른 레이어에 도착했다. 혹한의 눈보라가 온몸을 매섭게 자극했다. 밖으로 나오기 직전, 출입문 옆 벽면에 붙은 돌림판 바늘이 '프로스트 랜드'를 가리키고 있었다는 사실을 기억해 냈다. 하지만 다시 가게로 되돌아가려니 자존심이 허락지 않았다.

정민은 서둘러 앞으로 나아갔다. 걸음을 옮길 때마다 풍경이 변했다. 심해. 사막. 정글. 지옥. 외계 행성…. 빌어먹을 레이어 시스템. 홱 고개를 돌려 뒤를 노려보았다. 인클루드가 따라오고 있었다.

"장난 치지 마."

"잠깐 얘기 좀 해."

무시하고 걸었다. 그러자 또 한 번 풍경이 바뀌었다. 눈앞에 거대한 미래 도시가 생겨나 벽처럼 앞길을 가로막았다. 고전적인 사이버펑크 스타일의 빌딩들. 하지만 네온사인과 홀로그램이 모두 꺼져 있었다. 게다가 퀄리티가 조악했다. 아마추어가 어설프게 손댄 듯한 거친 질감이 적나라하게 드러났다. 더 정확히 말하자면….

"여기가 그쪽 고향이야?"

"그래. 내 아바타는 여기서 생성됐어. 거의 평생을 여기서 보냈지. 서로 모르는 얼굴 없이 다들 끈끈하게 친했어. 그래픽이 별로여서 인기가 없었거든."

인클루드가 쓸쓸한 표정을 지었다.

"여기도 곧 붕괴할 거야."

"망한 레이어들 끝물 되면 원래 그래. 다 떠나고 몇십 명만 남아서 꾸역꾸역 버티다가 결국 서비스 종료되면 다들 포기하고 새로 출시되는 레이어에서 다시 뭉치는 거야."

"그런 거면 다행이게."

인클루드가 레이어를 전환했다. 흑백필름 질감의 황량한 황야. 서부극을 재현한 풍경이 눈앞에 펼쳐졌다. 둘은 말라 비틀어진 선인장들을 지나치며 철길을 따라 걸었다. 유지보수가 잘 되지 않는 듯, 곳곳에 깨진 그래픽이 보였다.

멀티 레이어

"디스크에 배드 섹터*가 생겨서 데이터가 망가졌는데도 그대로 방치되고 있어. 유저 수가 적은 비인기 레이어라는 이유로."

"그게 효율적인 거지. 인력도 자원도 무한하지 않으니까."

"좆 같은 효율 타령은. 당신이 쓰고 있는 최고 등급 가죽 제품 라인업만 서버에서 삭제해도 이런 레이어 열 개는 더 돌릴 수 있을걸? 비효율적으로 사는 게 대체 누군데?"

"그런 논리면 지금까지 걸어오면서 본 쓸모없는 선인장들만 삭제해도…."

"선인장이 어딨는데?"

"뭐?"

인클루드가 엄지로 뒤를 가리켰다.

"다시 확인해 봐."

정민은 뒤를 돌아보았다. 선인장이 사라지고 없었다.

"아깐 분명히 선인장이…."

"기차 조심."

인클루드의 말이 끝남과 동시에 시끄러운 기적 소리가 귀를 때렸다. 어느새 증기기관차가 코앞까지 다가왔다. 정민은 깜짝 놀라 소리치며 양팔로 얼굴을 가렸다. 충돌하기 직전이었다.

인클루드가 정민의 턱을 붙잡아 고개를 반대쪽으로 돌렸다. 그러자 아무 일도 일어나지 않았다. 기차는 흔적도 없이 사라졌다.

"웃기지? 시스템 부하를 줄이려고 이런 기괴한 짓까지 벌이고 있다니까. 아무도 쳐다보지 않을 때는 메모리에서 삭제했다가,

---

* 배드 섹터(bad sector): 하드디스크의 저장 공간 가운데 물리적 손상으로 인해 자료의 저장이나 처리가 불가능해진 부분.

유저가 쳐다볼 때만 잠깐 데이터를 로딩해서 배치하는 거야. 그것도 이렇게 티가 날 정도로 조잡하게. 과연 이게 정상적인 상황일까?"

전환.

박살 나 버린 세계가 눈앞에 펼쳐졌다. 아무것도 남지 않은 새하얀 대지에는 듬성듬성 구멍이 뚫려 있었고, 삭제된 하늘 틈새로 밤하늘의 별들이 넘실거렸다. 녹슨 빌딩 숲은 좌표를 잃고 가로로 뻗었다. 곳곳에 삼각형으로 깨진 그래픽 조각들이 널브러져 있었다. 레이어는 무엇 하나 제대로 기능하지 않는 상태로 방치되고 있었다.

"엉망이지? 붕괴한 레이어의 잔해 중 하나야. 뭐가 꼬여 버린 건지 삭제도 안 되는 모양이더라고. 이런 식으로 버려진 레이어가 수천 개도 넘어. 쓰레기 데이터들이 잔뜩 쌓여서 서버의 메모리에 누수를 일으키고 있어. 데이터가 아이스크림처럼 녹아내리고 있는데도 막을 방도가 없지."

인클루드는 고개를 들어 코앞까지 다가온 토성의 고리를 올려다보았다.

"세컨드 서울은 붕괴하고 있어. 사람들이 잘 찾지 않는 비주류 레이어부터 빠르게 무너져 내리고 있지. 100년 이상 쉬지 않고 돌아갔으니 서버가 망가질 만도 해. 애당초 딱 100년 동안 버티는 걸 목표로 설계된 시스템이니까. 그때 전부 내보냈어야 했어. 10년 전, 사람들의 불만이 가득했을 때. 우린 중대한 기회를 한 번 놓친 거야."

정민은 인상을 찌푸리며 반박했다.

"그게 사실이면 회사 차원에서 대응을 하겠지."

"회사는 이 사태를 해결할 능력이 없어. 세컨드 유니버스는 열일곱 개 대기업의 합작 투자로 설립된 수평적인 회사야. 레이어 소유권도 투자자들이 지분 비율대로 나눠 가졌지. 마치 부동산처럼

멀티 레이어

말이야. 무슨 뜻인지 이해돼? 다들 자기네 레이어에 조금이라도 더 많은 이익을 가져가려고 혈안이 되어 있는 놈들이란 말이야. 다 같이 그래픽 품질을 한 단계씩 낮추자는 간단한 합의도 못 지켜서 매번 협상이 깨졌어. 지난 10년 동안 해 온 삽질이 그거라고. 감축해야 한다고 한목소리로 소리치면서도 정작 본인들 레이어만은 지금 이대로이길 바라지."

"나한테 왜 이런 얘길 하는 건데?"

"우린 당신이 상황을 제대로 이해하길 원해. 자신이 처한 상황을 충분히 알고 있어야 소명 의식을 갖고 함께할 테니까."

"누가 함께한다 그래?"

"하루라도 빨리 사람들을 두들겨 깨워서 내보내야 해. 서버가 완전히 망가지기 전에. 안 그럼 몇 년 안에 모든 레이어가 붕괴할 거야. 시스템이 강제로 셧다운되면 접속한 사람들한테 무슨 부작용이 생길지 누가 알겠어? 최악의 경우엔 모두가 죽을 수도 있어. 그렇게 되길 원해?"

정민은 양손으로 얼굴을 쓸어내렸다. 손이 정말로 얼굴을 만지는 게 아니라는 생각이 들자 불쾌감이 찾아왔다. 아니. 이곳도 진짜 세상이야. 다만 조잡하고 위태로울 뿐. 사람들을 내보내고 나면 서버는 다시 쾌적해질 테고, 어쩌면 남아 있기를 원하는 사람들끼리 한동안 이 생활을 지속할 수 있을지도 모른다. 불가능한 일은 아니었다. 수현을 로그아웃시킬 수만 있다면. 로그아웃이 가능하다는 걸 사람들 앞에서 증명하기만 한다면.

"그런데 바깥은 진짜 안전해진 거야?"

"모르지. 나갔다 돌아온 사람이 없으니."

인클루드가 차갑게 평했다.

"그럼 수현이는…."

"그래. 이제 좀 알겠어? 우리 대장이 왜 저러고 자빠져 있는지."

사실상의 자살 임무. 아마도 수현은 기꺼이 그 무거운 짐을 스스로 짊어졌을 것이다. 두려웠을 텐데도. 강요하지 않아도. 예전부터 그랬다. 아무도 총대를 메지 않는 상황을 견디지 못해 손을 들고 마는 아이. 식당에 함께 있던 사람들의 반응이 조금은 이해가 갔다. 시큰둥한 태도는 그들 나름의 배려와 존중이었으리라.

인클루드가 처음으로 자신의 본심을 말했다.

"솔직히 말할게. 난 당신이 수현이 대신 로그아웃해 줬으면 좋겠어."

멀티 레이어

5.

수현의 표정이 머릿속에서 지워지지 않았다.

7년 만에 재회한 수현의 얼굴엔 안도의 미소가 떠올랐었다. 물론 아주 잠깐이었지만. 그 표정과 마주한 순간, 정민은 자신이 결국 이 일을 맡게 되리라는 것을 알았다.

정민은 의뢰를 수락했다. 그것도 무임으로. 오히려 모아 둔 코인을 왕창 써야 할 판이었다. 혁명단은 빈털터리였다. 존폐의 위기에 직면해 있다고 말하는 편이 정확할 것이다. 차라리 마음이 놓였다. 여전히 아이에게 무언가 해 줄 일이 남아 있다는 사실이 얼마나 큰 위안을 가져다주는지.

"무슨 생각 해요?"

정민을 재촉하듯 수현이 퉁명스레 물었다.

"잠깐 머릿속으로 정리 좀 하고 있었어."

"시작해도 돼요?"

"그래."

"해야 할 일은 7년 전이랑 똑같아요. 새 리모컨을 구했고, 고객 센터로 가져가서 스위치를 누를 거예요. 이번에는 누구처럼 쫄지 않을 거고."

수현이 테이블 위에 홀로그램 지도를 펼쳤다. 광화문 광장부터 푸른 집까지의 지형을 정리한 3차원 입체 그래픽이 레이어별로 층층이 그려졌다.

"회군 사태 직후부터 운영자들은 광화문 일대의 고객 센터로 통하는 모든 길목에 검문소를 설치하기 시작했어요. 시간이 갈수록 점점 더 빈틈없이 촘촘해지고 있고요."

설명과 함께 수현이 지도 곳곳에 손가락으로 선을 그었다. 검문소가 설치된 위치였다. 레이어의 콘셉트에 따라 지형지물이 판이하게 달라졌기에 검문소의 배치와 형태도 레이어마다 제각각이었다.

"이게 어제까지 파악한 검문소 위치. 가장 최근에 재배치가 이루어진 게 사흘 전이고, 보통은 일주일마다 배치가 바뀌니까 며칠간은 지금 상태를 유지할 가능성이 높아요."

"검문에 걸리면 어떻게 되지?"

"즉시 비상 임무가 시작돼요. 그 레이어의 콘셉트에 맞춰서 유저들이 절대 뚫을 수 없는 양의 장애물이 임무라는 형식으로 소환되는 거예요."

"7년 전이랑 똑같네."

"규모는 그때보다 열 배 이상 늘었어요. 한 번 뚫릴 때마다 두 배로 늘리고 있고요. 효율 대신 양으로 승부하겠다는 거죠. 명령어 한 줄만 입력하면 몇 개라도 비용 없이 설치할 수 있으니까."

"운영자들은 왜 이런 번거로운 방법을 고집하지? 그냥 벽을 세우지 않고."

"요즘 새로 제작되는 레이어들에는 그런 방식을 써요. 하지만 기존 레이어들에는 자치권이나 소유권 문제가 복잡하게 얽혀 있어서 회사도 맘대로 못 하는 모양이더라고요. 유저들 반대 여론도 만만찮고요. 한번 지형 수정에 동의해 줬다가 그게 선례가 돼서 회사가 멋대로 레이어를 건드리면 어쩌나 우려하는 목소리가 커요. 워낙 통행이 많은 길목인 데다, 애초에 경복궁 자체가 콘텐츠인 경우도 많으니까."

정민의 질문에 답하며 수현은 지도에 붉은 선을 그렸다.

"아무튼 우리가 취할 수 있는 유일한 전략은 인클루드의 능력을 최대한 활용하는 거예요. 레이어를 건너 다니면서 검문을 피하는 거죠. 검문소가 설치된 위치는 레이어마다 다르니까, 검문소를 만날 때마다 다른 레이어로 전환해서 검문을 우회할 수 있어요. 여기까지는요."

수현의 손길을 따라 여러 레이어를 넘나들던 선이 푸른 집 대문 앞에 멈춰 섰다. 외통수였다. 여기서부터 고객 센터까지는 뻥 뚫린 외길이었다.

"경복궁 북문부터 고객 센터까지. 이 구간을 통과할 방법이 필요해요. 무슨 짓을 하든 상관없어요. 어떻게든 절 목적지까지 데려다주기만 하면 돼요."

수현이 정민의 두 눈을 올려다보며 재차 강조했다.

"그거면 돼요."

*

"솔직히 난 좀 비관적이야."

아지트를 빠져나오자마자 인클루드가 속삭였다.

"걔는 로그아웃 못 할 거야. 해서도 안 되고."

"어째서?"

"주위를 둘러봐."

정민은 시키는 대로 좌우로 고개를 돌려 사방을 살폈다. 적당한 그래픽으로 구현된 옛 신촌 거리가 한눈에 들어왔다.

"당신은 여기가 리얼하다고 느껴?"

"아니. 광원 처리도 엉망이고 질감도 한참 떨어져. 리얼리티하고는 거리가 멀지."

"수현이는 오히려 이런 게 리얼하다고 생각할걸? 걘 세 살에 세컨드 서울에 들어왔어. 정확한 광원 처리가 없어도, 정확한 물리법칙이 구현되지 않아도 걔는 신경 쓰지 않아. 세상을 바라보는 기준이 완전히 다르지. 뭐가 리얼한 건지 구별하는 게 불가능하달까. 아무 레이어에 대충 던져 놓고 여기가 바깥세상이라고 속여도 그냥 믿어 버릴 거야."

"무슨 말을 하고 싶은 건데?"

"그러니까 당신이 나가라고."

"그 얘긴 그만하기로 한 거 같은데."

"싫어. 계속할 거야. 수현이는 밖에서 절대 생존 못 해. 평생 동안 세컨드 서울 시스템에 길들여진 아이니까. 당신이 로그아웃해. 부모잖아."

"지정 양육자야. 걔 진짜 부모는 밖에서 죽었어."

"그렇게 변명하면 마음이 좀 편해져?"

"…."

"너도 베르테르 새끼랑 똑같아."

정민은 쓴웃음을 지었다.

멀티 레이어

반박할 수 없었다.

                              *

　회군 사태 직후, 베르테르는 자신의 아바타를 전부 삭제하고
흔적 없이 사라졌다. 사라진 건지, 삭제된 건지. 혹은 살해된 건지.
소문만 무성할 뿐 누구도 진실을 알려 주지 않았다. 아바타 너머에
감추어진 개인 정보는 회사조차 침범할 수 없는 신성한 영역이었다.
　그 후로도 정민은 가끔 생각했다. 안 한 걸까, 못 한 걸까. 어쩌면
베르테르에게 애초에 로그아웃할 생각이 없었던 건 아닐까. 설마
고객 센터까지 도달하겠냐는 마음가짐으로 무모하게 일을 벌였던
건지도 모른다. 막상 거기까지 갔더니 덜컥 겁이 났던 것일 수도
있고. 처음부터 사측과 치밀한 조율을 거쳐 선을 정해 둔 투쟁이었을
가능성도 있었다. 만약 그렇다면 자신은 눈치 없이 너무 유능하게
일을 처리해 버린 것일지도.
　베르테르가 자취를 감추자 혁명단은 순식간에 동력을 잃었다.
지지는 비난으로 바뀌었고, 멤버들은 뿔뿔이 흩어졌다. 베르테르의
뒤를 따라 아바타를 삭제하고 잠적하는 사람들도 생겨났다. 더는
누구도 로그아웃을 이야기하지 않았다. 대신 유행처럼 리셋을
말하기 시작했다. 회사는 마치 사면권이라도 뿌리듯 유저들에게
아바타 외모 변경권과 명칭 변경권을 무료로 제공했고, 수만 명의
유저가 이름을 버리고 새로운 삶을 택했다.
　혁명은 조용히 끝났다. 마치 아무 일도 없었던 것처럼.

                              *

"허나 싸움은 아직 끝나지 않았네. 이 몸이 갈기갈기 찢기고 부서진다 한들 조국 독립을 향한 열망은 결단코 꺾이지 않을 것이야. 나의 이 혼과 정열은 물론이요 단 한 방울의 피와 살점마저도 민족의 자유를 위한 거름이 될 걸세. 그대, 우리의 투쟁에 동참하겠는가? 일제 놈들에게 한 방 먹일 각오가 되었는가 말이야."

NPC 윤봉의 대사와 함께 홀로그램 창이 떴다. 퀘스트를 수락하시겠습니까? YES. 정민이 수락하자 윤봉이 반걸음 뒤로 물러나 무릎을 꿇고 가방에서 아이템을 꺼냈다. 폭탄이었다. 정민은 폭탄을 받아 들며 재빨리 앞으로 다가가 상대와 몸을 밀착시켰다. 윤봉은 원래 서 있던 위치로 돌아가지 못하고 살짝 뒤로 밀려났다. 정민은 퀘스트 창을 열어 취소 버튼을 눌렀다. 손에 들고 있던 폭탄이 사라졌다. 정민이 윤봉에게 다시 말을 걸자 똑같은 대화가 처음부터 반복되었다.

"허나 아직 싸움은 끝나지 않았네. 이 몸이 갈기갈기…."

"봤지? 한 명 시켜서 이 짓 계속 반복하라고 해."

"언제까지?"

"내가 그만하라고 할 때까지. 이 친구 총독부 외벽에 딱 붙여 놔. 멈추지 말고 계속 말을 걸어야 해. 3초 이상 대화가 끊기면 제자리로 돌아가 버리니까."

"뭘 하고 있는 건지."

인클루드는 투덜거리면서도 동료에게 메시지를 전달했다.

"다음은 어디로 가면 돼?"

"이매망량 조선."

"네, 네, 선생님. 걸어서 역사 속으로 다음 코너 출발합니다."

인클루드가 과장된 몸짓으로 척 하고 한 걸음 나아가니 배경이

멀티 레이어

바뀌었다. 사극 속 세상에 들어선 듯 한양 육조 거리가 눈앞에
펼쳐졌다. 관복을 입은 인간과 요괴들이 구분 없이 섞여 분주히
대화를 나누고 있었다.

"여기선 또 무슨 꼼수를 부릴 건데?"

부채로 변한 인클루드가 물었다.

"꼼수는 됐고. 섭외할 사람이 있어."

갓끈을 고쳐 맨 정민은 부채로 얼굴을 가리고 피맛길에
들어섰다. 어느 주점 앞에 도착한 그는 가장 안쪽에 앉은 유저에게
다가가 인사를 건넸다.

"곽도명. 잘 지냈냐?"

도명은 벌떡 자리에서 일어나 몸으로 반가움을 표했다.

"형님? 이게 몇 년 만입니까?"

"한 5년 됐나?"

"에이. 10년도 넘었습죠. 어서 앉으십쇼."

자리에 앉은 정민은 손짓으로 술과 안주를 주문하며 물었다.

"요즘은 뭐 하고 지내?"

"별게 있겠습니까. 여기 사람들 고일 만큼 고여 가지고 엔드
콘텐츠까지 싹 털어먹고 요상한 헛짓거리나 하고 있죠."

"헛짓거리?"

"저거요."

도명이 하늘을 가리켰다. 구름처럼 거대한 용 한 마리가
유유자적 허공을 날고 있었다.

"사람들이 이제 하다하다 할 게 없으니까 저기 올라가 보겠다고
설친다니까요."

"저거 그냥 스카이박스*에 그림만 그려 놓은 거 아냐?"

"아닙니다. 진짜라는 것까진 확인했어요. 옆구리에 화살이 박히긴 하더라고요. 뭐 좋은 아이디어 없습니까? 이런 거 형님 전문이잖습니까."

"글리치도 상관없어?"

"요즘 누가 그런 거 따집디까. 운영자들 손 놓은 지 오랜데."

잠시 고민하던 정민이 팁을 알려 주었다.

"아이템 중에 '연날리기 세트'라고 있잖아. 설날마다 이벤트로 나눠 주는 거. 거기 사람 태워서 올릴 수 있는 거 알지?"

"벌써 해 봤습니다. 줄이 짧아서 저기까진 못 올라가던걸요."

"한 자리에 딱 붙어서 동시에 사용해 봐. 한 스무 명쯤."

"그럼 뭐가 다릅니까?"

"해 보면 알아."

도명은 이해가 잘 안 된다는 표정이었다. 정민은 도명에게 술잔을 건네며 제안했다.

"일거리가 하나 있는데. 도와줄 수 있어?"

"무슨 일요?"

"푸른 집."

도명이 잔을 내려놓았다.

"그냥 가죠. 내 암말 안 할 테니까."

"그래, 알았다."

*스카이박스(skybox): 3D 그래픽의 가장 뒤쪽 배경에 해당하는 이미지. 주로 하늘의 모습을 구현하는 데 사용된다.

멀티 레이어

정민은 술값을 탁자 위에 올려 두고 군말 없이 자리에서 일어났다.

*

배틀 시티 2246. 정민은 손으로 눈가에 그늘을 만들며 하늘을 올려다보았다. 20년째 랭킹 1위 자리를 굳건히 지키고 있는 극강의 고인물 유저 z존$hooter가 전투기에 타고 있었다. 아니, 전투기 날개 위에 엎드린 채 저격소총으로 적들을 학살하고 있었다. 원 샷 원 킬. 전투기가 360도 곡예를 펼치는 와중에도 탄환은 결코 빗나가지 않았다.

"미친 새끼, 못 본 사이에 더 미쳤네."

정민은 전투기를 조준해 대공미사일을 발사했다. 명중. 미사일이 폭발하기 직전 z존$hooter가 전투기에서 뛰어내려 낙하산을 펼쳤다. 정민은 장갑차를 몰고 낙하지점으로 이동했다. 상대가 소총을 난사하는데도 정민은 태연히 차에서 내려 z존$hooter 쪽으로 다가갔다.

"아, 형이었음?"

"자, 비행기 부순 값. 얘기 좀 하자."

정민이 코인을 건넸다. 하지만 z존$hooter는 시큰둥했다.

"형, 나 지금 많이 바쁨. 울 팀 지고 있음. 용건만."

"푸른 집. 도와줄 수 있어?"

"엄, 그건 좀…."

z존$hooter가 미간을 찌푸리며 고개를 가로저었다.

"알았어."

*

"크앙!"

안킬로사우르스가 소리쳤다. 브라키오사우르스 모습을 한
정민도 지지 않으려 상대의 이마에 제 이마를 쿵, 쿵, 부딪치고
고성으로 맞섰다. 인클루드가 인상을 찌푸리며 귀를 틀어막았다.

"크앙! 크앙!"

"시끄러워 죽겠네. 그래서 뭐래?"

정민은 실망한 목소리로 답했다.

"크앙⋯."

*

"할 거야, 말 거야?"

정민이 짜증 섞인 목소리로 상대를 재촉했다. 하지만 마틴은
비마(飛馬) 경기 화면만 뚫어져라 노려볼 뿐이었다. 하늘을 질주하던
날개 달린 말들이 서로 엉키며 우르르 아래로 추락하자 마틴이
절규하며 마권을 집어 던졌다.

"이거 다 형님 때문이라니까. 형님이 원래 재수가 없잖아."

"지랄. 나는 100코인 땄거든?"

정민이 마권을 흔들어 보였다.

"원래 소액으로 하면 다 따요. 이 바닥이 원래 그렇다니까?"

"그래서 할 거냐고."

"무슨 일로 오셨다고요?"

"의뢰. 푸른 집. 몇 번을 말해?"

멀티 레이어

"아이, 형님. 그런 허황된 망상을 아직도 갖고 있습니까? 그런 쓸데없는 소리 할 거면 차라리 나한테 딱 1억만 투자해요. 내가 오늘 안에 열 배로⋯."

"옛다, 개평이나 먹어라."

정민은 손가락을 튕겨 코인 하나를 건네곤 자리를 떠났다. 코너를 돌자마자 인클루드가 레이어를 전환했다. 1988년으로 돌아온 정민은 가까운 노점에서 담배를 구입해 한 개비 입에 물었다. 그런다고 마음이 진정되는 효과가 있는 건 아니지만.

"거 인망 참 두터우시네."

기회를 놓치지 않고 인클루드가 빈정거렸다.

"⋯ 자식들 그렇게 잘해 줬는데. 판타 레이에서 다 같이 있을 땐 정말 끈끈했다고."

"아아, 그 유명한 하늘 혈맹? 마을이며 던전이며 전부 통제하는 바람에 다른 유저들은 손가락만 쪽쪽 빨다 접어 버렸잖아. 회사가 7년 동안 개발해서 야심 차게 오픈한 AAA급 서비스를 한 달도 안 돼서 말아 드셨지."

"일부러 그랬어. 거긴 과금 유도 정책이 심해도 너무 심했거든. 한 번쯤은 회사에 경고해야 했어. 선을 넘지는 말자고."

"아주 영웅 납셨네. 다른 이슈에도 좀 그렇게 나서 보지. 것보다 벌써 스무 명째야. 이래서야 뭐 도와준다는 사람 하나라도 나오겠어?"

"괜찮아. 필요한 건 이미 확보했어."

"뭘 확보했는데?"

정민은 연기를 뿜으며 답했다.

"정보."

6.

"방법 찾았어요?"

아지트에 돌아오자마자 수현이 추궁하듯 물었다.

"그래. 찾았어."

"뭔데요?"

"지금은 말 못 해."

수현은 의심 어린 눈빛으로 인클루드를 바라보았다. 하지만 인클루드 역시 어깨를 으쓱일 뿐이었다. 정민은 한숨을 쉬며 재차 말했다.

"정말 여기서 얘기해도 괜찮겠어?"

수현은 그제야 깨달은 표정이었다.

"알겠어요. 방법은 혼자만 알고 계세요. 성공 확률은 얼마나 되죠?"

"반반이야. 아니, 솔직히 15퍼센트 정도."

"유료 아이템 뽑기 확률에 비하면 완전 해 볼 만하네요."

대답은 그렇게 했지만 수현의 얼굴엔 여전히 불안이 묻어 있었다.

멀티 레이어

"걱정하지 마. 맡은 의뢰는 확실히 처리할 테니까."

"… 좋아요. 믿을게요. 언제 시작할 수 있어요?"

정민은 인터페이스를 열어 시계를 보았다.

"내일 아침 6시."

"제가 준비해야 될 게 있나요?"

"아니, 없어."

"오케이. 중요한 문제는 대충 해결됐고. 이제 남은 건…."

기다렸다는 듯 수현이 인벤토리에서 술을 꺼냈다. 그것도 궤짝으로. 각자 한 아름 아이템을 챙긴 혁명단 멤버들은 한껏 상기된 표정으로 수현의 명령만을 기다렸다.

"다들 출발합시다!"

사람들이 우르르 아지트 입구로 향했다. 당황한 정민은 인클루드에게 물었다.

"저 사람들 지금 어디 가는 거야?"

"남대문."

"거긴 왜?"

"거기가 집결하기 제일 좋잖아. 남대문은 웬만한 레이어에 다 존재하니까. 혁명단 멤버가 다 같이 모이기에 여긴 너무 좁거든."

"모여서 뭘 하는데?"

"회식."

"뭐? 지금 제정신이야? 가서 말려야겠어. 오늘 하루는 여기서 얌전히…."

인클루드가 정민의 팔을 붙잡았다.

"7년을 싸웠어. 하루 정도는 괜찮잖아. 조금 미쳐도."

"그래도…."

"수현이가 하자는 대로 해 주고 싶어. 그럴 수 있는 날은 오늘이 마지막이니까."

"…."

정민은 어쩔 수 없이 사람들의 뒤를 따랐다. 문을 나서는 순간 멤버들의 모습이 사라졌다. 각자 자신의 레이어로 돌아가 그곳에서 이동 중일 터였다. 정민은 수현의 일행으로 보이지 않도록 살짝 거리를 두고 뒤따라 걸었다.

"근데 진짜 방법 찾은 거 맞아?"

다시 모자로 변한 인클루드가 속삭이듯 물었다.

"왜? 내가 일부러 실패하기라도 할까 봐?"

"그럴 수도 있잖아. 솔직히."

"약속은 지켜."

"수현이 대신 로그아웃할 생각은 여전히 없고?"

"질기네, 정말."

"내가 좀."

인클루드는 한동안 말이 없었다. 정민 역시 입을 닫고 묵묵히 걸음을 옮겼다. 걷는 내내 등 뒤를 비추던 석양이 정민의 그림자를 길게 앞으로 뻗었다. 마치 수현을 붙잡으려는 듯이. 하지만 끝내 닿지는 않았다.

"당신에 대해 조금 알아봤어."

인클루드가 말했다.

"밖에서 많은 일을 겪었더라. 그래서 테스터로 지원했다고. 이해해. 여긴 훌륭한 도피처지. 안전하고. 예측 가능하고. 원하는 만큼 자신을 감출 수 있고."

"…."

멀티 레이어

"지금도 바깥세상이 두려워?"

"글쎄."

인클루드가 다정하게 속삭였다.

"안심해. 당신을 괴롭혔던 세계는 이미 물에 잠겨 사라진 지 오래니까."

정민은 힘없이 웃었다.

"그 세계는 지금도 내 안에 있어."

*

생각했던 것과 달리 회식은 그리 왁자지껄한 분위기는 아니었다. 각자 적당히 남대문 주위에 자리 잡고 조용히 서 있을 뿐. 인클루드의 능력으로 레이어를 건너 모두의 감각을 잇자 잠시나마 서로의 모습을 볼 수 있었지만, 단지 그뿐이었다. 서로 대화를 나누었다간 주위를 지나다니는 다른 유저들 눈에 이상하게 보일 테니까. 혁명단 멤버들은 서로의 모습이 보이지 않는 척 그저 허공을 응시할 따름이었다.

그걸로 충분해 보였다. 여전히 함께하는 사람이 있다는 사실을 확인했으니까. 혼자 싸우고 있는 게 아니라는 사실을 눈으로 확인한 것만으로도 커다란 위로가 될 테니까.

수현이 소주를 꺼내자 멤버들도 각자 준비해 온 술을 꺼내 마셨다. 장작에 불을 붙여 캠프파이어를 준비하는 레이어도 있었다. 적당히 흥이 오르자 몇몇이 악기를 연주하기 시작했다. 서로 미리 합을 맞춰 본 것도 아닌데 그들의 음악은 자연히 조화를 이루었다. 멤버들은 파편처럼 조각 난 세계에서 각자의 방식으로 어우러져

서로를 위로했다.

　　서서히 긴장이 풀렸다. 하지만 묘하게 더 집중하게 되는 듯한 기분도 들었다. 분위기가 무르익을 즈음, 수현이 연설을 시작했다. 마치 술주정을 하는 양 비틀비틀 일어나 허공을 향해 분노에 찬 함성을 내질렀다.

　　"세컨드 서울이 붕괴하고 있다! 너희 눈에는 이게 안 보여? 아무것도 안 느껴지냐고! 세상이 망해 가고 있는데 정말 아무렇지도 않아? 나는 두려워! 두려워 미치겠다고!"

　　길을 걷는 사람들이 찌푸린 얼굴로 쳐다봤지만 수현은 조금도 신경 쓰지 않고 고래고래 소리 질렀다. 수현이 마주 보고 있는 사람들은 그들이 아니었다.

　　수현은 그저 화를 내고 있는 것이 아니었다. 입을 열 수 없는 모두를 대신해 홀로 그들을 대변하는 중이었다. 혁명단의 누구도 수현을 바라보고 있지 않았지만, 그들 모두의 표정에서 수현을 향한 은은한 존경을 느낄 수 있었다.

　　지친 얼굴로 어깨를 늘어뜨린 수현이 나직이 한마디를 덧붙였다.

　　"… 고마워요. 다들."

　　정민은 성곽 아래 주저앉은 수현 곁으로 다가가 나란히 앉았다. 하지만 말을 걸 용기가 나지 않았다. 이제 와 무슨 낯으로. 우물쭈물 망설이는 사이 수현이 소주 한 병을 새로 꺼내 나발을 불었다. 단숨에 병이 비었다.

　　결국 수현이 먼저 입을 열었다.

　　"바깥은 어떤 곳이에요?"

　　"여기보다 그래픽이 좋아. 촉감도 더 세밀하고."

멀티 레이어

"그런 거 말고요."

"음…. 별로 살기 좋은 곳은 아니었어. 더웠다가, 추웠다가, 배가 고팠다가, 시도 때도 없이 비가 내리고. 아, 그건 알고 있지? 순간 이동 기능이랑 인벤토리 없는 거."

"저도 그 정돈 알아요."

설명하는 사이 문득 깨달았다. 수현이 이곳 '끝나지 않는 영원한 올림픽의 세계'에 머무른 이유는 이 레이어가 그나마 바깥세상과 유사한 경험을 제공하기 때문이라는 걸. 아이는 7년 동안이나 계속 적응 훈련을 이어 오고 있었다.

"이거 알면 깜짝 놀랄걸? 사람들 실제로 보면 정말 못생겼어. 여기서 보던 얼굴 기대하면 완전 크게 실망할 거야."

"에이. 뭐야, 그게."

수현이 풋, 웃음을 터뜨렸다. 정민은 옅은 미소를 띠며 설명을 이어 갔다.

"밖에선 아바타를 못 바꿔. 키가 작은 사람은 평생 작은 채로 살아야 해. 눈이 작으면 눈이 작은 채로 살아야 하고. 많이 먹으면 점점 뚱뚱해지는데 다시 날씬해지기가 굉장히 어려워. 그렇다고 너무 안 먹으면 죽을 수도 있고."

"그건 좀 이상하다. 그럼 성별도 못 바꿔요?"

정민은 고개를 끄덕였다.

"거긴 스킬 시스템도 없어."

"네? 정말요? 그럼 어떻게 기술을 배워요?"

"반복해야지. 지겹도록. 몸을 직접 움직여서."

"반복하면 잘할 수 있게 돼요?"

"그건 몰라."

수현이 크게 한숨을 쉬었다. 살짝 충격을 받은 모양이었다.

"저는 세컨드 서울이 너무 이상하다고 생각했는데, 바깥은 더 이상한 곳이었네요."

"불합리와 불안으로 가득한 곳이었지."

"그래도 진짜 술에 취할 수는 있겠네요."

수현이 다시 소주병을 입에 물었다.

"수현이 니가 왜 괴로워하는지 잘 알아. 왜 계속 싸울 수밖에 없는지도. 근데 꼭 이런 방식일 필요는 없어. 지금은 모두가 잊어버린 것처럼 보여도 때가 되면 다들 행동에 나서는 순간이 올 거야. 그러니까…."

"굳이 먼저 나서지 마라?"

"가만히 있어도 언젠가는 이겨. 이건 그런 싸움이야."

"그게 언젠데요?"

"…."

"양육자님은 7년 동안 정말 하나도 안 바뀌셨네요. 세컨드 서울이 그래요. 꼭 시간이 되풀이되는 것 같죠. 분노했다가, 잊었다가, 똑같은 삽질을 몇 번이나 반복해요. 파도가 쳤다 빠져나가는 것처럼요."

"밖에서도 똑같았어."

"그래서 망했잖아요."

"… 그랬나."

"베르테르는 철부지였어요. 기가 막힐 정도로 순진한 어린애였죠. 그래서 좋아했지만, 가끔은 미칠 듯이 싫었어요. 사람들 앞에서 그럴싸하게 떠들기만 하지 실제론 아무것도 할 줄 몰랐죠. 가게 앞에 세워 놓는 입간판 같달까. 솔직히 매일 구박하고

멀티 레이어

다녔어요. 제발 입으로만 떠들지 말고 행동을 하라고. 별것도 아닌 일에 쫄지 좀 말라고."

내쉬는 숨이 크게 떨렸다. 가짜인데도.

"… 신나게 욕했으니 책임을 져야죠. 이래 놓고 도망치면 너무 쪽팔리잖아요. 아쉽네요. 이렇게 될 줄 알았으면 그때 더 많이 욕하는 건데."

"그렇다고 굳이 네가…."

"에휴, 그만합시다."

수현이 자리에서 일어났다.

"양육자님. 그거 아세요? 우리 지금 지인짜 진부한 얘기만 계속 떠들고 있거든요. 왜냐면요. 이런 뻔한 대화 말고는 할 게 없는 사이라서 그래요. 서로에 대해서 아는 게 요만큼도 없으니까요. 확실히 알겠네요. 우리, 가족 아니에요. 그냥 같이 산 거지."

말하자마자 수현이 쿡 웃음을 터뜨렸다.

"와, 이 말도 진부해. 진짜 어쩜 좋냐. 암튼 이제 가 볼게요. 그럼 내일…."

"가지 마."

다급히 팔을 붙잡았다. 수현이 또 웃었다. 하지만 조금 분위기가 달랐다.

"이제 와서?"

고개를 돌려 내려다보는 수현의 얼굴엔 표정이 없었다. 프라이버시 옵션을 활성화했을 때의 얼굴이었다. 기계적인 무표정 뒤에서 실제로는 어떤 얼굴을 하고 있을지 조금도 예상이 되지 않았다.

이윽고 수현이 입을 열었다.

"있잖아. 예전부터 얘기하고 싶었는데, 마지막이니까 한번 할게. 세상이 망한 건 당신들 때문이야. 내 부모님이 돌아가신 것도 당신들 때문이고. 내가 이런 미친 짓을 하고 있는 이유도 당신들이 세상을 전부 조져 놨기 때문이야. 날 이렇게 키운 것도 당신이고. 내 인생 망친 것도 당신이고. 지금 나를 제일 고통스럽게 하는 것도 당신이야. 전부 당신 때문이라고. 내가 왜 이러는지 정말 모르겠어? 나는, 당신 같은 사람이 안 되려고 이러고 있는 거야."

"수현아, 전부 내가 잘못…."

"잘못? 잘못했어?"

흥분한 수현이 정민의 가슴을 걷어찼다. 맞으면서도 정민은 수현의 손을 놓지 않았다. 놓으면 끝이다. 다시는 이 아이를 붙잡을 기회가 없을 것이다. 그런 생각만 머릿속을 맴돌았다. 정민은 통증을 차단해야 한다는 생각도 하지 못한 채 그저 묵묵히 아픔을 감내할 뿐이었다. 그런다고 망쳐 버린 일들이 회복되진 않겠지만.

흥분한 수현은 쉴 새 없이 정민을 때렸다.

"아아, 사과를 하고 싶으셨어요? 그런 건 100년 전에 했어야지. 무슨 말을 해도 짜증 나니까 그냥 아무 말도 하지 마. 미안하면 그냥 내가 때리는 대로 맞기나 해. 알겠어요?"

누군가 달려와 다급히 수현을 뜯어말렸다. 인클루드였다.

"수현아. 그만."

"말리지 마. 이 인간은 더 맞아야 돼."

"그 말은 맞는데. 나중에 때려. 문제가 생겼어."

"무슨 문제?"

"저 소리 안 들려?"

수현이 청각 옵션을 조정해 귀를 기울였다. 멀리서 호각 부는

멀티 레이어

소리가 희미하게 들려왔다. 인클루드가 소리 나는 방향을 엄지로 가리키며 말했다.

"보안 프로그램이 왔어."

7.

1920년대 경성을 재현한 레이어 '의열'에서 활동 중인 혁명단 멤버 봉춘에게 **그것**은 일본도를 허리에 찬 순사의 모습으로 보였다. 봉춘은 본능적으로 그것의 정체를 깨달았다. 하지만 결코 티를 내선 안 되었다. 그는 아무것도 눈치채지 못한 척 최선을 다해 자연스러운 모습을 연기했다.

뚜벅. 뚜벅. 느린 걸음으로 곁을 지나쳐 가는 그것을 못 본 체하며, 봉춘은 가까이 있는 동료에게 비밀 수신호로 물었다.

너도 저거 보여?

그러자 동료가 아주 살짝 고개를 끄덕였다. 그는 이매망량 조선에 있었다.

내 눈에는 의금부 병졸로 보인다.

그놈이군.

그놈이야.

온몸이 얼어붙을 것처럼 소름이 돋았다. 봉춘은 자신이 무슨 일을 해야 하는지 정확히 알고 있었지만 선뜻 몸이 움직이지 않았다. 저놈이 눈치채면 어쩌지? 혹시 날 돌아보기라도 하면, 갑자기 목표를 바꿔서 날 쫓아오기라도 하면 그때는….

에라 모르겠다.

봉춘은 주머니에서 호각을 꺼내 힘껏 불었다.

*

누군가 호각을 불자 사람들이 혼비백산 달아나기 시작했다.

릴레이하듯 연이어 터져 나오는 호각 소리에 깜짝 놀란 정민은
소란이 일어난 방향을 보았다. 남자가 느린 걸음으로 다가오고
있었다. 청바지에 청 재킷. 그리고 새하얀 헬멧. 이곳은 현대 서울을
배경으로 하는 레이어인데도 남자는 어울리지 않게 방패와 곤봉을
차고 있었다.

"다들 도망쳐!"

혁명단 멤버 하나가 호기롭게 남자의 앞길을 가로막았지만
곤봉 한 방에 나가떨어졌다. 곤봉에 맞은 멤버는 한참 멀리 떨어진
곳까지 날아가 벽에 부딪혔다. 비정상적으로 강한 근력이었다.
남자는 아무런 표정도 짓지 않았고, 말 한마디 뱉지 않았다. 대체
어디를 바라보고 있는 건지도 가늠하기 어려웠다.

인간이 아니다. 정민은 단숨에 상황을 파악했다.

"저게 보안 프로그램이야?"

인클루드가 고개를 끄덕였다.

"그래. 우리가 검문을 피해야 하는 가장 큰 이유."

수현이 놈에게 다가가려 하자 인클루드가 어깨를 붙잡았다.

"어쩌려고?"

"사람들 도망칠 시간은 벌어야지."

"다들 알아서 자기 몸 챙길 거야. 복불복이라고 니 입으로 규칙 정했잖아."

"그건 그거고."

인클루드의 손을 뿌리치고 뛰쳐나간 수현은 배낭에서 화염병을 꺼내 불을 붙였다.

"당장 꺼져! 죽고 싶지 않으면!"

수현은 영리하게도 혁명단 멤버가 아닌 일반 유저들을 향해 소리쳤다. 그리고 멤버들의 발치에 화염병을 던졌다.

"싹 다 꺼지라고!"

소리치는 사이 보안 프로그램이 점점 수현 쪽으로 다가왔다. 뚜벅. 뚜벅. 놈은 여전히 일정한 속도를 유지하고 있었다. 수현이 놈에게 화염병을 던지며 뒷걸음쳤다. 방패에 불이 붙었다.

"한정민. 어디서 싸우고 싶어?"

"뭐?"

"저건 모든 레이어에 존재해. 그러니까 가능한 우리한테 유리한 전장에 가서 싸우는 게 좋아."

"그럼…."

어느새 수현의 코앞까지 도착한 보안 프로그램이 곤봉을 치켜들었다. 하지만 수현은 물러서지 않고 상대를 올려다보았다. 곤봉이 휘둘러지는 순간, 정민이 장검을 휘두르며 끼어들었다. 날카로운 금속성 마찰음을 내며 곤봉이 튕겨 나갔다.

고전 판타지 게임을 재현한 대규모 공성 전쟁 레이어 판타 레이. 수십 억 코인을 쏟아부어 신화급 스펙을 갖춘 랭킹 1위 용기사 정민이 장검을 휘둘러 상대를 기세 좋게 몰아붙였다. 정민의 눈에 상대는 목이 없는 악령 기사의 모습을 하고 있었다. 악령 기사가 거대한 해골 검을 높이 치켜들었다 일직선으로 내려쳤다. 정민은 그 틈을 놓치지 않고 방패를 휘둘러 상대의 검을 튕겨 냈다. 정민의 시야 한구석에 스킬 설명 창이 떴다. 〔**실드 패리 성공. 상대의 공격을 튕겨 내고 6초간 기절 상태에 빠뜨립니다.**〕 그랬어야 했다. 하지만 보안 프로그램은 쉬지 않고 검을 휘둘렀다.

망할, 상태 이상 면역이야?

갑자기 상대의 발아래에서 불기둥이 치솟았다. 뒤를 돌아보자 마법사 복장을 한 수현이 지팡이를 들고 주문을 외우고 있었다. 인클루드가 레이어를 전환해 준 모양이었다.

"비켜요!"

수현이 소리쳤다. 의도를 파악한 정민은 재빨리 몸을 굴려 피했다. 그러자 방금 전까지 서 있던 자리에 운석이 떨어졌다. 메테오 마법이었다. 암석 덩어리가 몇 번이고 같은 자리를 때렸다. 지진이 일어난 듯 사방이 뒤흔들리고 흙먼지가 치솟았다. 하지만 보안 프로그램은 전혀 대미지를 입지 않은 듯 보였다.

보안 프로그램이 검을 버리고 지팡이를 꺼냈다. 그리고 마법으로 단숨에 수현의 코앞까지 순간 이동했다. 미처 반응할 새도 없이 손목을 잡힌 수현은 비명을 지르며 정신을 잃었다.

흥분한 정민이 칼을 휘둘러 보안 프로그램의 팔을 잘랐다. 하지만 상대는 잘린 팔을 순식간에 치유하고 정민을 향해 마구 검을 휘둘렀다. 인클루드가 수현을 챙겨 도망치는 모습을 보았다. 정민은 상대와 몇 합을 주고받은 뒤 뒤돌아 달아나기 시작했다. 등 뒤에서 휘두르는 칼에 몇 번이나 베일 뻔했다.

그래, 이 망할 자식아. 날 노리라고.

말을 소환해 이동 속도를 높였다. 그러자 상대도 말을 타고 쫓아오기 시작했다. 수현과 충분히 거리를 벌린 정민은 순간 이동 주문서를 한 장 찢어 마법 반지에 기억시켜 둔 장소로 도망쳤다. 그러자 상대도 똑같이 순간 이동 마법으로 쫓아왔다. 계획대로였다.

육중한 성문이 열리고 사방에서 뿔 나팔 소리가 울려 퍼졌다.

"경배하라! 군주께서 돌아오셨도다!"

정민의 앞길에 수백 명의 NPC 경비병과 기사들이 좌우로 도열했다. 정민은 말에서 뛰어내리며 신하들에게 명령을 내렸다.

"군주의 이름으로 명하노라. 기사들이여, 저 불경한 침입자를 제압하라."

도끼 창을 든 경비병들이 우르르 달려와 보안 프로그램을 포위했다. 성벽 위에서는 수백 명의 궁수들이 화살을 겨누었고, 왕성의 수호 기사들과 궁정 마법사들도 가세했다. NPC들이 함성을 지르며 공격을 시작했다. 금속과 금속이 부딪쳐 불꽃이 튀고 폭우처럼 화살이 쏟아졌다. 형형색색의 최상급 공격 마법도 일제히 퍼부어졌다.

저건 너무 사기잖아.

여전히 악령 기사 모습을 유지하고 있는 보안 프로그램은 온몸에 화살이 박혀 거의 고슴도치처럼 보일 정도였다. 그런데도 멀쩡히 검을 휘둘러 경비병과 기사들을 두 동강 내고 있었다. 대미지를 입기는 하는 건지 의심스러웠다.

"이 정도론 안 돼."

어느새 곁에 도착한 인클루드가 말했다.

"수현이는?"

"다른 멤버들이 아지트로 데려가고 있어. 근데….."

"근데 뭐?"

멀티 레이어

"… 나중에 얘기해. 일단은 저것부터 어떻게 해야지."

"저놈은 대체 뭐야?"

"운영자들이 풀어 놓은 자동 추적 프로그램이야."

"인공지능?"

"그런 거창한 건 아니야. 그냥 정해진 패턴대로 움직이는 몬스터 같은 거야."

"약점은? 어떡해야 죽일 수 있지?"

정민의 물음에 인클루드는 헛웃음을 뱉었다.

"그런 게 있으면 우리가 도망쳤겠어?"

"따돌릴 방법도 없어?"

"보통은 사방으로 흩어져. 일정 거리 이상 멀어지면 더 쫓아오진 않거든. 그래도 맨 처음 목표로 찍힌 한 명은 반드시 붙잡혔어. 우리가 도망치려는 낌새만 보여도 NPC들 무시하고 바로 이쪽으로 달려올 거야."

대화하는 동안에도 보안 프로그램을 상대하는 경비병의 수가 빠르게 줄어들고 있었다. 정민은 서둘러 작전을 구상했다.

"순간 이동 마법으로 도망치면?"

"똑같이 순간 이동해서 쫓아와. 몇 번이고."

"말을 타고 도망치면?"

"똑같이 말을 타고 쫓아오지."

방금 전 확인한 대로였다.

"그럼 이렇게 해 보자."

정민의 지시를 들은 인클루드는 반신반의하면서도 준비를 위해 떠났다. 어느새 경비병의 수가 열 명 이하로 줄었다. 이제 보안 프로그램은 지팡이를 꺼내 성벽 위에 있는 궁수와 마법사들을 벼락

마법으로 학살하기 시작했다. 정민은 전투에 필요한 아이템들을
세팅하며 심호흡했다.

5분. 인클루드가 준비를 마치려면 적어도 그 정도 시간은
필요할 것이다. 각오를 다진 정민은 인벤토리에서 소형 활을 꺼내
시위를 당겼다. 보안 프로그램을 조준하고 시위를 놓자 활에서
화살이 아닌 대포알이 날아갔다. 작렬탄*이 폭발하며 목표를 멀리
날려 보냈다.

"이게 아직도 되네."

장비 교체 버그를 이용해 화살이 아닌 투사체를 활에 장착하는
꼼수 플레이. 이 방법을 이용하면 대포알을 아주 빠른 속도로 연사할
수 있었다. 레이어에서 추방당해도 할 말 없을 정도의 심각한 버그성
플레이지만, 지금은 그런 걸 따질 상황이 아니었다.

정민은 다시 한번 활시위를 당겼다. 보안 프로그램은 자리에서
일어나자마자 또 폭발에 튕겨 날아갔다. 일어날 틈을 주지 않을
셈이었다. 몇 번이고 같은 꼼수를 반복해 성벽과 성벽이 만나는
모서리 지점으로 상대를 몰아붙인 뒤, 같은 작업을 반복하고 또
반복했다. 보안 프로그램은 제자리에서 넘어지고 또 넘어졌다.
하지만 금세 포탄이 떨어졌다.

〔아이템이 **없습니다.**〕

당연하게도 포탄은 화살만큼 많이 들고 다닐 순 없는
아이템이다. 서른 발 남짓한 포탄을 전부 쏟아 낸 정민에겐 더는
발사할 것이 없었다.

---

*작렬탄(炸熱彈): 내부에 폭약을 넣어 목표와 충돌하는 순간 폭발하도록 만든
포탄.

잠깐 멈칫한 사이 순식간에 접근을 허용했다. 눈앞까지 다가온 보안 프로그램에게 팔을 붙잡혔다. 그러자 처음 겪어 보는 현상이 일어났다. 착용하고 있던 장비가 하나씩 삭제되기 시작했다. 망할 놈. 이거 파츠 하나당 몇 억씩 들여서 맞춘 장비란 말이다. 정민은 상대를 힘껏 걷어차 겨우 떼어 냈다.

인터페이스를 열어 상태를 확인했다. 하지만 이미 모든 것이 초기화되어 버린 뒤였다. 아이템은 하나도 남지 않았고, 레벨도 스텟도 모두 1로 돌아가 버렸다.

이래서 다들 겁먹고 도망쳤던 거군.

당황한 정민은 말을 소환해 도주하기 시작했다. 성문을 닫아 길을 막았지만 보안 프로그램은 맨주먹으로 성문을 박살 내고 뒤쫓아 왔다. 그도 말을 타고 있었다.

등 뒤에서 몸을 껴안는 손길이 느껴졌다. 떠났던 인클루드가 돌아와 말했다.

"준비 끝났어."

"어디로 가면 돼?"

인클루드가 손을 뻗어 방향을 지시했다. 정민은 말의 귀에 요정어를 속삭여 한층 빨리 달리도록 했다. 하지만 보안 프로그램과의 거리가 점점 좁혀졌다. 마상 경기용 창처럼 길게 늘어난 해골 검이 등을 꿰뚫을 것처럼 위협적으로 접근해 왔다.

인클루드가 레이어를 전환했다.

새빨간 사이버펑크 디자인의 초전도 바이크가 보랏빛 네온을 잔상처럼 남기며 입체 고가도로를 질주했다. 투박한 그래픽으로 보아 인클루드의 고향인 듯했다. 인클루드가 체조선수처럼 몸을 비틀어 정민 앞쪽으로 위치를 옮겼다. 운전대를 빼앗은 인클루드는 정민에게 권총을 건넸다.

"바퀴를 쏴."

정민은 고개를 끄덕이며 총을 받아 들었다. 하지만 급가속하며 좌우로 요동치는 바이크 위에선 총을 조준하긴커녕 떨어지지 않게 버티기도 쉽지 않았다. 겨우 뒤쪽을 돌아보니 승용차 보닛 위에 올라탄 전투 사이보그의 용 문신 팔뚝이 쩍 갈라지며 안쪽에서 일본도가 튀어나왔다. 사이보그의 안면에 빼곡히 박힌 수십 개의 렌즈가 일제히 정민을 향했다.

"다 왔어!"

왼쪽으로 급격하게 꺾이는 커브 지점. 인클루드가 바이크 뒷바퀴를 미끄러뜨리며 다이내믹 브레이크를 걸었다. 역회전된 초전도 모터가 격하게 스파크를 토했다. 미칠 듯 진동하는 차체가 거의 옆으로 미끄러지다시피 드리프트하며 바닥에 스키드마크를 그렸다. 정민은 기회를 놓치지 않고 방아쇠를 당겼다. 자동차의 앞바퀴가 폭발했다. 하지만 바로 직전, 보안 프로그램이 보닛을 박차고 점프해 정민의 목덜미를 향해 칼날을 내뻗었다.

전환.

도착한 곳은 나인 크래프트였다. 정육면체 블록을 자유로이 쌓아 무엇이든 창작할 수 있는 샌드박스형 레이어. 그곳에서 수십 명의 동지들이 보안 프로그램을 포위하듯 둘러싸고 서 있었다.

"지금!"

정민의 신호에 맞춰 동지들이 각자 박스를 하나씩 내려놓았다. 정확히 같은 좌표에 겹쳐진 박스들은 서로를 밀쳐 내며 순식간에 탑처럼 위로 치솟았고, 상자를 밟고 선 보안 프로그램은 엄청난 가속력을 받아 하늘 높이 튕겨 나갔다. 포물선을 그리며 먼 곳으로

멀티 레이어

날아가는 상대를 바라보던 정민이 말했다.

"이제 다들 도망치세요."

*

멤버들은 금세 뿔뿔이 흩어졌다. 정민과 인클루드 역시
1988년으로 돌아가 아무 일 없었던 것처럼 인파에 몸을 숨겼다.
몇 블록만 이동하면 아지트 입구였다. 수현이는 잘 도착했을지
궁금했다. 불안한 마음에 걸음이 점점 빨라졌다.

"방금 무슨 일이 일어난 거야?"

모자가 된 인클루드가 물었다.

"세컨드 서울 시스템은 물체를 겹쳐진 상태로 두지 않아.
현실에선 그런 일이 일어날 수 없으니까. 물건이 겹치는 오류가
발생하면 그걸 어떻게든 해결하려고 해. 처리 방식에는 여러 가지가
있지만, 가장 간단한 방법은 겹쳐진 물건을 위쪽으로 밀어 올리는
거야. 나인 크래프트처럼 리얼리티가 덜 중요한 레이어에서는
대부분 이 방법을 써. 그래서 물건을 한자리에 많이 겹쳐 놓으면
그게 일종의 용수철 같은 효과를 내지. 방금처럼."

"반발력을 이용해서 날려 버린 거네."

"그 정도 속도면 아마 도시 경계선까지 날아가 버렸을 거야.
다시 돌아오려면 한참 걸릴걸. 이런 상황까지 대비해서 행동 패턴을
설계하진 않았을 테니까."

금세 아지트 입구에 도착했다. 정민은 출입문에 손을 얹었다.

"잠깐만."

인클루드가 그를 멈춰 세웠다.

"말해 줄 게 있어. 수현이는….."

"알아. 아까 팔을 잡혔잖아. 상태가 얼마나 안 좋은 거야?"

"기억을 잃은 것 같아."

"뭐?"

"너도 경험해 봐서 알잖아. 세컨드 서울 시스템은 유저의 몰입을 위해 필요한 만큼 기억을 차단할 수 있어."

"얼마나 잃었어?"

"아마도 전부."

"전부라는 게 무슨 뜻이야?"

"말 그대로야. 수현이는 아무것도 기억 못 해. 정확히 말하면….."

"됐어. 직접 확인할 거야."

정민은 다급히 문을 열고 안으로 들어섰다. 그리고 수현을 보았다. 아이는 베개를 베고 새근새근 잠든 채였다. 언젠가 본 적 있는 모습이었다. 무척 오래전에. 정민은 힘이 풀려 바닥에 무릎을 꿇었다.

수현은 열 살 아이의 모습을 하고 있었다.

멀티 레이어

8.

아이를 처음 품에 안고서 느낀 감정은 후회였다. 무책임한 인간들. 애만 덜렁 여기다 밀어 넣고 죽어 버리면 대체 어쩌자는 건데?

〔알림〕 지정 양육자로 지목되었습니다.

한 줄 메시지와 함께 덜컥 아이를 맡게 되었다. 회사 말로는 아이의 부모가 직접 정민을 지목했다고 했다. 정민의 성별과 나이, 육아 경험 등을 종합적으로 고려한 결과라고. 가장 큰 이유는 세컨드 서울 시스템에 익숙한 사전 테스터 출신이라는 점 때문이었다. 물론 입양을 거절할 수도 있었다. 양육 사례금 1억 코인을 포기할 자신이 있다면.

코인이 절실히 필요했다. 초기에 가능한 많은 코인을 모으지 못하면 영원히 바닥을 전전할 수밖에 없다는 걸 누구보다 잘 알고 있었으니까. 유저 간의 격차는 결코 좁혀지지 않는다. 오히려 점점 크게 벌어질 뿐이다. 지난 몇 년간 사전 테스터로 활동하며 뼈저리게 확인한 사실이었다.

세컨드 서울 오픈 첫날, 회사의 주주들은 기습적인 이사회

의결을 통해 자신들이 보유한 투자 지분을 전액 코인으로 환전했다. 곧 휴지가 될 막대한 현금을 1:1 비율로 고스란히 이곳에 옮겨 온 것이다. 말도 안 되는 짓이었지만 막을 방도가 없었다. 이들과 경쟁해 살아남으려면 최소한의 자본금 없이는 불가능했다.

그래서 아이를 맡았다. 그리고 방치했다. 영유아 교육용 레이어에 던져 두고 랭킹을 높이는 일에만 집중했다. 정민의 머릿속엔 더 많은 코인을 모아야 한다는 생각뿐이었다.

아이를 위해서도 그 편이 낫다고 믿었다. 일단 상위 랭킹에 자리 잡기만 하면 뭐든 해 줄 수 있으니까. 충분한 코인만 있으면 아이가 원하는 레이어에서 원하는 만큼의 능력과 아이템을 갖추고 시작하게 만들어 줄 수 있다. 하지만 바닥으로 굴러떨어진 부모가 아이에게 줄 수 있는 거라곤 고작해야 사랑한다는 말 한마디뿐이겠지.

사랑이라니.

일은 순조롭게 풀렸다. 다른 누구보다 세컨드 서울의 시스템에 익숙했던 정민은 계획대로 상위 랭커로 자리 잡았고, 초기에 벌어들인 대량의 코인으로 새로 출시되는 레이어마다 뛰어들어 구입할 수 있는 모든 능력과 아이템을 구입했다. 남들보다 월등한 스펙을 갖고 출발한 덕분에 손쉽게 경쟁에서 승리할 수 있었다. 희귀한 재화를 선점해 더 많은 코인을 쓸어 담았다. 그렇게 악착같이 코인을 모았다.

동시에 미움도 모아 왔던 거겠지.

그렇게 몇 년을 보내고 나니 두려워졌다. 아이 앞에서 입을 떼는 일이 세상 무엇보다 어려운 일처럼 느껴졌다. 대화는 사소해졌고, 말에선 감정이 사라졌다. 필요한 것은 없는지 가끔 챙겨 볼 뿐이었다. 언어의 무게는 점점 무거워졌다.

한번은 아이가 울먹이며 물었다. 양육자님은 한 번이라도 궁금했던 적 있으세요? 저에 대해서. 평소에 무슨 생각을 하고 사는지. 어떤 레이어의 색감을 좋아하는지. 누굴 만나는지. 사랑은 해 보았는지. 지금은 뭘 하고 싶은지. 오늘 사 온 꽃의 이름이 뭔지.

… 힘들진 않은지.

물론 궁금했다. 묻고 싶었다. 하지만 차마 용기가 나지 않았다. 아이가 그렇다고 대답하면 어떻게 해야 하지? 생각하고 싶지 않았다. 그런 걸 감당하고 싶지 않아 이 비좁은 디지털 세계로 남들보다 한발 먼저 도망쳤던 거니까. 언제나 버거웠다. 가족이라는 존재는.

아이가 스무 살이 되면서 지정 양육자로서의 의무가 끝났다. 갑갑했던 숨통이 트이는 것 같았다. 이제 아이와는 공식적으로 아무 관계도 아니었다. 정민은 홀가분한 마음으로 보유한 코인의 절반을 아이에게 양도했다. 어디서 무얼 하든 고생하지 않을 액수였다. 아이는 의외로 순순히 코인을 받았다. 어쩌면 거절할지도 모른다고 생각했는데 말이다. 자존심을 세우기엔 너무 많은 액수였던 걸까? 알 수 없었다. 정민은 아이에 대해 아무것도 알지 못했다.

더 의외였던 것은 아이가 독립하지 않았다는 사실이다. 아이는 여전히 정민의 집에 묵었다. 집이라면 열 채를 사고도 남을 코인을 주었는데도.

그 덕에 쓸데없는 희망을 갖고 말았다.

베르테르와 함께 집으로 돌아왔던 날, 아이는 기대에 찬 눈빛으로 정민을 바라보았다. 몇십 년 만에 대화다운 대화를 나누었다. 그래서 조금은 분위기에 취했던 것 같다. 아이와 친해졌다고 혼자 착각에 빠졌다. 100년 동안 저지른 실수를 단번에

만회할 기회라고, 불가능한 환상을 품었다. 아이가 무엇에 맞서고 있는지에 대해선 관심도 없었으면서. 안전한 곳에서 약간의 도움만 제공하면 될 거라 안일하게 생각했다. 실수를 만회하겠다고 생각하면서도 여전히 같은 실수를 반복하고 있었다.

7년 전 그날, 베르테르는 리모컨을 떨어뜨렸다. 왜 하필 리모컨은 원통형으로 디자인된 건지. 배틀 시티 2246의 뛰어난 물리 시스템은 리모컨이 비스듬한 바닥을 따라 데구르르 구르게 만들었다. 계단 위를 통 통 튀며 떨어져 기어이 정민의 코앞까지 도착하게 만들었다.

무심코 리모컨을 집고 말았다.

"올라가!"

등 뒤에서 수현이 소리쳤다. 정민은 고개를 돌려 아이를 보았다. 수현은 피투성이가 된 몸을 나무에 기댄 채 소총을 견착하고 있었다. 아이의 얼굴은 환희에 찬 미소와 음울한 울먹임이 뒤섞인 표정으로 복잡하게 어그러졌다. 좌절 직후 찾아온 기적 같은 우연이었다. 그토록 간절히 소망했을 기회가 하필 아이가 아닌 정민의 손으로 흘러들어 왔다. 하지만 이걸 누르면….

수현이 적들을 향해 방아쇠를 당겼다. 유탄이 터지고 제압 사격이 시작됐다. 탄창이 바닥나기 전까지가 마지막 기회였다.

저도 모르게 달리고 말았다. 비틀거리며 고객 센터 앞까지.

하지만 망설여졌다.

"눌러요! 어서!"

탄환이 떨어졌다. 수현이 갈라진 목소리로 쥐어짜듯 외쳤다. 아이는 필사적이었다. 하지만 필사적이긴 정민도 마찬가지였다. 50% 확률의 자살 버튼을 손에 쥐고서 있지도 않은 각오를

멀티 레이어

짜내기 위해 사력을 다해야 했다. 죽는 건 두렵지 않았다. 오히려
정민이 걱정하는 건 반대의 결과였다. 이 버튼을 누르고도 만약
살아남는다면. 계속 살아야 한다면.

그곳에서?

"제발! 제발 좀 눌러요…."

수현이 간절히 중얼거렸다. 정민은 리모컨을 쥔 손에 꾸욱 힘을
주었다.

하지만, 끝내 누르지 못했다.

뒤통수에 구멍이 뚫렸다. 정민은 광화문 근처에서 눈을 떴다.

*

그 후로 아이의 표정이 달라졌다. 원망이나 미움 같은 단어로는
설명할 수 없는 눈빛이었다. 아이는 명백히 증오하고 있었다.
정민을. 아니, 세컨드 서울이라는 세계 그 자체를 말이다. 정민은
아이를 외면했다. 그 눈을 똑바로 바라보았다간 겁에 질릴 것만
같았기 때문에.

하지만 이제는 증오마저 잃어버렸다. 100년의 세월 동안 함께
쌓은 좋고 나쁜 기억들이 한순간에 허망히도 붕괴해 버렸다. 아이와
정민 사이엔 이제 아무 정보값도 남아 있지 않다.

다시 모든 것이 처음으로 돌아갔다.

*

"무슨 일인지 설명해."

인클루드가 답했다.

"보안 프로그램이 수현이 개인 인증 코드를 빼 갔어. 그걸로 서버에서 기억과 기록을 삭제하고 있어. 조만간 세컨드 서울엔 수현이랑 관련된 기록은 아무것도 남지 않게 될 거야. 대화 기록, 아이템, 아바타, 물론 갖고 있던 리모컨도."

"그런다고 어린애가 돼?"

대화하는 사이에도 수현의 나이는 점점 줄어들어 이제 네 살 정도로 보였다.

"애가 실제로 크는 게 아니잖아. 아바타를 연령에 맞게 조금씩 고쳐 왔던 거지. 당시 기록들이 지금 역순으로 지워지고 있어. 전부 삭제되고 나면 수현이는 최초 상태로 돌아갈 거야. 처음 입양했을 때 몇 살이었어?"

"11개월."

"… 젖병부터 준비해야겠네."

"없어도 될 거야. 먹고 싸는 건 구현 안 되어 있으니까."

"그럼 뭐가 필요해?"

정민은 어렵게 기억을 더듬어 필요한 물품들을 알려 주었다. 담요와 옷가지, 보행기, 책, 장난감, 아기 띠 등등. 메모를 마친 혁명단 멤버가 밖으로 뛰어나갔다. 인클루드가 설명을 덧붙였다.

"'베이비 랜드'라고, 유저들이 갓난아기 상태로 생활하는 레이어가 있어. 거기서 필요한 물건을 조달해 올 거야."

혁명단 멤버들의 대응이 능숙했다. 이미 이런 일을 겪어 본 것처럼.

"베르테르도 이런 식으로 처리된 거야?"

"그래. 기억을 차단하고 초기 상태로 리셋하면 당사자는 자기가 누구였는지도 모르게 돼. 지금도 어딘가에서 멀쩡히 살고 있겠지만, 그건 다른 사람의 삶이지."

갑자기 화가 치밀었다.

"언제부터 알았어? 다들 알면서 수현이한테 대표를 맡긴 거야?"

"그 애가 스스로 선택했어."

"어린애가 실수를 하면 말려야지."

"세컨드 서울에 애가 어딨어? 수현이 지금 110살이야."

"어쨌든 여기서 제일 어린 건 맞잖아. 막내한테 험한 일 죄다 떠넘기고 부끄럽지도 않아? 오죽 나서는 사람이 없었으면 어린애가 책임지겠다고 나섰겠어?"

어느새 정민은 그 자리의 모두를 향해 소리치고 있었다. 하지만 인클루드도 지지 않고 소리치며 맞섰다.

"그러는 당신은 뭐 자격 있어? 수현이 내팽개치고 혼자 잠적한 주제에. 당신 찾느라 내가 얼마나 고생한 줄 알아?"

으앙. 소란에 놀란 수현이 갑자기 울음을 터뜨렸다.

"엄마아. 엄마아."

정민은 하려던 말도 잊고 황급히 달려가 수현을 안아 올렸다. 조심스레 등을 토닥였지만 아이는 좀처럼 울음을 그치지 않았다.

"수현이, 꿈꿨어?"

"응."

"우리 수현이가 무슨 꿈 꿨을까?"

"그게에. 내가아."

아이는 한참 고민하더니 침울한 얼굴로 중얼거렸다.

"까먹었어."

아이와 처음으로 눈이 마주쳤다. 아이가 의아한 표정으로 물었다.

"근데 누구야?"

정민은 최선을 다해 미소를 연기했다.

"아저씨는 엄마 친구야."

"친구? 아, 그렇구나. 엄마는?"

"글쎄. 아마 곧 오시려나?"

"엄마 보고 싶은데….."

수현이 울먹거렸다. 곧 다시 울음을 터뜨릴 것만 같았다. 정민은 어떻게 해야 할지 몰라 당황스러웠다. 아이를 달래 본 적이 없었으니까. 다행히도 인클루드가 장난감을 흔들며 재빨리 아이의 시선을 끌어 주었다.

"수현아, 이모랑 블록 장난감 가지고 놀까?"

아이가 고개를 가로저었다.

"싫어."

"그럼 책 읽을까?"

"음… 좋아."

"그럼 여기 앉아 볼래? 이모가 책 읽어 줄게."

정민은 수현을 내려놓으려 했다. 하지만 수현은 양팔에 꽉 힘을 주어 버렸다.

"계속 안아. 아저씨가 읽어 줘."

"… 그래, 알았어. 그럼 아저씨 다리 위에 앉을까?"

아이를 다리에 앉히고 동화책을 읽었다. 아이는 고집스럽게도 같은 책을 몇 번이고 반복해 읽어 달라고 했다. 다시 읽어 줘. 다시 읽어 줘. 다시. 아이가 다시 잠들기 전까지 정민은 스무 번도 넘게 같은 이야기를 처음부터 다시 읽어야 했다.

멀티 레이어

9.

"수현이는 우리가 얼마나 미울까."

침대에 곤히 잠든 아이를 내려다보며 인클루드가 중얼거렸다.

"나도 그랬어. 스스로를 '포기한 세대'라고 자조하면서.
어른들은 도대체 왜 이렇게 세상을 망쳐 놓은 거냐고. 그렇게 집값을
올려 놓으면 우리는 어떻게 집을 사냐고. 왜 그런 이상한 사람을
대통령으로 뽑은 거냐고. 그 많던 일자리는 다 어디로 갔냐고.
물가는 왜 이러냐고. 뭘 어쨌길래 기온이 이따위로 올라갔냐고."

인클루드는 허탈한 웃음을 터뜨렸다.

"그래 놓고 더 망가뜨렸지. 아예 돌이킬 수 없을 정도로. 생각해
봐. 태어나기도 전에 이미 세상이 망해 있었던 거잖아. 뭘 어떻게 해
볼 기회조차 없이. 그렇게 한번 세상을 망쳐 놓은 사람들이 지금도
똑같이 세상을 망치고 있어. 미웠을 거야. 미칠 듯이 화가 났을 거야.
그만큼 필사적이었겠지. 밖으로 나가서 여길 무너뜨리고 싶었을
거야. 자기 손으로."

혹은, 지키고 싶었던 걸지도.

정민은 말을 삼켰다.

*

모두가 잠든 이른 새벽, 정민은 조용히 침대에서 빠져나왔다. 가게 입구에 놓인 돌림판 바늘을 '의열'에 맞추고 문을 열자 일제강점기 경성이 눈앞에 펼쳐졌다. 정민은 중절모를 깊이 눌러썼다.

노면전차에 올라 자리에 앉았다. 아현에서 서대문을 거쳐 총독부 앞을 통과하는 순간, 정민은 실없이 웃고 말았다.

진짜 하고 있었네.

스무 시간째 한자리에서 NPC에게 말을 걸고 있는 혁명단 멤버를 안타까운 눈빛으로 바라보며, 정민은 속으로 약간의 죄책감을 느꼈다. 반쯤은 농담으로 말했던 건데. 저 사람은 나 때문에 회식 자리에도 못 왔겠구만. 아니지, 오히려 나한테 감사해야 하는 거 아닌가? 덕분에 안전한 곳에 있었던 거잖아.

불쌍한 영혼에게 어서 자유를 줘야겠어. 전차에서 내린 정민은 서둘러 총독부 건물로 향했다.

"이럴 줄 알았어."

등 뒤에서 익숙한 목소리가 들렸다. 뒤를 돌아보자 인클루드가 품 안에 아이를 안고 서 있었다.

"대체 혼자서 뭘 어쩔 생각이었어?"

정민은 대답 대신 인벤토리에서 리모컨을 꺼내 보여 주었다.

"7년 전에 주웠어."

"역시. 당신이 갖고 있었구나."

굳이 자세히 설명하지 않아도 인클루드는 이미 알고 있는 눈치였다.

멀티 레이어

"거봐. 결국 당신이 할 거라 그랬지?"

"방법이 없잖아. 다른 사람은 못 믿겠고, 넌 로그아웃을
못하니까."

조금 놀란 듯, 인클루드의 눈이 동그래졌다.

"… 알고 있었어?"

"계속 고민해 봤어. 왜 네 아바타는 변하지 않을까. 처음엔 그게
능력이라고 생각했는데 가만 보니 좋은 점보단 불편한 점이 더
많겠더라고. 그거 NPC지? 대체 누가 뒤에서 원격으로 조종하고
있는지는 모르겠지만. 본체는 운영자야? 아니면 개발자? 리모컨
빼돌린 것도 당신이야?"

"글쎄. 어느 쪽인 거 같은데?"

인클루드가 정민의 곁으로 다가와 안고 있던 아이를 내밀었다.

"둘이 함께 나가. 그리고 함께 돌아와."

"애를 데리고 푸른 집까지 가라고?"

"수현이 기억은 차단된 거야. 삭제된 게 아니라. 그러니까
로그아웃할 수만 있으면 기억이 되돌아올 거야."

정민은 조심스럽게 아이를 품에 안았다. 아이는 여전히
새근거리며 잠든 채였다. 천사 같았다. 처음 만났던 날처럼.

"잠든 김에 꿈 레이어로 보내 버렸어. 감각이 차단되니까 여덟
시간 동안은 절대 안 깰 거야. 아기들은 시스템이 무적 상태로
보호하니까 다치거나 죽을 일도 없을 거고. 세컨드 서울의 몇 안
되는 장점 중 하나지."

인클루드는 수현의 이마를 쓰다듬으며 한마디를 덧붙였다.

"부디 알아줬으면 좋겠어. 모든 운영자와 개발자들이 회사의
편은 아니라는걸."

정민 곁에 나란히 선 인클루드가 물었다.

"그래서, 계획이 뭐야?"

"일단은 저기 들어갈 작정이었지."

"총독부?"

푸른 집으로 향하는 루트는 대개 광화문에서 시작됐다. 회사는 경복궁 일대에 꼼꼼하게 차단벽을 세우고, 오직 광화문 앞에 서 있는 수문장의 검문을 통과해야만 고객 센터에 갈 수 있도록 지형을 설계했다.

하지만 이곳, '의열'은 예외였다. 일제강점기를 모티브로 삼은 이 레이어에는 광화문이 원래 위치에 존재하지 않았다. 대신 거대한 조선총독부 청사와 수백 명의 경비병들이 그 자리를 지키고 있었다.

"저길 어떻게 들어가려고?"

"이렇게."

정민은 인터페이스를 열어 아이템을 사용했다. 그러자 그의 모습이 머리부터 발끝까지 기모노 차림의 중년 여성으로 변했다.

"어찌 그리 쳐다보느냐? 나는 조선 총독 부인 사이토 하루코니라."

정민이 근엄한 표정으로 인클루드를 굽어보았다.

"뭔데, 이게?"

"유료 변신 카드 컬렉션. 의열단은 변신의 귀재라는 말 못 들어 봤어?"

"미친 거 아냐?"

"말조심해. 이거 진짜 비싼 거야. 3만 3000코인짜리 뽑기를 3000번 정도 돌려야 겨우 얻을까 말까 한 유일 등급 카드라고. 레이어에 딱 한 장."

멀티 레이어

"일제 총독 부인 카드가 왜 그렇게 비싼 건데?"

"보면 알아."

정민은 수현을 유모차에 태우고 인클루드의 손을 잡았다. 비녀로 변한 인클루드를 머리에 꽂고 총독부 정문을 향해 걸었다. 정문을 통과하는 내내 누구도 정민을 제지하지 않았다. 그녀는 지금 총독의 딸을 데리고 방문한 부인 하루코였으니까. 좌우로 도열한 경비원들이 잔뜩 긴장한 얼굴로 일제히 경례하자 인클루드가 혀를 차며 속삭였다.

"왜 비싼지 알 만하네."

"처음 서비스 시작했을 땐 다들 독립투사였는데, 요즘은 열에 아홉이 친일파 아니면 일본 놈이라니까."

"역겨워 죽겠어, 아주."

몰래 대화하는 사이 1층 복도로 들어섰다. 조금 걸어가자 창밖으로 NPC 윤봉의 뒤통수가 빼꼼 튀어나와 있는 것이 보였다. 정민은 창 너머로 윤봉에게 대화를 걸었다.

"허나 싸움은 아직 끝나지 않았네. 이 몸이 갈기갈기 찢기고 부서진다 한들 조국 독립을 향한 열망은 결단코 꺾이지…."

수락. 대사가 끝나기도 전에 홀로그램 인터페이스를 터치해 임무를 수락했다. 총독부에 잠입해 총독을 폭탄으로 암살하는 최고 난이도의 미션. 과거에 유일하게 클리어하지 못한 임무였다.

정민은 창 너머로 건네받은 시한폭탄을 구석에 대충 집어 던졌다. 그러자 폭탄의 타이머가 작동되기 시작했다. 폭발까지 10분. 정민은 곧바로 다시 윤봉에게 말을 걸었다. 그러자 윤봉이 다시 폭탄을 건네주었다. 정민은 제자리에서 수십 번 폭탄을 설치하고 리필하기를 반복했다. 원래는 총독부와 윤봉 사이를 오가는 데

10분이 넘게 걸리는 탓에 폭탄을 딱 하나만 설치할 수 있지만, 꼼수를 활용한 덕분에 복도에 폭탄을 가득 채울 수 있었다.

안전한 위치에 몸을 숨긴 정민은 수현을 보호하듯 품에 안고 폭탄이 터지기를 기다렸다. 첫 번째 폭탄이 폭발하자 나머지 폭탄이 연쇄반응을 일으키며 1층 전체를 날려 버렸다. 양팔로 수현을 안아 든 정민은 폭발로 뚫린 벽을 통과해 경복궁에 들어섰다. 곧이어 총독부 건물 전체가 무너져 내리기 시작했다.

〔임무 완료〕총독 사이토를 암살하라
〔업적〕모든 메인 스토리 임무를 완수하셨습니다!

정민은 흡족한 표정으로 메시지 창을 쓰다듬었다. 결국 여기도 올 클리어했네.

"있잖아. 근데 꼭 폭파할 필요까진 없었던 거 아냐? 적당한 위치에서 다른 레이어로 넘어가기만 했어도 됐잖아."

인클루드의 질문에 정민은 솔직히 답했다.

"그냥 터뜨려 보고 싶었어."

"하여튼."

혼란을 틈타 금세 근정전(勤政殿)에 도착했다. 텅 빈 궁전은 장기간 방치되어 곳곳이 망가지고 헐어 있었다. 변신을 해제한 정민은 어좌에 앉았다. 건물 내부의 화려한 무늬에 자연스레 시선이 팔렸다.

"여기에도 언젠가 한 번은 앉아 보고 싶었지."

그렇게 말하며 팔걸이를 쓰다듬었다. 의외로 감촉이 좋지 않았다. 유저들이 앉을 일은 없을 거라 생각했는지 질감에 크게 신경 쓰지 않은 모양이었다.

"지금 여유 부릴 때야? 빨리 움직여야지."

초조해진 인클루드가 변신을 풀고 모습을 드러냈다. 다급한 재촉에도 정민은 꼼짝하지 않았다. 오히려 잠든 수현을 바라보며 여유를 부렸다.

"아직 약속 시간이 안 됐어."

"약속? 무슨 약속?"

갑자기 사방에서 발소리가 들렸다. 일본군 병사들이 몰려오고 있었다. 그것도 점점 더 많은 수가. 그 모습을 바라보며 정민은 천천히 자리에서 일어섰다. 지휘관의 명에 따라 일제히 총구가 겨누어졌다. 지휘관이 소리쳤다.

"꼼짝 마라! 움직이면 쏘겠다!"

인클루드가 긴장된 목소리로 물었다.

"한정민, 너 혹시 아무 생각 없는 거면 지금 말해. 그럼 내가 한 번은 봐준…"

"전환해."

총구가 불을 뿜었다. 인클루드가 반사적으로 레이어를 전환했다. 이매망량 조선. 갑자기 튀어나온 세 사람의 모습에 주상 전하와 신하들이 놀라 웅성거렸다. 영의정이 인클루드를 향해 삿대질했다.

"요괴다! 요괴가 침입했다! 금군은 무얼 하고 있는 게야?"

"지금 누구한테 요괴라는 거야!"

쏘아붙이는 인클루드의 손을 잡아끌며 정민이 소리쳤다.

"이제 달려!"

둘은 온몸으로 장지문을 부수고 밖으로 빠져나왔다. 수현을

럭비공 다루듯 옆구리에 끼고 앞장서 달리는 정민을 향해
인클루드가 욕설을 뱉었다.

"망할, 미리 설명 좀 해 주면 어디가 덧나?"

"말하면 서버 로그에 남으니까 운영자들한테 들키잖아."

"걔들이 그렇게 성실한 인간들인 줄 알아?"

"알겠다. 넌 개발 쪽인가 보네."

"글쎄요."

곳곳에서 병졸들이 문을 열고 튀어나왔다. 그들이 내지르는
창끝을 가볍게 피한 정민은 병졸을 발로 차 넘어뜨리며 북쪽으로
향했다. 규칙성 없이 구불구불하게 꺾이는 좁은 통로를 따라
이동하던 중 교태전(交泰殿) 앞에서 검문 중인 NPC와 마주쳤다.
나이가 지긋한 상궁이 병졸들과 함께 교태전 앞을 벽처럼 가로막고
있었다. 인클루드는 레이어를 전환했다.

사방에서 포화가 난무하는 배틀 시티 2246. 정민은 방탄 헬멧을
벗어 수현의 몸을 가리고 살금살금 걸었다. 사족보행 전차가 벽을
부수고 튀어나오는 순간 인클루드가 다시 레이어를 전환했다.
사방에서 쫓아오는 좀비들을 피해 달린 끝에 겨우 북문에 도착했다.
하얀 철문이 보였다. 철문을 지키는 경호원들도.

"기다려."

뛰쳐나가려는 인클루드를 정민이 제지했다. 머뭇거리는 사이
금세 적들에게 따라잡혔다. 따라온 적들의 수를 헤아린 정민은
그제야 천천히 밖으로 걸어 나왔다. 경복궁과 푸른 집 사이를
가로지르는 도로 위에서 적들에게 둘러싸였다. 몇 차례 레이어를
전환해 보았지만 소용없었다. 적들은 군인의 모습으로, 전경으로,
벨로키랍토르로, 좀비로, 트롤과 오크로, 그 외 상상할 수 없이

멀티 레이어

다양한 형상으로 존재하는 모든 레이어에서 포위망을 좁혀 오고 있었다. 빠져나갈 구멍이 보이지 않았다.

인클루드가 등을 맞대며 물었다.

"이거 맞아?"

"어… 계획대로 되고 있어. 아직까지는."

"그 잘난 계획 같이 좀 알면 안 되냐? 그래서 이제 어떡할 건데?"

정민은 인터페이스를 열어 시간을 확인했다. 곧 약속한 시간이 된다.

"달릴 거야."

"뭐?"

"다시 손잡아."

정민은 인클루드의 손을 잡았다. 어느새 모자로 변한 파트너를 머리에 뒤집어썼다.

"눈 감아. 프레임 드롭 심해질 테니까."

눈을 감고 타이밍을 헤아렸다. 셋. 둘. 하나.

지금.

정민은 대지를 박차고 앞으로 달려 나갔다. 그리고,

하늘에서 추락하는 용의 시신이. 낡은 방주가. 격추된 전투기가. 그 외 온갖 날탈들과 항공모함이. 폭우처럼 쏟아지는 독화살개구리 떼가. 싹둑 잘린 대괴수의 꼬리가. 날개 달린 말들이. 허공에 흩뿌려진 1억 개의 코인이. 좀비들이. 울부짖는 공룡들이. 눈보라와 메테오 마법이. 춤추며 빙글 회전하는 수천 명의 우산 쓴 신사가. 치킨과 피자와 햄버거들이. 우주 해병대의 강습 포트가. 흩날리는 매화 꽃잎이. 불화살의 비가. 서로의 심장을 찌르는 천사와 악마들이. 거대 로봇의 부러진 주먹이. 시공의 폭풍이. 네모난 블록과 곡괭이들이.

그 자리에 존재하는 모든 것을 짓이기려 무자비한 무게로 떨어져 내렸다.

굉음이 대지를 뒤흔들었다. 정민은 여전히 눈을 감은 채였다. 그저 발을 내디뎌 앞으로 나아갈 뿐. 날짜, 장소, 시간. 필요한 정보는 모두 전달했다. 서버 로그에 남지 않는 미세한 손짓 신호와 열 자리 GPS 좌푯값을 액수로 환산한 코인으로. 남은 건 옛 동지들의 실력을 믿는 것뿐이었다. 정민은 차분히 인클루드에게 속삭였다.

"계속 전환해."

몇 초마다 무작위로 레이어가 바뀌었고, 하늘에서 쏟아지는 온갖 형태의 추락물들이 정민이 있는 위치만을 피해 떨어졌다. 동지들은 1m의 오차도 없이 정확한 지점에 물건들을 낙하시켰다. 정민은 사전에 약속된 안전한 좌표만을 밟으며 순식간에 포위망을 빠져나왔다.

등 뒤에서 터지는 네이팜 폭발의 열기를 무시하며 뻥 뚫린 대로를 질주했다. 눈을 뜨자 수직 수평으로 겹겹이 포개진 수백 대의 전차가 벽처럼 앞을 가로막고 있었다. 동시에 수백 개의 포신이 불을 뿜었다. 포탄이 떨어지기 직전, 인클루드가 레이어를 전환했다. 포탄은 아무도 없는 빈 대지를 무자비하게 파헤쳤다.

하늘에서 반중력 점프대가 떨어졌다. 수현을 꽉 끌어안은 정민은 로켓 런처를 꺼내 발밑으로 발사하며 점프대를 밟고 날아올랐다. 로켓 폭발이 정민의 몸을 하늘 높이 밀어 올렸다. 하지만 착지할 방법이 없었다.

전환. 병아리 모습을 한 수현이 날개 사이로 빠져나갔다. 오리가 된 정민은 넓적한 부리로 겨우 수현의 뒷덜미를 물고 날개를

퍼덕였다. 활강을 시작하기도 전에 새매들이 주위를 둘러싸기
시작했다. 눈에 띄게 거대한 독수리 한 마리가 위협적으로 정민을
향해 돌진해 왔다.

"보안 프로그램이 왔어!"

인클루드가 소리쳤다.

맹금의 날카로운 발톱에 붙들리기 직전, 황급히 레이어를
전환해 추락하듯 공격을 피했다. 물고 있던 수현을 팔에 끼고 가슴에
매달린 고리를 당겼다. 낙하산이 펴졌지만 이내 등 뒤에서 날아온
탄환에 줄이 끊어졌다. 보안 프로그램이 소총을 난사하고 있었다.
낙하산을 잃은 세 사람은 더욱 빠른 속도로 추락했다.

전환. 이번엔 나인 크래프트였다. 여전히 추락 중인 정민은
인벤토리에서 벽돌을 꺼내 허공에 배치했다. 육면체 블록이
생성되자마자 밟고 점프. 벽돌. 점프. 벽돌. 점프. 같은 방식으로
뒤따라 점프해 쫓아온 보안 프로그램이 다이아몬드 검을 휘둘렀다.

문어 다리처럼 생긴 기계 팔을 작살 찌르듯 재빨리 뻗어 상대의
손을 휘감았다. 그러자 상대는 반대쪽 손으로 광선 검을 휘둘렀다.
순식간에 일곱 개의 기계 팔을 잃었다. 두 개밖에 남지 않은 팔로
초록 외계인 모습을 한 수현을 감싸며 광선 무기를 쏘았다. 보안
프로그램의 가슴에 구멍이 뚫렸다.

기회를 놓치지 않고 검을 뽑았다. 매란십이수(梅蘭十二手).
정초와 변초를 섞은 현란한 검화(劍花)가 흔적처럼 꽃향기를 남기며
찰나에 도합 열세 곳의 급소를 베었다. 허나 체중을 싣지 못해
깊이가 얕았다. 상대 역시 마기를 양손에 그득 담아 정민의 단전에
독장(毒掌)을 뻗쳐 왔다. 동귀어진(同歸於盡)을 각오하고 상대의
목을 치려는 순간,

전환. 이마에 돋은 뾰족한 사슴뿔로 늑대의 이빨을 쳐 냈다. 뿔이 뚝 부러지고 붉은 피가 얼굴에 튀었다. 상대 역시 어금니가 부러졌다. 다리를 허우적대며 추락하던 중 레이어가 전환되어 무언가 거대한 것과 충돌했다. 세상이 마구잡이로 핑그르르 도는 와중에도 어찌어찌 수현의 옷자락을 붙잡을 수 있었다.

이매망량 조선. 사후 경련으로 꿈틀대는 용의 거체와 충돌한 모양이었다. 연날리기 세트를 사용해 간신히 추락만은 면했다. 용의 미간에 작살을 찔러 넣고 매달려 버티는 한 무리의 고인물 유저들을 보았다. 그들은 껄껄 웃고 있었다. 미친놈들. 실없는 생각에 사로잡힌 사이, 아홉 개의 화염 꼬리를 휘날리는 여우가 능선을 타고 넘듯 용의 몸통 위를 질주하며 다가왔다. 서둘러 도망치려 했지만 몸이 방패연에 묶여 있어 움직이기 어려웠다. 정민은 부적을 날렸다.

크게 도약한 불여우가 앞발을 내뻗었다. 칼날처럼 날카로운 발톱이 손쉽게 부적의 주문을 찢고 수현의 심장을 꿰뚫으려는 순간,

전장 40m에 달하는 거대 로봇의 전력 펀치가 악당을 때렸다. 홈런볼처럼 먼 거리를 날아간 보안 프로그램의 몸이 북악산 중턱에 내리꽂혔다. 정민은 망연히 그 광경을 바라보다 퍼뜩 정신을 차렸다.

비스듬한 각도로 대지에 박힌 항공모함 갑판을 미끄럼틀처럼 타고 내려오며 아래를 보았다. 함정이다. 고압 전류가 흐르는 철조망이 벽처럼 고객 센터 입구를 가로막고 있었다. 하지만 멈출 수가 없었다. 질주하던 속도 그대로 튕겨 나간 몸뚱어리가 덫을 향해 날아갔다. 정민은 질끈 눈을 감고 양팔로 수현을 감싸 안았다.

전환.

흑백필름 질감의 황량한 황야. 리소스 부족으로 모든 것이 삭제된 대지 위로 떨어진 세 사람은 회전초처럼 바닥을 구르며 고객

센터 정문을 통과했다.

정민은 스위치를 눌렀다.

10

귀를 괴롭히던 소음이 사라졌다. 마치 세상 밖으로 잘려 나간 것만 같은, 소리를 집어삼킨 공간. 고객 센터 내부는 섬뜩할 정도로 고요했다.

어느새 원래 모습으로 돌아온 인클루드가 쓰러진 정민을 두들기며 다급히 소리쳤다.

"정신 차려, 한정민! 어서!"

퍼뜩 정신을 차린 정민은 몸을 일으켰다. 인클루드는 정민의 품에 수현을 안기곤 정민이 손에 쥔 리모컨을 가리켰다.

"빨리 눌러. 로그아웃해야지."

로그아웃.

방금 전 기억이 되살아났다. 확인차 다시 한번 스위치를 눌렀지만 소용없었다. 리모컨은 작동하지 않았다.

"벌써 눌렀어. 그런데 작동을 안 해."

잠에서 깬 수현이 갑자기 울음을 터뜨렸다. 정민은 아이를 달랬다.

"쉬, 괜찮아. 괜찮아."

멀티 레이어

짝. 짝. 짝. 어둑한 안쪽에서 박수 소리가 들려왔다. 내부가 잘 보이지 않았다. 정민은 미간을 찡그리며 어둠을 노려보았다.

그림자 속에서 이수선 디렉터가 걸어 나왔다.

"방금 전엔 굉장했어요, 한정민 씨. 우리 직원들도 놀라더라고요. 그런 식으로 공략할 줄은 몰랐다면서."

이수선이 권총을 겨누었다. 정민은 한 걸음 뒤로 물러서며 양팔로 수현을 감쌌다. 인클루드가 정민과 수현을 지키듯 앞을 막아서며 외쳤다.

"잠까…."

탕. 인클루드가 총에 맞고 쓰러졌다.

사방에서 병사들이 달려와 정민에게 총을 겨누었다. 이수선은 어설픈 서부극 흉내를 내며 권총을 후, 불더니 정민을 향해 걸어왔다.

"우리 대화 좀 해요."

"이 상황에서?"

정민은 눈짓으로 병사들을 가리켰다.

"어차피 망했잖아. 일단 제 얘길 들어 봐요. 들어서 손해 볼 일 없을 테니까. 간단해요. 지금부터 내가 하는 말을 듣고 납득이 되면 얌전히 리모컨을 반납하고 돌아가요. 그럼 아무것도 건드리지 않을게. 원한다면 아이 기억도 돌려줄게요."

"납득이 가지 않으면?"

"하고 싶은 대로 해 봐. 나도 하고 싶은 대로 할게."

정민은 턱으로 인클루드를 가리켰다.

"저 사람은 어떻게 되지?"

"아. 저 불쌍한 친구. 쟤는 안 돼. 징계위에 회부해야 하니까.

명목상이긴 해도 내가 이 회사 CEO인데, 나도 이사회에 자랑할 거리가 하나 정돈 있어야 하잖아요."

"정말 직원 맞아? 본인이 개발자라고 믿던데."

"글쎄. 누굴까. 이제 내 얘기 시작해도 되나요?"

"해 봐."

병사들이 한 걸음씩 뒤로 물러섰다. 이수선은 넓어진 무대를 자유로이 오가며 마치 프레젠테이션하듯 여유로운 표정으로 정민에게 말했다.

"디렉터로서 자화자찬하는 것 같아서 제 입으로 말하긴 그렇지만, 우리는 신이 만든 세계의 결함을 고쳤어요. 낙원을 창조했죠. 불합리로 가득한 바깥세상보다 훨씬 합리적인 보상 구조를 가진 우주를요. 성별도, 외모도, 재능도 원하는 대로 선택할 수 있는 세계. 간단한 심부름만 해도 전설의 용사처럼 강해지는 세계. 노력보다 많은 보상을 얻을 수 있는 유일한 세계를 우리가 창조한 거예요."

"무너지고 있다던데."

"고칠 수 있어요. 약간의 희생은 따르겠지만."

"그럼 일부라도 내보내면 되잖아."

"되겠어요? 한 명이라도 서버 밖으로 나가면 그 사람은 신이 될 텐데. 당신이 바깥세상에서 제 목을 조르지 않는다고 어떻게 장담해요? 아무도 나가선 안 돼요. 혹은 다 함께 나가거나."

정민이 대꾸하지 않자 이수선은 잠시 텀을 두고 설명을 이어 갔다.

"하나 묻죠. 한정민 씨, 정말로 밖에서 살아남을 자신 있어요? 밖에서 풀 한 포기 키워 봤어요? 유저들 프로필을 몇 번이나 훑어보고 검토했어요. 농부와 엔지니어 대신 회계사니 검사니 애널리스트니 쓸모없는 인간들만 죄다 모였더군요. 당신들은 밖에서 절대 생존 못 해요. 다음 시대에 필요한 인간이 아니니까."

"사람들이 알아서 할 문제야."

"바깥이 얼마나 불편한지 잊었어요? 인벤토리 없이 아마 한 시간도 견디지 못할걸요? 사람들은 이미 이 편리한 세계에 익숙해져 있어요. 조그만 노력으로 엄청난 보상을 획득하는 시스템에 완벽하게 길들여져 있단 말예요. 힘든 건 잠시도 못 참고 막힐 때마다 코인을 탕진하는 멍청이들이 태반이에요. 절반은 랜덤 뽑기 시스템으로 포장된 카지노에 처박혀 있고, 나머지 절반은 변태 같은 욕망에만 몰두하고 있죠. 100년 동안 아무 위험도 없이 어린애처럼 쾌락만 충족해 온 인간들이에요. 이 짐승들을 정말로 밖에다 풀어 놓고 싶어요? 책임질 수 있어요? 확률 게임과 랭킹 놀음에 절여진 예비 살인마들을요?"

정민은 잠시 고민에 잠겼다.

"… 바깥은 어떤 상황이지?"

이수선의 얼굴에 슬슬 짜증이 올라왔다. 말투가 달라졌다.

"그게 중요해? 고민하지 말고 기회를 잡아. 지금이 정말 마지막 기회니까."

"어차피 선택의 여지가 없는 거 아닌가? 저렇게 다들 총을 겨누고 있는데."

"예스로 알겠어."

이수선이 리모컨을 빼앗아 뒤로 던져 버렸다. 리모컨은 데구르르 바닥을 굴러 어둑한 안쪽으로 사라졌다.

"돌아가시죠, 고객님."

다시 평소의 미소를 되찾은 이수선이 손짓으로 출입구를 가리켰다.

"한 가지만 물어도 돼?"

"뭔데?"

"고객 센터에선 폭력이 금지된 거 아니었어?"

"그럼요. 고객 센터에서는요."

이수선이 들뜬 표정으로 자신의 트릭을 늘어놓았다.

"그것 땜에 7년 전에 얼마나 놀랐다고. 베르테르가 문 앞까지 왔을 땐 정말 위기였어요. 얼마나 긴장했는지 다리가 다 후들거리더라니까. 내가 조금만 더 세게 밀었으면 시스템이 동작을 차단했을 거야. 그런 일이 또 있어선 안 되겠더라고. 그래서 우리도 꼼수 한번 부려 봤어요. 당신처럼."

이수선이 엄지로 뒤쪽을 가리켰다.

"저기 선 보여? 저기서부터 고객 센터야. 여기가 아니라. 어때. 재밌는 트릭이지?"

"재밌네."

대답한 사람은 정민이 아니었다.

"그럼 저기까지만 가면 된다는 거네."

바닥에 고개를 파묻은 인클루드가 중얼거리며 레이어를 전환했다. 정민의 몸이 풍선처럼 부풀더니, 점차 브라키오사우루스의 모습으로 변해 갔다. 실내를 가득 채울 정도로 거대한 몸집의 공룡이 주위 모두를 깔아뭉개며 기다란 목을 뻗었다. 정민은 발끝에 닿은 어린 브라키오사우르스를 꼬옥 끌어안았다. 머리가 경계를 넘었다.

"이 미친놈들아! 밖에 나가면 다 죽는다니까!"

멀티 레이어

이수선이 소리쳤다. 그러자 인클루드가 빈정거렸다.

"그러게 운영을 잘했어야지."

코끝에 리모컨이 닿았다. 정민은 리모컨을 입에 물고 스위치를 깨물었다. 질감을 잃고 선만 남은 세계가 깨진 유리창처럼 무수한 삼각형으로 조각 나 산산이 흩어졌다.

그리고 완전한 어둠이.

11.

배가 고팠다.

힘겹게 수면 박스의 뚜껑을 밀어내고 상체를 일으켰다. 급한
숨을 몰아쉬며 목구멍 깊은 곳에서 산소 튜브를 빼내자 한 차례
구역질이 쏟아졌다. 보온 점액과 노폐물로 채워진 박스에선 끔찍한
악취가 났다.

온몸에 꽂힌 주삿바늘을 뽑아내고 겨우 박스 밖으로
빠져나왔다. 하지만 다리가 풀려 넘어졌다. 무거웠다. 그래. 현실엔
중력이란 게 있었지. 진짜 감각에 비틀거리며 힘겹게 몸을 일으켰다.
눈과 코가 따끔거렸다. 너무 오랜만에 사용해서일까.

몸에 묻은 점액을 닦아 내며 거울을 보았다. 아무것도 걸치지
않은 몸. 겨울잠에 든 곰처럼 기초대사량을 극도로 낮춘 채 110년간
꿈속에 잠겨 있었던 육체는 아주 조금밖에 늙지 않았다. 하지만
근육과 지방을 잃고 앙상하게 말라 가죽만 겨우 남아 있었다. 정연은
까슬한 손바닥으로 제왕절개 흉터를 쓰다듬었다.

한정연. 수면 박스 뚜껑에 적힌 이름을 내려다보며 한때는
그런 이름을 쓴 적이 있었다는 사실을 어설피 떠올렸다. 전부

멀티 레이어

옛날 일이다. 해수에 잠겨 사라져 버린 이전 세상의 기록. 하나도 중요하지 않다. 중요한 것은 따로 있었다. 방 밖에.

바깥은 어떤 상황일까 궁금했다. 도시는 아직도 바닷속에 잠겨 있는지. 여전히 더운지. 바람 냄새는 어떤지. 창문이 없는 이곳에선 무엇 하나 확인할 길이 없었다. 정연은 고민을 멈추었다.

나가 보면 알겠지.

정연은 절뚝거리는 몸을 이끌고 출입문을 향해 걸어갔다. 100만 개의 수면 박스 사이에서 그 아이를 찾아낼 수 있을까? 어떤 얼굴을 하고 있을까. 어떤 표정을 짓고 있을까. 처음 잠에서 깨면 내게 무슨 말을 할까. 무슨 말을 해 주어야 할까.

힘을 주어 손잡이를 돌렸다. 문틈으로 눈을 찢어 버릴 듯한 환한 빛이 쏟아졌다.

그 너머에는…….

구여친 연대

전삼혜

1. 반갑지만은 않은 메시지

그 메시지가 도착한 건 토요일 저녁이었다.

평일에 출근하는 사람에게는 달콤한 휴식의 시간. 맥주 한잔의 시간. 하지만 프리랜서 10년 차에 접어든 미현에겐 바쁜 시간일 뿐이었다. 작업물을 검토하고 있는데 따로 설정해 놓은 메시지 수신음이 울려, 미현은 핸드폰을 들여다보았다. 메시지의 발신자는 조유리.

"와, 지긋지긋한 인연…."

유리와의 관계를 설명하려면 꽤나 긴 시간을 거슬러 올라가야 한다.

미현이 다녔던 고등학교에는 '짝지'라는 제도가 있었다. 한 신입생이 1학년 2반 10번이라면, 2학년 2반 10번 선배가 '짝지'가 되어 한 달 동안 신입생을 챙겨 주는 거다. 불행히도 짝지를 배정받지 못하는 신입생이나 재학생도 있긴 했다. 뭐, 그건 그것대로 행복이었을지도. 오랜 기간 프리랜서 생활을 하다 보니 혼잣말 횟수뿐 아니라 다른 생각으로 빠지는 빈도가 늘었다. 고등학교 짝지를 떠올리는 게 대체 몇 년 만이야, 17년? 18년? 지금까지의

구여친 연대

인생을 반쯤 접은 정도의 시간이었다.

아니, 그것보단 좀 더 짧은가. 아무튼 긴 인연이다.

[나 유리임. 언니 잘 지냄?]

유리는 대학교까지 같이 간 후배다. 한 살 차이임에도 유리가
재수를 해서 두 학번 차이가 났다. 미현의 학번은 08, 유리는
10이었다. 맨날 연락하는 건 아니고 한두 달에 한 번쯤 안부 묻고
하는 정도의 사이였다. 나이 서른을 넘기면 연락 올 일은 보험이나
장례·보증·결혼 정도랬는데, 이번에는 대체 뭘까. 뭐든 간에 반가운
소식은 아닐 것 같았다. 굳이 토요일 저녁에? 미현이 얼굴을
찌푸리고 생각에 잠긴 찰나 다음 메시지가 왔다.

[궁금한 게 있음.]

미현은 메시지와 함께 온 사진을 보고는 눈을 가늘게 떴다.

환하게 꽃이 핀 봄날의 벚나무, 그 꽃을 향해 뻗은 손.

그리고 그 손 두 번째 손가락에는 싸구려 커플링이 하나.

"이게⋯."

구남친 중 하나인 '환승범' 김현준이 준 반지였다.

"이게 왜 여기서 나와!"

자신도 모르게 버럭, 육성으로 비명을 내뱉은 미현이 두 손으로
얼굴을 감쌌다. 아아아. 이게 뭐야. 저 사진 찍었을 때면 08년도
아니면 09년도 초반일 텐데, 대체 10년도 전의 흑역사가 여기서
왜 튀어나와? 찍을 때는 좋았지. 그래. 찍을 때는 좋았지만 지금
보면 흑역사라고. 미현은 싫다는 기색이 역력한 표정으로 사진을
확대해서 보았지만 틀림없었다. 그 손은 자신의 손이었다. 아, 저
반지 한강 물에 던져 버리지 않았나. 새로운 메시지가 왔다.

[이거 언니 맞음?]

그렇긴 한데 이걸 물어보려고 오랜만에 메시지를 보낸 거니….
미현은 한숨을 푹 쉬었다.

[맞아…]

대답을 보내고 기다리자니 사진 한 장이 더 왔다. 이번에는
미현의 표정이 조금 풀어졌다. 텅 빈 하늘을 향해 뻗은 손, 네 번째
손가락 첫 마디가 약간 구부러져 있는 손. 그리고 둘째 손가락에
앞서 본 반지와는 색이 다른 싸구려 반지. 아니, 대학생에게는
그렇게 적은 돈은 아니었다. 15만 원이었던가? 그 손의 주인은
대학교 사진 동아리 '컬러풀'의 선배이자 자신을 김현준의 마수에서
구해 준 소리 언니였다. 미현은 피식 웃었다. 소리 언니와 연락이
끊긴 지도 한참이었다. 둘 다 구여친 됐을 때 한강 가서 소주 오지게
깠는데. 그리고 그 새끼가 여자 사귈 때마다 같은 반지, 같은 데이트
코스, 같은 선물 스텝 밟는 거 안주 삼으면서 뒷담도 오지게 깠지.

근데 이게 또 왜 여기서 나오지?

[이 사진 손 누구 건지 앎?]

유리의 메시지에 미현은 바로 답했다.

[소리 언니잖아. 내 동아리 선배… 왜?]

[역시 소리 언니네. 저한테 소리 언니 연락처가 없음.ㅠㅠ 연락처
좀. 단톡방 파야 될 듯.]

미현은 잠시 멈칫했다.

[어, 나도 연락 끊긴 지 오래되어서. 일단 단톡방에 나 초대해 줘]

카오스톡에서 소리 언니의 연락처를 찾아보았지만 이미
다른 사람의 번호가 된 듯, 모르는 부부의 사진이 프로필사진으로
등록되어 있었다. 이럴 줄 알았으면 연락처 백업 좀 제때제때 할걸.
미현은 투덜거리다가 이내 그만두었다. 그건 지금 당장 급한 일은

구여친 연대

아니었다.

유리가 자신을 불렀고, 자신의 '반지'가 나오는 사진을 가져왔으니 급한 것은 아마도 그 반지와 연관이 있는 일 같았다. 김현준. 그놈의 김현준, 아마 그놈과도 관계가 있는 일일 테고. 미현은 유리의 초대를 받아 카오스톡 단체 방에 들어갔다. 윽, 이 애와도 질긴 인연이었다.

유리보다 학교에 늦게 입학해 11학번인 '심경윤'. 그 애는 사진 동아리 '컬러풀'의 회원이기도 했다. 미현은 08학번이니 세 학번 차이가 났다. 그리고 어쩐지 심경윤과 유리와 셋이, 아니, 소리 언니와 넷이 술을 대차게 퍼마신 기억도 어렴풋이 났다.

대체 왜 마셨는지 기억이 안 난다는 게 문제지만.

경윤이 메시지로 인사했다.

[선배들 안녕하세요~ 휴일 저녁에 갑자기 죄송하지만요~]

[경윤 안녕! 내가 미현 언니 불러왔음!]

이게 무슨. 갑자기 대학 시절 술자리에 불려 온 기분이네. 미현은 피식 웃었다.

[다들 반갑다. 유리랑 경윤이 안녕.]

경윤이 웃는 이모티콘을 띄우고 메시지를 보냈다.

[토요일 저녁에 갑자기 이렇게 부른 이유가 있거든요~ 바로바로!]

음. 이 애가 어떤 성격인지 기억이 날 듯 말 듯 했다. 씩씩한 애였지. 그리고 그 씩씩한 애와 넷이 술을 퍼마신 이유는… 아, 생각나 버렸다. 대체 왜 그놈은 우리 사이의 끈끈한 연결 고리가 되어 버렸단 말인가. 미현은 메시지를 보냈다.

[대체 뭐야?]

인사가 오가자 경윤은 링크 하나와 사진 몇 장을 보냈다. 링크를 클릭하니 메타버스 앱 '와이낫'을 다운로드하라는 메시지가 떴다.

앱 다운로드는 나중으로 미루고, 미현은 경윤이 보낸 사진을 보았다. 전부 계연대 사진 동아리 '컬러풀' 회원들이 찍은 듯한 사진이었다. 출사 장소로 알아볼 수 있었다. 대부분은 손만 찍혀 있었지만. 그런데 이게 왜 여기서 나오지?

경윤이 다시 메시지를 보냈다.

[제가 이렇게 선배들을 소집한 이유는!]

뭔데.

[계연대 08학번 사진 동아리 컬러풀 회원 김! 현! 준! 다들 기억하실 거고요~?]

미현은 당연히 김현준을 기억했다. 아마 소리 언니도 기억할걸. 왜냐면 우리가 엮인 게 다 김현준 탓이었으니까.

경윤이 한숨을 푹푹 내쉬는 이모티콘 하나를 띄우고 다시 메시지를 보냈다.

[이슈가 좀 생겼거든요~ 그런데 소리 선배는요?]

[맞아 소리 언니ㅠㅠ 몇 년 전에 외국 간 담에 연락처 바뀜ㅠㅠ]

[나도 그때 끊겼나 봐; 한번 알아볼게.]

소리 언니까지 찾는 거면, 정말 '그' 인연 때문에 부른 게 맞겠구나 싶었다. 미현은 냉장고에 있는 맥주 생각이 간절해졌다.

구여친 연대

2. 10년 전 우리들은

이것도 운명이라면 운명일까. 10여 년 전 대학에서 만난 사람들이, 그 '만남의 계기' 때문에 다시 모이게 되다니. 물론 썩 반가운 계기는 아니었지만 말이다.

계연대 신입생이었던 미현은 필름 토이 카메라를 좋아했다. 라이카처럼 비싼 필름 카메라도 아니고, 화소가 몇천만 단위인 디지털카메라도 아닌 플라스틱 필름 카메라. 싼 건 만 원도 안 하는 싸구려 카메라에는 세밀한 기능이 없었다. 필름을 넣은 뒤, 찍으면 끝이었다. 햇살이 쨍한 날 플라스틱 카메라를 가방 안에 넣고 다니며 이곳저곳을 찍는 것은 언제나 즐거웠다. 흐린 날은 흐린 날대로 즐거웠다. 실내에서는 거의 쓸 수 없을 만큼 기능이 적은 카메라는 렌즈 재료가 플라스틱인 만큼 저렴했다.

하지만 사진을 보기까지 드는 비용은 비쌌다.

들어가는 필름 비용은 어떻게 조달한다 치더라도, 현상하는 비용이 필름 한 롤에도 꼬박꼬박 들어간다는 점이 문제였다. 게다가 필름 인화를 해 주는 사진관들이 줄어드는 추세였다. 그리고 그 많은 사진을 다 어디에 보관한단 말인가. 미현은 사진 앨범을 채우는 것을 좋아했지만 채운 다음에는… 앨범을 둘 공간이 문제였다.

그래서 생각해 낸 방법이 필름 스캔이었다. 스캔을 한동안
해 오다가 소문을 들었다. 계연대 사진 동아리 '컬러풀'과 서로
계약해서 필름 스캔을 싸게 해 주는 스튜디오가 있다는. 그 서비스를
이용하려면 컬러풀에 들어가는 것이 우선이었다. 그래서 1학년
중반에, 미현은 사진 동아리에 들어갔다.

그리고 그곳에서 소리 언니와 김현준을 만났다.

"어서 와. 신입생?"

긴 머리를 높게 묶은 소리 언니는 처음부터 미현에게 살갑게
대해 주었다. 하지만 만만한 사람은 아니었다. 겨우 한 학번
선배면서, 미현에게 함부로 굴려는 선배가 있으면 생글생글 웃으며
차단해 주었다.

가끔 군대에 다녀와서 군부심을 부리는 선배가 있기도 했으니.

"야. 미현이 너는 선배가 보이면 꼬박꼬박 인사도 잘하고
그러지, 좀."

신입생은 같은 학번 사람들 얼굴 외우기도 바쁜데 군대 다녀온
선배 얼굴을 대체 어떻게 안단 말인가. 누군가 저런 말을 꺼내면
어디선가 소리 언니가 나타나 너스레를 떨었다.

"선배, 군기 잡지 말죠? 미현이가 필름 스캔값을 얼마나 많이
내는데요~ 우리랑 계약한 사진관 VIP 나갈라~"

사실이었다. 사진기의 대세가 디지털카메라로 넘어가는 시대에
토이 카메라를 쓰고 있어, 필름 스캔값을 절약할 수 있다는 이유로
동아리에 들어왔다고 자기소개서에 써 놓았으니까. 선배들은
얼굴을 찌푸리면서도 문제 삼지 않고 살짝 발을 뺐다. 어쨌거나
여기든 저기든 관계를 유지하려면 꼬박꼬박 이어지는 거래가

필요했고, 고정 거래를 할 고객이 필요했다. 미현은 동아리 활동을 해 가며 스튜디오와 계속 친분을 쌓았고, 미현의 앨범 대신 하드에 필름 스캔한 사진 파일들이 차곡차곡 쌓여 갔다. 그중 마음에 드는 것은 따로 현상해 앨범에 넣어 보관하기도 했다. 동아리 이름으로 싸게 빌릴 수 있는 암실까지 있었으니 미현에게는 그야말로 컬러풀이 천국이었다.

그리고 그 동아리에 김현준이 있었다.

"08학번? 나랑 똑같네."

배시시 웃는 김현준의 얼굴은 그럭저럭 귀염상이었다. 살짝 호감을 가질 만한 상냥한 태도가 다른 남자 선배들과 퍽 대조적이었다. 그러나 동아리 안에서만 티를 내지 않았을 뿐, 소리 언니와 김현준은 그때 이미 사귀고 있었다. 미현의 귀에 들린 바에 따르면 김현준이 동아리에 들어오자마자 소리 언니에게 저돌적인 고백을 했다는 거였다.

"선배가 좋아요."

소리 언니도 김현준이 마음에 들었는지, 둘은 반년 가까이 사귀고 있었다. 남자에게는 담백하고 여자에겐 친절한 소리 언니, 남녀 모두에게 상냥한 김현준. 좋게 보면 선남선녀 대학생 커플이었다. 다만 미현은 소리 언니가 조금 아깝다고 생각했다. 그건 김현준의 술버릇 때문이었다.

"야, 이소리~"

평소에는 꼬박꼬박 선배, 누나 소리를 하던 김현준은 동아리 술자리에만 가면 술에 취했고, 살짝 혀가 풀린 목소리로 소리 언니를 풀 네임으로 불렀다. 그 버릇만 아니었어도 좀 예쁘게 봐주었을 텐데. 술 취하면 본심이 나온다더니, 김현준이 소리 언니를 내심

만만하게 보고 있을지도 모른다는 것이 미현은 영 마음에 들지
않았다.

하지만 소리 언니는 태연했다. 흡연 구역에서 담배를 피우는
사이 그 얘기가 나오자 낄낄 웃기까지 했다.

"그 정도면 귀엽지, 뭐."

"언니는 짜증 안 나?"

미현이 조심스레 묻자 소리 언니는 담뱃재를 툭툭 털었다.

"여자친구가 담배 피우는 거 봐주는 남자 별로 없다고 으스댈 땐
한 대 쥐어박고 싶기는 해."

그런 말까지 했다니. 미현은 아연실색했다.

"그치만 그거 빼고 대충 다 귀여우니까. 물론 미현이 너도
귀엽다."

소리 언니의 '귀여운 사람' 취향에는 자신과 김현준이 같이
들어간단 말인가. 미현은 순간 자괴감을 느꼈다. 소리 언니와
김현준의 관계는 1년 정도 지속되었다. 09학번이 입학했고, 으레
그렇듯이 2학년이 된 김현준에게 군대 영장이 날아왔다. 소리
언니와 김현준은 동아리방 안에서는 여전히 알콩달콩과는 약간
거리가 있는 사이를 유지하고 있었다. 09학번 여자애들 중에 몇 명은
미현에게 묻기까지 했다.

"현준 선배 애인 있어요?"

미현은 어색하게 웃으며 그때마다 대답했다. 자신이 동아리에
들어오기 전부터 현준에겐 애인이 있었다고. 그 말을 들으면
대부분은 상대가 누구인지 묻지 않고 "그렇구나~"라며 돌아섰고,
상대가 누구인지까지 캐물은 09학번들은 "소리 언니가…
김현준하고요? 여, 연상 취향인가 봐요."라며 물러났다. 아마 그

애들도 소리 언니를 이길 수는 없었으리라. 소리 언니는 동아리의
회장도 부회장도 아니었지만, 여학생들의 보호자 겸 대변자 노릇을
톡톡히 했다. 어미 닭 같은 사람이었다. 아무도 끼어들 틈 없이
그렇게 둘이 잘 지내는 줄 알았는데.

　　동아리에선 08학번들의 군 입대를 환영, 아니, 기념하며
술자리를 열었다. 한 번이 아니라 서너 번 열었다. 그중 김현준이
이미 휴학계를 내고 군 입대 날짜만 기다리던 날 벌어진 술자리에서,
미현은 현준에게 고백을 받았다.

　　"미현아, 잠깐 밖에 나갈래?"

　　소리 언니는 그날 술자리에 나오지 않았다. 미현은 아무 생각
없이 현준을 따라 나갔다. 현준은 잠깐 기다려 보라고 하더니
어디선가 작은 쇼핑백 하나를 들고 와서 미현에게 건네주었다.

　　"이건 지금 보고, 애들한테 들키지 않게 사물함 같은 데 넣어 놔."

　　"뭔데?"

　　"앨범."

　　앨범이 여기서 왜 나오지? 김현준은 디지털카메라를 쓰고
있었다. 인화 같은 건 종이 보관하기 귀찮아서 안 한다며 손사래를
치던 인간, 컴퓨터 하드디스크면 충분하지 않냐고 하던 인간이 웬
앨범?

　　"군대 가기 전에 내 마음을 한 번은 고백하고 싶었어. 처음 볼
때부터 네가 마음에 들었어."

　　돌이켜 보면 느끼함이 풍년이다. 그때 넌 소리 언니랑 사귀고
있지 않냐고 당차게 반박했어야 하는데, 시끌벅적한 사람들
틈에서 잠시 벗어나 약간의 취기를 느끼며 가로등 아래 서 있었던
미현은 할 말을 잃고 잠시 두근거림에 빠졌다. 캠퍼스 드라마에

나올 듯한 전형적인 고백이었다. 앨범을 열어 보자 작은 사진이 들어가는 스물다섯 곳이 빼곡히 채워져 있었다. 사진에 찍힌 건 모두 미현이었다. 뒷모습, 옆모습, 환히 웃는 앞모습. 손과 치맛자락 아래로 살짝 가려진 운동화. 취기와 함께 감동이 훅 올라왔다. 지금 생각하면 흑역사 오브 흑역사요, 무엇에 씐 게 분명했지만 당시 미현은 김현준의 고백을 듣고 조심스럽게 고개를 끄덕여 버렸다.

"나 군대 갈 때 마중 나와 줄래?"

저 말에 그러겠다는 대답을 하면서.

다시 술자리로 돌아가자고 김현준이 옷자락을 잡아끌자, 미현은 번뜩 정신이 들었다. 고백은 고백이고! 확인은 해야지!

"너 소리 언니랑 사귀잖아!"

김현준은 머쓱하게 웃었다.

"군대 다녀오는 거 기다려 달라고 하기가 좀 그래서. 끝난 사이야. 소리 누나 성격 알잖아. 쿨하게 그러자고 하더라."

미현은 그때 생각을 하면 김현준과 이불을 동시에 걷어차고 싶어졌다. 자신을 정식 모델로 쓴 것도 아니고, 출사 갈 때마다 슬쩍슬쩍 찍어 댄 사진이 스물다섯 장이라니. 나름 예쁘게 찍힌 사진을 고른 게 그 정도면 도대체 망친 것까지 포함해 몇 장을 찍었단 말인가? 지금 돌이켜 보면 스토커다. 그것도 불법 촬영 스토커.

그렇게 김현준이 군대에 간 뒤, 유난히 침울해 보이는 소리 언니에게 미현은 먼저 말했다.

"언니, 현준이랑 사귀어서 미안."

"응?"

"언니 그런 얼굴 보고 싶지 않았는데, 나 때문인 것 같아서."

구여친 연대

소리가 흡연 구역으로 미현을 말없이 끌고 갔다. 담배에 불을 붙이며 소리 언니는 황당하다는 표정으로 말했다.

"네가, 아니, 너도 현준이랑 사귄다고?!"

기막혀 하는 소리의 표정에 미현은 깨달았다. 아, 뭔가 잘못됐구나.

콜렉트 콜로 시도 때도 없이 전화를 두 명에게 걸어 낸 걸 보면 김현준은 보통내기가 아니었다. 그 당시 군대에는 핸드폰 반입이 안 됐다! 어이없어하며 소리는 "난 헤어진 적이 없는데? 그 새끼 기억에만 그런 사실이 있나?"라며 그 싸구려 반지를 보여 주었고, 미현은 끼고 다니기 어색해 필통에만 넣고 다니던 스톤 색만 다른 반지를 보여 주었다. 소리 언니는 멍한 표정을 지었다가, 머리를 감싸 쥐었다.

"아니, 그러니까 너는 대체 언제―"

"환송회 자리에서…. 그리고 이 반지 주고 입대하고."

소리 언니의 입 모양이 분명하게 '개새끼'를 표현하는 것을 본 미현은 조심스럽게 물었다.

"아니, 난 소리 언니랑 끝났다고 해서! 그리고 나도 술에 취해서! 근데 이… 김현준이… 거짓말한 거야?"

소리 언니는 담배를 한 개비 더 꺼내 불을 붙였다.

담배를 피우면서 소리 언니는 말했다.

"어쩐지 입대하는 거 보러 안 와도 된다고 하더라."

"내가 갔거든…."

"휴가 나오면 300일 챙기자고 하던 놈이…."

아이고.

"정 뚝 떨어질 것 같네. 아니, 이미 떨어졌지. 개새끼. 이야.

김현준. 그렇게까진 안 봤는데."

"그러니까 지금 그… 환승도 아니고 양다리…."

"내 쪽에 걸친 다리를 잘라 버릴 거다!"

소리 언니는 꽁초를 꽉꽉 밟아 남은 불을 끄고, 미현의 양어깨를 턱 짚으며 말했다.

"미현아. 너는 잘못 없어. 김현준이 잘못했지. 그런데 개새끼지만 정말 사람 같지도 않은 개새끼는 아니니까, 네가 좋아하면… 사귀어. 개한테 네 마음에 드는 구석이 조금은 있는 거잖아. 나는 정떨어졌지만."

"어, 어어, 그렇지? 은근히 다정하기도 하고… 얼굴도 그럭저럭 생겼고."

그 장점을 온 사방에 흩뿌리고 다니는 놈일 줄은 몰랐지. 미현은 입안으로 그 말을 삼켰다.

"정떨어진 김에 아주 깽판을 놓고 싶지만, 미현이 너니까 참는다."

소리 언니가 꽁초를 집어 쓰레기통 안에 던진 후, 미현에게 쓴웃음을 지었다.

"난 괜찮아. 근데 다음에 콜렉트 콜 오면 집어치우라고 쌍욕 한 번만 퍼부을게."

처음부터 얼떨떨하게 시작된 연애였다. 하지만 이런 방향으로까지 얼떨떨할 필요는 없지 않은가. 미현은 현준과 함께 우리사이월드의 친구명을 바꾸었고, 현준의 100일 휴가에 맞추어 데이트를 했다. 디지털카메라로 좋아하는 것을 찍으며 맑게 웃는 그 순간만은 현준이 예뻐 보이기도 했다. 밤의 공원, 가로등의 빛,

꽃 앞에서 둘이 잡은 손. 염치가 있어선지 현준은 휴가를 나와서도 사진 동아리방에는 오지 않았다. 그래도 미현은 현준이 좋았다. 소리 언니와의 일은 굳이 묻지 않았다. 그저 마음이 바뀌었겠거니 했다.

하지만 그렇게 바뀐 마음이 오래가지 않을 거라는 것쯤은 알고 있었다.

현준의 계급이 이병, 일병, 상병으로 높아져 가고 미현에게 현준이 부리는 어리광이 점점 늘어 갈 무렵, 미현은 이제 끝내야겠다고 마음먹었다. 늘 자신을 보면 미안한 듯 웃는 소리 언니를 보는 것이 싫었고, 소리 언니가 반지를 빼게 만든 것이 미안했다. 결국 그 '일말 상초'쯤에 미현은 "지쳐서 안 되겠어. 이제 학년 올라가니까 전공 공부가 어려워지기도 했고."라며 현준에게 콜렉트 콜로 이별을 고했다.

현준은 깔끔하게 헤어질 생각이 없었던 것 같다. 수많은 콜렉트 콜이 걸려 왔던 걸 보면.

현준은 휴가 때 미현을 찾아왔지만 미현은 만나지 않았다. 결국 메신저로 '미안해.'라는 한마디만 남기고 현준은 부대로 복귀했다.

군 생활을 마치면 사람이 좀 나아질 거라고 미현은 생각했다.

음. 착각이었다.

소리 언니는 휴학을 했고, 미현도 휴학을 한 번쯤은 해야겠다는 생각에 준비를 하던 차였다. 내리트온으로 유리의 메시지가 오기 전까지는.

[언니, 고민 상담할 게 있음.]

아아. 갑자기 싸해지는 이 기분은 뭐지. 유리는 약간 철없을 때가 있긴 하지만 밝은 후배였다. 운동을 잘했고, 순한 얼굴이 풍기는 분위기와는 달리 술이 들어가면 눈부신 행동력을 보였다. 그런데 컬러풀 회원이 아닌 애가 왜 나한테?

　[갑자기 고민 상담?]

　[제가 요새 썸을 좀 타는 것 같은데.]

　[응.]

　[조별 과제 같이 하는 선배인데 언니랑 사이좋다고 해서.]

　[나랑?]

　우리 과 사람인가? 하지만 미현이 생각하기에 다른 과 학생들과 조별 과제를 할 때 미현의 이름을 운운할 만큼 친한 남자 동기나 선후배는 없었다.

　[그 사람이 나를 어떻게 알아?]

　[컬러풀 회원이라고 함. 이름은 김현준이고.]

　아, 이 미친놈아.

　[나 언니한테 조언을 꼭 들어 봐야 할 것 같음.]

　아뿔싸. 연애 흑역사는 동네방네 자랑할 일이 아니라서 미현은 유리에게 김현준과의 연애에 대해 이야기한 적이 없었다. 그런데 이놈이 나랑 사이가 좋아? 좋았지. 한때는. 구남친이라고 해도 철천지원수는 아니고, 유리랑은 잘 맞을지도 모른다는 생각에 미현은 "좀 가벼운 면은 있지만 나쁜 사람은 아니야."라고 최대한 포장지를 둘러 회신했다. 유리는 고맙다며 내리리트온 메신저를 껐다.

　이렇게 해서 현준도 유리도 해피 엔딩을 맞는다면 참 좋으련만.

　그런데 이번엔 컬러풀에 만만치 않은 상대가 들어와 있었다. 11학번 심경윤. 미현이 보기에 경윤은 현준의 이상형이 아니었다. 현준의 이상형은 순하고 귀여워 보이는 얼굴을 가진 사람이었다. 그런데 경윤이라는 이 아이는 아이라인부터가 담대했다. 게다가 큰 소리로 웃고, 활달하고, 남녀 상관없이 잘 지내는… 정수기를 판다면 동아리 안에서만 세 대는 팔 수 있을 것 같은 타입이었다.

동아리 회식 자리에서 경윤은 대놓고 선언했다.

"여러분 주목~ 11학번 심경윤! 컬러풀 여러분에게 할 말이 있거든요~"

뭔데 뭔데. 각자의 술잔에 집중하던 사람들은 일어나서 두 손을 번쩍 든 경윤에게 눈길을 돌렸다.

"제가 08학번 김현준 선배에게 관심이 있는데요~ 제보나 팁 주시면 감사하겠어요~!"

다행히도 그 술자리에는 현준이 없었다.

그런 애가 미현에게 "언니가 최고의 팁을 줄 수 있을 것 같아요!"라며 보여 준 캡처 이미지에는 '오빠가'로 시작하는 현준의 메시지가 주르륵 떠 있었다.

야, 이 나쁜 놈아. 미현은 심한 두통을 느끼며 소리에게 SOS를 칠까 고민했다. 하지만 휴학 중인 사람을 이런 일로! 뒤이어 경윤이 한 말은 미현에게 신선한 충격을 안겨 주었다.

"전 재미있는 사람이 좋아요! 이 오빠 저랑 잘 맞을 거 같아요. 지난번에 현준 오빠가 술집에서 뺑튀기 쏟고 안 쏟은 척하려다 밟고 미끄러질 뻔한 거 봤어요? 다른 사람들 학 알 접는 데 끼어들었다가 다섯 번 망친 것도요? 그런 허당이 저한텐 매력이거든요~"

혹시 전생에 평강공주셨어요? 미현은 경윤에게 그렇게 묻고 싶은 것을 참았다.

이놈이나 저놈이나. 유리나 경윤이나. 안 된다, 후배들아! 아무래도 경윤은 전여친의 설득으로는 심경의 변화를 보일 것 같지 않았다. "그 새끼 지금 플러팅 양다리야!"라고 말하고 싶었지만,

마음에 든다니 뭐 어쩌랴. 미현은 일단 이 상황을 유리에게만 알려 주었다.

[그렇게 됐다.]

[헐… 감사염.]

[아냐. 그리고 알려 줄 게 좀 더 있는데.]

미현은 결국 소리에게 SOS를 쳤다. 어미 닭 같은 소리의 성격상, 이런 중대사에 자신보다 더 밝을 것 같았다. 게다가 백지장도 맞들면 낫다는데 구여친이 둘이면 하나보다 낫겠지. 학관에서 만난 소리 언니는 미현의 얘기를 듣고는 배를 잡고 웃다가, 한참 고민에 빠지더니, 미현과 함께 현준의 행적을 노트에 볼펜으로 하나하나 적어 내려가기 시작했다.

[와… 대박염.]

미현과 소리가 모은 자료를 받아 든 유리는 한동안 메신저에 말없음표만 치다가 내리트온에서 로그아웃했다.

나중에 전해 들은 바에 따르면, 유리는 다짜고짜 경윤의 전공 강의실 앞으로 찾아갔다고 한다. 새내기 수업이라 현준이 들어올 리 없었으니까. 그리고 경윤이 강의실 밖으로 나오자마자 빠르게 경윤의 팔을 낚아채 옆의 빈 강의실로 몰아넣고 문을 닫았다.

"와, 누구세요?"

경윤이 호기심 가득한 목소리로 물어보자 유리는 긴 숨을 몰아쉰 뒤 대답했다.

"컬러풀 11학번 심경윤 씨? 저는 10학번 조유리인데요."

"네. 우와, 이 상황 신선하네요."

구여친 연대

경윤이 좀 해맑기는 하다. 당차고 씩씩하고 해맑고. 어떻게 보면 나사가 좀 빠졌다. 유리는 그때 느꼈다. 아, 얘는 놔두면 진짜로 김현준 선배하고 사귀겠구나.

"김현준 선배한테서 떨어져요."

경윤은 가만히 있다가 갑자기 손뼉을 짝, 하고 치더니 깔깔 웃었다.

"우와. 우와. 현준 선배 좋아해서 지금 나한테 이러는 거예요?"

"아, 그게 아니라요!"

유리는 답답한 가슴을 쾅쾅 치고는 속사포처럼 쏘아붙였다.

"소리 언니랑 미현 언니 알아요?"

"음~ 미현 선배랑 더 잘 알아요. 소리 선배랑은 아직~"

좋아. 이 정도면 말이 통할 것 같다. 유리는 책상에 손을 쾅, 짚으며 말했다.

"김현준 그놈 양다리 걸친 적 있어요! 소리 언니랑 미현 언니한테!"

그러자 경윤은 정색하기는커녕 숨넘어가게 웃으며 대답했다.

"와, 진짜요? 진짜 골 때리는 사람이다, 현준 선배~ 그걸 또 들켰어요?"

유리가 고개를 끄덕였다.

"네. 그리고 지금 김현준 선배가 한 사람한테만 작업 걸고 있는 게 아니거든요?"

"에?"

경윤의 호기심을 확인한 유리는 이때다 싶어 미현과 소리가 모아 준 현준의 단점을 털어놓았다.

"그 선배 발 냄새 심해요. 저랑 조별 과제 준비할 때, 스터디 룸 가면 신발부터 벗는 거 있죠? 환기도 잘 안 되는데! 스터디하면 술자리 꼭 가자고 하고, 가면 골뱅이소면 시켜서 골뱅이만 골라 먹고!"

경윤의 얼굴이 조금 찡그려졌다. 유리는 계속해서 말을 이었다.

"무료 안주 리필이나 새 물병 가져오는 거 절대 안 함. 남한테 채워 주는 건 술잔밖에 없을 듯?"

"으음~ 확실히 그러는 건 보긴 봤는데~"

유리는 숨을 고르고 핸드폰 메모장을 들여다보더니 후읍, 숨을 들이마셨다.

"그리고 이건 다 들은 이야기이긴 한데! 지금부터 하는 얘기는 내가 겪은 게 아님여!"

경윤은 여전히 흥미진진하다는 얼굴로 고개를 끄덕였다.

"뭔데요~?"

유리가 부르르 떨며 말했다.

"키스를 진짜 못 하고, 입 냄새 심하대여! 현상 봐 줄 테니까 암실에 같이 가자고 하면 그건 100% 키스하려고 간 보는 타이밍이고!"

유리가 말을 마치자 둘 사이에 어정쩡한 침묵이 흘렀다.

유리는 그때 이렇게 생각했다고 한다. 자신은 소심한데 또 귀는 얇아 가지고, 미현 언니 얘기를 들으니 그런 쓰레기를 다른 사람에게 물려주면 안 되겠다 싶었다. 하지만 살짝 후회가 들었다. 이렇게까지… 할 필요가 있었나? 지금이라도 튈까? 고민하는 사이 경윤이 먼저 입을 열었다.

"골뱅이소면이랑 무료 안주 건은 저도 본 적이 있지만~"

유리가 안도하는 표정을 짓는 순간 경윤이 카운터를 날렸다.

구여친 연대

"그런 점을 고치는 게 사람 사귀는 재미거든요~"

와. 애는 진짜 강적이다.

때마침 운명의 도우심이었을까. 둘의 핸드폰에 아주 잠깐의 차를 두고 띠링, 메시지 수신음이 울렸다.

둘은 동시에 전화기를 꺼내 받은 메시지를 서로에게 보여 주였다.

발신인 김현준. 수신 메시지 내용은 '오빠 강의 끝났어. 뭐해? ㅎ'.

경윤은 피식 헛웃음을 지었고 유리도 한숨을 내쉬었다. 유리는 진이 빠진 목소리로 쐐기를 박듯 말했다.

"네. 이런 놈이네여."

그리고 넷은 카오스톡 단체 방에 모였다.

조심조심, 아직은 조직이 드러나면 곤란하니까 넷은 계획을 세웠다.

[일단 말은 다 했음. 그런데 경윤이를 무조건 말리기도 좀 그렇지 않음요?]

[유리야. 그러라고 나랑 소리 언니가 자료를 모은 게 아냐…]

[아니 아니, 저는 정리됐는데, 경윤이가 어… 그런 점이 매력이라고 해서. 그렇게 치면 현준 선배는 약간 종합 선물 세트 느낌 아님…?]

[종합 선물 세트~ 유리 언니 말 완전 매력 있게 한다~]

[그 모든 단점을 매력으로 본다니 언니가 할 말이 없다.]

[사귀면 또 다른 매력이 생길지도 모르고요~]

[아이고. 아무튼. 음. 우리는 없는 말은 안 했다.]

그러다가 합의를 봤다. 유리는 "내 귀가 얇다지만 이건 좀 아닌 거 같음."이라는 이유로 현준의 고백을 거절했고, 경윤은 '일단 사귀어 보겠다'라며 단체 방을 나갔다. 그러나 겨우 3주 만에 경윤은 단체 방으로 돌아왔다. 그리고 톡방 멤버 셋과 함께 학교에서 멀찍이 떨어진 호프집에서 맥주를 벌컥벌컥 들이켰다.

"와, 그 오빠 입 냄새 진짜 심하더라고요~ 편도결석이 있나? 가까이 다가오는데 악취가 확~!"

경윤의 헛웃음 어린 말에 소리와 미현이 이마를 짚었다.

"내가 현준이한테 치과 가 보라고 했는데."

"나도 그랬는데."

유리가 진지하게 말했다.

"그 선배는 대체 뭐가 문제임?"

소리가 팔짱을 끼더니 고개를 설레설레 저으며 대답했다.

"우리가 이렇게까지 말했는데 들을 생각이 없는 거?"

미현이 맥주잔을 내려놓으며 말했다.

"근데 경윤아, 그… 가까이 다가왔다는 건."

경윤이 무료 안주인 뻥튀기를 와삭와삭 씹어 넘기고 말했다.

"암실 키스요. 어우. 어떻게 패턴이 그렇게 똑같죠~ 복붙인가~ 저한테 현상 끝나고 반지 사러 가자고 했는데, 아마 갔으면 언니들이 받은 거랑 똑같은 거 사 줬을지도요~ 제가 좀 이상한 남자를 좋아하긴 하지만, 패턴 빤한 남자는 매력 없거든요~ 꽝이야! 바로 암실 밖으로 도망가서 그만 만나자고 했거든요~"

유리가 맥주잔을 홀짝이며 예언했다.

"한동안 문자 올 거임. 장담함."

"구여친만 넷이다."라며 소리가 깔깔거리자 유리는 "저는 구여친까지 안 갔음요."라고 투덜댔지만 넷의 단톡방 이름은

구여친 연대

'구여친 연대'로 굳어졌다.

유리가 '다른 동아리를 들어서 컬러풀에 들어가긴 어렵다'고
해서 동아리를 통해 모두를 만나긴 어려웠지만, 넷은 여자끼리
어울려 즐겁게 놀았다.

한번은 다 같이 바닷가에 가기도 했다. 미현이 기억하기로는,
서로의 성질머리를 볼 수 있는 즐거운 시간이었다. 근처 민박집을
잡아서 놀던 중에 술이 다 떨어져서 경윤이 사러 나갔는데, 10분이
지나도 경윤은 돌아오지 않았다. 슈퍼는 바로 코앞에 있는데.

"나가 봐야 되는 거 아냐?"

소리 언니가 먼저 얼굴을 찌푸렸고, 미현은 통화 연결음만
들리는 전화기를 들고 있다가 고개를 끄덕였다. 유리는 말없이
일어났다. 밖으로 나선 유리가 슈퍼 앞의 담 밑에서 마주친 건
만취한 여자 하나가 경윤에게 어깨동무를 한 채로 뭔가 웅얼거리고
있고, 옆에서 남자 둘이 안절부절못하는 모습이었다. 유리를 따라
나온 소리가 황당하다는 듯 말했다.

"쟤 저기서 뭐 해…?"

"왜 웃고 있어. 재밌나?"

미현이 무작정 접근하려는 것을 소리가 위험하다며 말렸고
셋은 살금살금 다가갔다.

"그죠~ 그렇죠~ 언니 매력 있다~ 언니 화이팅!"

경윤은 술에 취해서 두서없는 대꾸만 하고 있었다. 남자들은
슈퍼 담벼락 앞에 퍼질러 앉은 두 여자를 떼어 낼 수가 없다며 울
기세였다.

"아니, 저희는 얘를 데려가야 하는데 둘이 뭐 절친 먹은

것처럼… 안 떨어져요….”

　이걸 어떻게 해야 하나. 그때 유리가 소리도 없이 앞으로 나섰다.

　“유리 언니~ 언니도 이리 와요~”

　경윤이 손짓했다. 유리 쟤는 뭘 하려고? 지켜보던 미현은 유리의 손에 들린 것을 보고 반사적으로 앞으로 튀어 나갔다.

　아까 숨어서 경윤을 보던 곳에서 주웠는지, 유리의 손에는 낡은 장우산이 들려 있었다.

　살짝 취해서 혀가 꼬인 유리가 중얼거렸다.

　“여기, CCTV 없지여…?”

　미현을 따라 헐레벌떡 뛰어온 소리 언니가 왜 달려드냐며 미현의 옷자락을 잡아당겼다. 남자들은 어두운 밤길에 갑자기 여자가 셋이나 나타나니 놀란 모양이었다. 그래도 일행은 지켜야 한다는 마음이었는지, 남자 하나가 울 것 같은 얼굴로 유리의 앞을 막아섰다.

　“아니, 누구신데 왜 이러세요!”

　유리는 씨이익 웃으며 장우산을 기본 자세로 잡았다.

　그리고 유리의 뒤통수에 소리 언니의 손바닥이 내리꽂혔다.

　“죄송합니다! 평소엔 이런 애가 아닌데! 빨리 피하시는 게 좋아요!”

　지금 폭행을 하면 불리한 건 어디까지나 여자 넷 쪽이었다. 남자가 소리 언니의 말대로 여자를 데려가려 애쓰던 그때, 소리 언니에게 머리를 맞은 유리가 고개를 들고 장우산을…

　폈다.

　“커헉!”

　오랫동안 길바닥에 방치되어 있던 장우산에서 날리는 먼지에 여자가 경윤을 놓은 찰나, 소리 언니는 장우산을 유리에게서 빼앗아 집어 던진 뒤 유리를 데리고 뛰었으며, 미현은 "아 왜~ 지금 완전 재밌는데요~" 하며 술주정을 부리는 경윤을 잡아당기면서 뛰었다.

소리가 헉헉거리며 말했다.

"그런데 우리 뛰, 뛰기까지 해야 되나? 유리 무거운데."

"튀어야 돼요! 저 사람들이 우리 고소할 수도 있어요!"

"엥? 뭔데? 뭔데?"

"유리 고등학교 때 검도부원이었어요!"

"그럼 특수 폭행 되는 거잖아!"

그래서 넷은 뛰었다. 정확히는 둘이 뛰고 둘이 끌려가다시피 했지만.

"하마터면 큰일 날 뻔했잖아!"

숙소 근처까지 와서야 유리의 멱살을 잡고 소리 언니가 고래고래 소리를 질렀지만 유리는 술이 덜 깼는지 히죽히죽 웃기만 할 뿐이었다.

"으히히히히. 소리 언니 너무 좋아여. 달리기 잘하는 것도 좋고. 저 소리 언니처럼 힘 기르려고 호신술 동아리 가입했음."

유리의 멱살을 놓으며 소리 언니가 시큰둥하게 말했다.

"무슨 헛소리래."

"아니, 그 증거가 여기… 여기… 있어야 하는데, 없네여. 어디 갔지."

유리는 휘적휘적 손을 휘저으며 말했다.

"3월 20일. 나 날짜도 기억하거든여. 저 그때 막걸릿집 앞 하수구에 카드 지갑 빠뜨려서 완전 패닉이었거든여. 막 울고 있는데 소리 언니가 갑자기 짠! 나타나서 왜 우냐 그러더니 하수구

뚜껑 번쩍 들어서 지갑 꺼내 줬잖아여. 그 하수구 뚜껑이 되게
무겁더라고여."

"하수구 뚜껑 들었어요~? 언니 그런 매력도 있었네~"

술이 덜 깬 경윤이 맞장구를 치자 소리는 치우라는 듯이 손을
내저었다. 유리가 말을 이었다.

"내가 사례라도 하려고 이름하고 학번 물어봤는데 07학번
이소리라는 거예여. 심지어 미현 언니랑 같은 동아리라는 거예여!
완전 운명! 근데 컬러풀에 소리 언니 팬이 너무 많더라구여~ 그래서
아~ 나도 다른 사람 도와주는 사람 될 거야! 소리 언니 최고! 그래서
호신술 동아리에 들어갔어여~"

그런 남모를 과거가 있었군. 미현은 유리를 토닥여 눕혔다.
실제로 컬러풀에 소리 언니 팬이 많기는 했다. 여자 후배들 잘
돌봐 주고, 술 잘 마시고, 성격이 좋아서 중재도 잘하니까. 유일한
단점이라면 김현준을 피해 가지 못했다는 것 정도일까…. 경윤은
구석에서 이불을 둘둘 말며 "소리 언니 팬클럽 생기면요~ 회장
자리는 유리 언니 줄게요~ 부회장 자리는 저 주세요~"라고
말하고는 고꾸라졌다.

미현과 소리 둘이 머쓱하게 남은 술병을 비웠다.

"쟤넨 진짜 이상한 소리를 잘해."

"언니 팬클럽 있다는 건 사실 같은데."

"미현아, 너까지 그러지 마라…."

소리가 졸업을 하고, 미현도 졸업을 하고, 소리가 외국으로 가게
되면서 단톡방은 서서히 조용해지다가 자연스럽게 해체되었다.
단톡방 멤버들이 몇 달에 한 번씩 안부 인사나 주고받고 생일

기프티콘이나 쏘게 된 지금, 갑자기 소리를 제외한 셋이 모이게 된 거다. 하늘도 무심하시지.

3. 구여친 연대 오프라인 번개

　　결국 셋이 만나는 날까지도 미현은 소리 언니의 연락처를 찾지
못했다. 셋은 계연대 앞 호프집에 모였다. 10년이 지나면 강산도
변한다지만, 그동안 학교가 팔리니 마니 하는 이야기가 나오기도
했지만, 몇 가지는 여전히 그대로였다. 동아리 모임을 하기 좋은
싼 술집, 교수님마저 취해서 갈지자걸음 걷는다는 막걸릿집,
새내기들의 시끌벅적함 등등. 자리에 앉아 술과 안주를 시키자
경윤이 가방 안에서 노트북을 꺼내 들었다.

　　"제가 마케터로 취직했잖아요~ 요즘 NFT 쪽 시장조사를
하다가 이상한 걸 발견했어요~"

　　경윤은 메타버스 플랫폼 와이낫에 접속했다. 경윤을 닮은,
시종일관 팔랑거리는 토끼 귀 머리띠를 쓴 아바타가 커다란 건물
내부와 비슷한 배경 속을 쪼르르 돌아다녔다. 경윤은 아바타를
이리저리 조종하다가 '갤러리 OWL'이라는 명칭이 붙은 방으로
들어갔다.

　　그곳에는 작품 하나가 걸려 있었다.

　　경윤은 마우스로 시점을 돌려 작품이 걸린 벽면이 정면을

향하도록 하고, 작품을 크게 확대했다. 손 사진들을 모아서 만든 콜라주 작품이었다. 편 손, 주먹 쥔 손, 나비 날개처럼 활짝 펼친 손, 옆으로 뻗은 손… 다양한 포즈를 취한 손이 하나씩 찍힌 사진이 수십 개, 아니 수백 개 붙어 있었다. 작품마다 희미하게 여러 개 찍힌 흰 점이 눈에 띄었다. 경윤은 다시 작품을 축소시키고 갤러리의 조도를 낮췄다. 그러자 손 사진에 찍혀 있는 흰 점들이 하나의 나무 형태를 갖추었다.

"이런 것도 만듦? 신기하네."

"그러게. 나 메타버스 처음 들어가 봐."

막 나온 치킨을 집어 먹던 미현이 유리에게 맞장구치며 말했다. 경윤은 원시인이라도 보는 표정으로 입을 벌리고 미현을 쳐다보았다.

"설마 메타버스 아이디도 없는 건 아니시겠죠~"

"3D 멀미 나."

"만들어요~ 그게 이 시대 사람의 운명이거든요~"

유리가 서빙된 맥주잔을 받아 들었다.

"근데 이걸로 뭘 하는 거임? NFT? 그건 어떻게 하는데? 나 사진 동아리 회원 아니라 사진에 대해서도 잘 모름요."

경윤은 큼, 큼 목소리를 가다듬더니 동아리방의 쪼무래기 심경윤이 아닌 어엿한 마케터 심경윤의 톤으로 말을 이었다.

"NFT는~ 바로! 작품의 소유권을 갖고 있다는 증서예요! 명작 그림의 사진은 인터넷에 수백 개 떠돌지만 진품을 지닌 사람은 딱 한 명이죠~! 우리가 사진을 딱 하나 찍어서 누군가에게 팔았다고 쳐요. 그 사진의 복사본이 수백 개 떠돌아도, 원본을 가진 사람은 우리가 NFT를 판매한 그 한 사람인 거예요~ 당신이 바로바로 이 예술 작품

원본 파일의 주~인!"

"그게 의미가 있음?"

"일반적인 예술품 시장보다 훨씬 접근하기 쉽고~ 아티스트가 다양해서 매력 있는 작품이 많거든요~ NFT 코인이 소위 떡상하면 가치가 더 올라가고요~"

유리가 관심을 보였다.

"돈 됨? 코인하고 비슷한 거임?"

경윤은 그 말을 듣고는 조금 아리송하다는 표정을 지었다.

"코인하고 비슷한가? 뭐, 사고 되팔고 사고 되팔고 하다 보면 코인하고 비슷하게 움직일 수도 있긴 하겠는데… 제가 취급하는 영역은 그쪽은 아니라서~"

유리가 앞머리를 쓸어 넘기며 중얼거렸다.

"하긴, 나 아는 선배도 도트 작품 같은 거 만들어서 NFT를 파는데, 돈 좀 벌었다 함. 으, 나도 코인 말고 그거나 할걸."

"헐, 유리 선배 코인 해요~? 이게 웬 반전 매력. 완전 안 할 거 같은 이미지인데~"

"할 줄 알거든! 조금씩 손은 대 보고 있어."

경윤이 맥주잔을 손으로 톡톡 두드렸다.

"난 언니가 컬러풀이 아니었던 게 늘 아쉬웠어요. 음. 그래도 NFT 쪽은 의외로 창작자 입문이 어렵지 않으니까 해 봐도 좋을 텐데~ 언니가 가끔 메신저 프로필로 쓰는 그림, 그거 직접 만든 거죠? 저한테는 매력 있거든요~"

"누가 들으면 웃을 얘기임."

"숨겨 둔 재능은 발굴해야 제맛~ 아, 맥주 맛 좋다~"

미현은 현준이 자신에게 고백하며 선물했던 사진을 떠올렸다.

구여친 연대

그 파일들이 인터넷상에 떠돌아다니는 걸 상상하고 싶지는 않지만, 만에 하나 김현준이 거물 사진작가가 됐다면? 햇병아리 김현준이 찍었던 거라도 디지털 원본 파일의 가치는 어마어마하게 상승했을 거다.

"근데 이거, 멀리서 보니까 이가 빠졌다?"

"그걸 그렇게 말씀하시는구나~ 재밌는 표현이네요! 음. 여기 설명 글 보실 거고요~"

OWL이라는 아티스트 네임을 클릭하자 설명 글이 떴다.

[이 작품은 모델비를 낼 돈이 없었던 저에게 촬영을 허락해 주신 많은 분들의 사진으로 만들어졌습니다. 보시는 분들 중에 사진의 주인이 계시다면 자신의 사연을 말씀해 주세요. 해당 파일은 작품에서 내리겠습니다. 나무의 잎이 떨어지고 겨울을 맞이할 날을 간절히 기다리는 작품입니다.]

그 밑에는 '발렌타인 데이 때 공원 데이트를 하면서 찍은 사진입니다. 고마워요.', '처음으로 첫사랑을 만난 날, 뭐라도 남기고 싶어 저 사람에게 손 사진이라도 찍어 달라고 하자고 용기 내서 말했어요. 지금은 첫사랑과 헤어졌지만 그건 저에게 소중한 추억입니다.' 같은 메시지들이 열 개가량 이어져 있었다. 메시지의 숫자는 사진이 빠진 부분의 숫자와 비슷했다.

"그럼 빠진 부분이 없는 상태의 작품 소유권은 한 사람에게만 팔린 거네?"

"네. 그 사람만 원본 파일을 갖고 있는 거예요~ 이렇게 '변화하는 작품'을 모아 보는 게 매력적이라는 생각이 들어서 회사에 기획서를 써서 낼 거거든요~ 아우, 목 탄다~"

경윤이 맥주잔을 들고 꿀깍꿀깍 소리를 내며 마셨다.

작품을 들여다보던 미현이 물었다.

"여기 우리 사진이 있다고?"

"네. 확대할게요~ 커진다 커진다~"

중간의 다섯 줄 정도만 보이게 경윤이 작품을 확대했다. 미현은 이마를 찡그렸다. 두 번째 줄 왼쪽에서 다섯 번째 사진에 찍힌 것은 분명 자신의 손이었다. 그리고 네 번째 줄 중앙에는 소리 언니의 손이 있었다. 넷째 손가락이 휜 손. 두 손 다, 김현준이 선물해 준 반지를 끼고 있었다.

"난 아무한테도 손 사진 찍어 달라고 말한 적이 없는데. 우리 동아리원들 빼고는."

"그렇죠~! 저는 미현 선배 손은 알아봤는데, 소리 선배 손은 긴가민가했거든요~ 그래서 유리 선배 통해서 연락을 드린 거예요. 회사 입장에서는 나름 좋은 프로젝트라고 생각하긴 하지만 우리도 알 건 알아야 하거든요~"

경윤이 큰 숨을 내쉬고 와이낫에서 로그아웃했다.

"더 보고 싶음요."

유리가 안주를 집어 먹으며 얘기하자 경윤이 단호하게 말했다.

"술집에서 일 얘기는 그만~! 선배들도 와이낫 아이디랑 아바타 만들어요. 이 노트북 화면으로는 제대로 보기 힘들다고요. 집에 가서 각자 접속하고, 오늘은 술 마시기로 한 거거든요. 오케이~!"

경윤이 노트북을 챙겨 넣는 사이 미현이 물었다.

"그런데 이 사진들을 전에 본 적이 있어?"

경윤이 그 말에 꼽등이를 떠올리는 듯한 표정으로 대답했다.

"김현준 우리사이월드 미니홈피에서요~"

"그걸 여태 기억해? 그 사이트 닫은 지 오래됐잖아."

구여친 연대

미현의 경악에 경윤은 씨익 웃으면서 대답했다.

"우리들의 매력덩어리가 무려 재~오~픈하셨거든요~"

"아아아아악! 내 과거 흑역사!"

왜 슬픈 예감은 틀리지를 않나. 미현은 할 수만 있다면 그 술집의 술을 전부 쓸어 모아 마시고 싶었다. 하지만 참아야지. 그날 술집에서의 간단 브리핑을 공유하고, 셋은 주말에 다시 와이닷에서 모이기로 했다.

미현은 집에 들어가자마자 알딸딸하고 어이없는 기분으로 와이닷에 접속했다. 아이디와 아바타를 만들어야 했다.

"뭘로 하지…. 난 나랑 닮은 아바타 별로인데."

사진을 기반으로 아바타를 만들 수도 있었고, 템플릿을 기반으로 커스텀을 할 수도 있었다. 미현은 까만 쫄쫄이 차림에 히어로 망토를 두른 아바타를 만들었다. 그리고 자신의 이름을 포함한 유저 네임을 넣을 때마다 '이미 등록된 이름입니다.'라는 메시지가 뜨는 데서 오는 짜증을 꿋꿋이 견디며 '돌아온08미현'이라는 유저 네임을 만들었다. 세상에, 현미, 미현, 송미현, 08미현, 하다못해 흑미현미까지 이미 등록된 이름이라니 미현이라는 이름은 얼마나 흔한 건가.

'하긴 소리 언니도 그래서 SNS에서 찾을 수가 없었잖아.'

공통 친구가 없으니 이름으로 찾아야 했다. 이소리, 소리 리, 영문 이소리, 영문 소리 리로 검색해 봤지만 모르는 동명이인만 수두룩하게 나올 뿐 소리 언니로 보이는 사람은 없었다. 그래서 미현은 소리 언니가 아예 SNS를 쓰지 않나 보다 생각하고 찾는 걸 포기했었다.

주말, '와이닷'의 중앙 광장 로비에 도착한 미현은 음성 채팅 버튼을 켰다. 다람쥐 의상을 입은 유리의 아바타와 토끼 귀 머리띠를 쓴 경윤의 아바타가 보였다. 둘은 쫄쫄이와 히어로 망토 차림인 미현의 아바타를 보자 참지 못하고 끅과 껵의 중간 소리를 내며 웃기 시작했다.

"아악! 미현 언니! 세이클럽 이불 도둑 아바타 감성 쩔!"

"전 세이클럽은 모르겠지만 이런 아바타 취향은… 개성 있네요~ 네, 개성 있거든요~"

웃어라, 웃어. 미현은 애써 변명했다.

"나 3D 멀미 있어서 게임 아바타 같은 거 만들 일이 별로 없단 말야."

셋은 〈갤러리 OWL〉로 들어갔다. 미현이 마우스와 씨름하며 OWL의 작품이 자신의 정면을 향하도록 시점을 재조정했다. 집에 있는 큰 모니터로 보니 노트북 모니터로 볼 때와는 확실히 달랐다. 자신의 아바타와 비교하면 작품의 크기는 압도적으로 컸다. 작가들이 메타버스 갤러리에 작품을 전시하려는 이유를 알 것 같았다. 정말로 무명 사진작가라면, 이렇게 큰 작품을 출력하고 전시할 공간을 대관하는 데 필요한 어마어마한 돈을 마련하기 어려울 터였다. 게다가 관객들이 오프라인 갤러리에서는 할 수 없는 행동들, 가령 작품을 크게 확대하거나 작게 줄이거나 한 부분만 살펴보는 행동을 할 수 있었다. 살펴보니 사진의 주인들이 작품에 남기는 메시지가 더 늘지는 않았다. 미현이 침묵을 지키자 유리의 목소리가 헤드폰에서 들렸다.

"언니, 왜?"

미현이 정신을 차리고 대답했다.

"아, 음. 진짜 크구나 싶어서. 화질도 좋고."

뒤이어 경윤의 목소리도 들렸다.

"그렇죠! 이건 진짜 오프라인에선 경험할 수 없는 장점이죠~! 메타버스라고 해서 공간 사용료가 없지는 않겠지만, 잠깐 걸고 마는 오프라인 갤러리보단 쌀 거거든요~"

"그러게."

미현은 아직도 걸려 있는 자신과 소리 언니의 손 사진을 확대해 한참 보았다. 분명히 외부인이 아니라 동아리 출사 때 같이 나간 사람이 찍은 사진이었다. 그리고 자신의 손 사진을 찍어 준 사람이 누구였는지 기억났다.

"반지 낀 거 너무 숨기지 마. 네 잘못이냐?"

그렇게 말하며, 소리 언니가 찍어 준 사진이었다. 결국 김현준이 찍은 사진은 아니라는 거였다. 소리 언니에게 허락을 받았나? 그렇다면 김현준이 OWL이라 하더라도, 이렇게 자신을 감추고 작품에 대한 설명까지 감추는 일을 할 필요가 없었다. OWL이 김현준이라면 본인이 사진 주인을 모르는 척 거짓말을 하고 있는 것이고, 김현준이 아니라면 누군가가 사진을 그에게 넘긴 게 틀림없었다. 그것도 원본을.

"아무래도 김현준이 수상한데."

"저도 그렇게 생각함."

"저도 마찬가지거든요~"

하지만 미현은 그 흑역사 가득한 우리사이월드에 재접속할 생각이 도저히 들지 않았다. 게다가 아이디를 찾는 과정은 또 얼마나 지난할 것인가. 그나마 다행인 부분은 그때와는 이메일 주소도, 핸드폰 번호도 바뀌었으니 "우리사이월드 봤어."라며 자신에게 연락할 사람은 극소수에 불과할 것이라는 점이었다. 미현은 오랜만에 자신의 이름이 흔한 것에 감사했다. 미현은 한숨을 쉬었다.

"호랑이를 잡으려면 흑역사 굴에 들어가야 한다니. 난 도저히 자신이 없다…. 경윤아. 김현준 걔는 아직도 그… 걸 하는 거야?"

"아마도 그렇겠죠~? 아이디를 안 찾았으면 일부 기능은 활성화가 안 된다던데, 김현준은 아예 모든 메뉴를 싹~ 다 쓰고 있거든요~"

"그러면 김현준한테 연락하는 건 경윤이 너한테 부탁할게. 컬러풀 후배라고 하면 한 번쯤 만나자는 걸 아예 거절하지야 않겠지."

"넵! 맡겨 주세요~"

미현은 그날 밤 이불을 걷어차며 허벅지 근력운동을 했다. 다음 날 다리가 뻐근할 만큼.

4. 순순히 불어라

정말로 김현준은 경윤의 호출에 응했다. "밥 한번 같이 먹어요."라는 경윤의 메시지에 주말로 약속을 잡았다는 말을 듣고 미현은 헛웃음을 지었다. 신이시여, 이 자식이 이번에는 정신을 차렸나요? 약속 장소 근처에 방음 잘 된다는 카페 스터디 룸을 잡아 놓고, 소형 녹음기까지 준비하며 셋은 작전을 단단히 짰다.

그리고 당일 약속 장소 앞에서 경윤과 인사를 나누는 사이, 미현과 유리가 접근하자 현준은 흡사 비명에 가까운 소리를 질렀다.

"너네 셋이 왜 같이 있어!"

'왜겠어, 이게 다 너 때문이지.'

쏘아붙이고 싶은 것을 참으며 미현과 유리, 경윤은 예약해 둔 스터디 룸으로 현준을 연행했다. 소형 녹음기는 가방 안에 감춘 채 켰다. 경윤이 노트북으로 OWL의 작품과 현준의 미니홈피 캡처본을 보여 주자 현준은 한숨을 길게 쉬었다. 설마 저것은 반성의 한숨일까. 미현은 잠시 기대했지만 현준은 머리를 벅벅 긁으며 짜증스런 목소리로 말했다.

"뭐야, 겨우 이거?"

"말이 짧네?"

참지 못하고 미현이 한마디 했다.

"겨우? 야, 남의 사진을 말 한마디 없이 써? 네가 OWL이냐? 그 작품 백스토리는 또 뭐고?"

"나 OWL 아니야!"

현준이 엉겁결에 대답하고는 입을 스스로 틀어막았다. 유리는 조용히 중얼거렸다.

"초상권 위반 정도인 줄 알았는데, 어째 이야기가 커질 거 같음요."

"선배, 지금은 싹싹 빌어도 모자랄 상황이거든요~"

경윤이 노트북 화면을 유심히 들여다보며 받아치자 현준은 고개를 설레설레 저으며 말했다.

"아, 나는 그냥 리소스 따까리만 한 거라고. OWL은 공동 작업자 네임이다~ 그렇게 생각해 주면 안 되냐? 집단 창작자 많잖아."

"그렇다고 해도 네가 거짓말을 했다는 건 변하지 않지. 네가 언제 길거리에서 손 모델 구했어? 헌팅을 했다고 하면 차라리 내가 믿는다."

경윤이 노트북을 덮으며 덧붙였다.

"NFT로 예술의 소유권을 팔잖아요~? 여기 거짓말이 끼어들어 가 있다면 가치가 떨어질까요~ 안 떨어질까요~? OWL한테 업체 붙어서 NFT 정식 계약 체결되면 뒷감당 어떻게 하려고 그러실까요~? 당장 우리 회사도~ 이 아티스트 매력 있다고 하는 상황이거든요~?"

경윤의 날카로운 지적에 현준의 입이 잠시 다물어졌다.

현준은 마른세수를 하며 웅얼웅얼 말했다.

구여친 연대

"야…. 솔직히 예술의 소유권 같은 거 가져서 뭐 해. 이 예술품이 진품인지 아닌지를 가리는 게 대체 무슨 소용이 있냐. 그건 진짜 부자들이나 따지는 거야. 우리 집에 진품 있다고 손님 초대해서 보여 줄 수 있는 사람들한테나 중요한 거라고."

갑자기 현준은 경윤 쪽으로 시선을 돌렸다.

"경윤이 너 마케터라며! 알지? 예술에는 스토리가 필요하잖아! 마케팅에도 스토리가 필요하고! 감성 마케팅이 왜 대박을 쳤겠어? 예술 작품은 스토리 없이는 안 팔려. 우리 회사는 예술가와 예술 작품을 페어로 짜서 스토리를 만든 거고, 스토리를 내가 만든 것도 아니라고! 난 그냥 리소스 하청 담당이라니까? 진짜, 진짜 억울하고 어이없다."

유리가 다시 조용히 덧붙였다.

"'진품 명품'은 진짜 부자들 사이에서나 통해도, 진실과 거짓은 누구에게나 중요한 거임요."

경윤은 미간에 살짝 주름을 잡았다.

"으음~ 그럼 뭐죠? 선배. 그러면 OWL이라는 사람이 있긴 한 건가요~?"

현준은 기왕 말한 거 될 대로 되라는 듯이 고개를 저었다.

"OWL 같은 건 없어. 가짜고 진짜고 뭐고 없어. 그, 사이버 가수 아담 같은 거야! 회사가 만들어 낸 거!"

미현은 비유가 너무 올드하지만 머리에 쏙쏙 들어온다고 생각했다. 그런데 나야 그렇다 쳐도, 경윤이나 유리가 아담을 알긴 하나? 유리는 밈으로 돌 때 들어 봤다고 했고, 경윤은 "저도 밈으로 들어서 알아요. 컴퓨터 바이러스 때문에 사망한 비운의 사이버 가수~"라고 대답했다. 아니, 어쩌다 결말이 그렇게 된 거지. 한편

현준은 끝까지 사과할 생각이 없어 보였다. 미현은 현준에게
쏘아붙였다.

　"그러면 우리가 이 사진 원본 파일 들고 경윤이 회사에 가서,
'OWL이 아니라 김현준이라는 사람이 찍은 사진인데요?'라고 해도
넌 할 말 없는 거 아냐? 리소스 하청 맡았다며. 당연히 돈 받았겠지.
너는 대가 받고 팔았고, 우리는 사실을 말하는 거잖아?"

　"미쳤냐?"

　"떳떳한 척하더니, 왜?"

　별도 공간에 있는 스터디 룸이라 듣는 사람이 아무도 없음에도
불구하고 현준은 주위를 슬쩍 둘러보았다. 그러더니 목소리를 한 톤
낮춰서 웅얼거렸다.

　"너네도 봤을 거 아냐. 작품 아래 메시지. 그 얘기 중의 몇 프로는
회사가 다 만든 제작물인데, 너네가 거기에 흠집을 내면… 나는
돈 토해 내야 될 수도 있고, 운 없으면 너네도 무슨 소송 같은 거에
휘말릴 수도 있고."

　"네가 지금 해야 할 말은 네 글자야. 미안하다. 아니면 다섯 글자.
죄송합니다."

　"아, 내가 뭘 잘못했는데!"

　"지금 네가 다 털어놨잖아! 그리고 여기 방음 잘되어도 스터디
룸이니까 좀 조용히 해."

　결국 기나긴 말싸움 끝에야 현준은 사과를 했다. 정확히는
싹싹 빌었다. 리소스를 샀다는 회사가 조폭 회사라도 되는 것인가
생각했지만 현준은 의외의 이유를 댔다.

　"내가 잘못했어. 그러니까 절대 김현준이 찍었느니 그런 얘기
회사 쪽에 하지 마. 응? 나 결혼할 사람 찾았단 말야. 요새 결혼하기

얼마나 힘든지 알잖아. 나 거의 하드 통째로 가져다 바쳐서 결혼자금 마련한 거야. 내가 이렇게 빌게."

비는 게 사과의 전부인 줄, 빌면 다 해결되는 줄 아는 사람이 미현은 정말 싫었지만 그보다도 현준이 댄 이유에 벙찌고 말았다. 결혼이라니. 김현준이 결혼이라니. 용서를 받은 김현준은 "혹시 모르니까 너희도 이 회사에 연락해 봐. 물론 리소스 팔라고 주는 거다!"라며 명함까지 주고 떠났다. 와. 상상 초월이네. 현준이 번개같이 사라진 뒤 스터디 룸에 남은 셋이 충격을 회복하기까지는 약간의 시간이 걸렸다.

"결혼이라니."

"잘못 들은 거면 좋겠거든요~"

"근데 진짜인 듯요."

미현뿐만 아니라 유리와 경윤에게도 현준의 폭탄 발언은 딥임팩트급인 게 확실했다. 그도 그럴 게, 구여친 연대 앞에서 자기 결혼한다고 밝히고는 싹싹 비는데 어떻게 동정심이 안 들 수 있겠는가. 여자분이 누군지는 모르겠지만 부디 행복하게 사시기를 기원하는 수밖에 없었다.

하지만 아직 미현에게는 김현준에게 물어볼 것이 한 가지 더 남아 있었다. 미현은 현준에게 전화를 걸었다.

"김현준. 네가 넘긴 거 다 네가 찍은 사진 확실해?"

"당연하지! 네 손이랑 소리 누나 손, 내가 찍었잖아! 구도도 비슷하고."

하아. 미현은 작게 한숨을 쉬었다. 정말로 자기가 찍은 거라고 착각하고 있을 수도 있었다. 아직은 확실한 증거가 없었다.

"만약 네가 찍은 게 아니라면?"

현준은 조금 주춤하다 대답했다.

"증거 있으면 말해. 그 사진 내리면 될 거 아냐?"

착각했거나, 정말로 기억을 못 하거나, 거짓말을 하는 것 같진
않았다. 뻔뻔한 태도는 '나는 지금 너무 억울하고 서럽다'에서
비롯한 것이지 '나는 남의 사진을 팔아먹었다'에서 오지는 않은
듯했기 때문이다. 소리 언니가 미현의 손 사진을 찍어 준 일은 두
사람의 기억 속에만 있다. 어쩌면 비슷한 포즈의 사진을 김현준
역시 한 장 찍었을지 모른다. 미현은 이마를 있는 대로 찡그리면서도
전화를 끊었다.

충격이 좀 가신 후, 경윤이 조심스럽게 말을 꺼냈다.

"궁금한데요~ 현준 선배는 진짜 자기 하드를 회사에
갖다줬을까요~! 그 안에 500장은 있을 텐데요~ 필름 스캔본이랑
디지털 사진이랑. 제가 옛날에 찍은 사진이랑 요즘 사진이랑 같이
백업했거든요~ 제 하드에만 아마 3000장 정도 있거든요~?"

미현은 작은 탄식을 흘렸다.

"사진 3000장이 들어가는 하드…. 우리 땐 비쌌는데 경윤이
네가 살 때는 많이 싸졌나 보구나…"

"제가 학교를 거의 10년쯤 다녔거든요~ 그동안 가격이 많이
내렸어요~"

"고생 많았다."

미현은 자신도 백업하느라 외장하드를 썼던 것을 기억해 냈다.
컬러풀 활동할 때 찍은 것만 300장 정도 있을 텐데. 소리 언니도
그만큼은 가지고 있을 거고. 실물 사진은 부피를 차지하고 보관이
어려워서 다들 꺼리는 추세였지만 미현은 인화한 사진도 100장
정도 가지고 있었다.

"하드를 가져다줬으면… 무슨 문제가 더 생길 수도 있음요."

유리가 조용히 추측했다.

"OWL을 만든 사람이, 다른 예술가도 만들어서 언니들하고 경윤이가 찍은 사진을 자기가 찍은 것처럼 쓸 수도 있음요."

경윤이 설레설레 고개를 저었다.

"에이~ 제가 찍은 자신은 제가 봐도 엉망이거든요~"

그러다가 곧 찜찜하다는 표정을 지었다.

"그래도 저한테는 엄청 중요한 추억이네요~ 그걸 자기 포트폴리오로 쓰는 건 싫거든요~"

한바탕 김현준 욕을 하고 스터디 룸의 시간이 다 되어 나가려던 차, 유리가 조심스럽게 미현을 잡아끌었다. 미현은 경윤에게 먼저 나가라고 한 뒤 유리를 돌아보았다. 유리가 눈치를 보며 물었다.

"소리 언니가 300장 갖고 있다고 했잖음. 그 시절에 하드가 비쌌으면, 그거 엄청 많은 거임요?"

미현이 곰곰이 생각하다 대답했다.

"많은 건지는 잘 모르겠다. 그래도 컬러풀 07학번 중에 사진을 제일 좋아하는 사람이었거든."

"우리 아까 현준 오빠랑 얘기할 때, 소리 언니 손 사진도 보여 줬음?"

"응."

"그건 누가 찍은 거임? 현준 오빠 맞음요?"

"응. 확실해."

유리의 얼굴이 어두워졌다.

"그런데 왜 현준 오빠는 소리 언니는 이 자리에 없냐고 안 물어봄요…?"

미현의 머릿속에 절대 일어나지 않았으면 하는 일에 대한
가정이 스쳐 지나갔다.

"설마 현준 오빠가 결혼할 사람이…"

"결혼할 사람을 차, 찾았다고 했으니까 구여친은 아니겠죠~
그렇겠죠~"

"그래! 소리 언니는 외국 갔잖아! 그런 일이 있으면 연락을
했겠지!"

둘은 최악 내지 차악쯤 되는 상상을 머리를 휘저으며 떨쳐 냈다.

'혹시 모르니까.'

고발 같은 건 안 하기로 했지만, 경윤의 회사에서 OWL을
후원하거나 마케팅할 경우에 논란이 될 수 있는 부분을 찾아
김현준의 말을 반박할 수 있는 증거로 밀어야 했다. 두 장은 너무
약하니까, 주말에 또 하루를 잡아 셋은 경윤의 방에서 모이기로
했다. 이번에는 정말 하드를 터는 모임이었다. 각자의 노트북,
경윤의 노트북, 데스크톱까지. 유리는 눈썰미에 자신 있으니
자기도 참여하겠다고 했다. 이윽고 미현이 외장하드를 연 순간,
셋은 우리사이월드가 다시 열렸다는 말을 들었을 때의 절반쯤 되는
당황과 아련함에 빠져들었다.

"이건 뭐임…? 내가 왜 여기 있음…?"

미현의 하드에는 유리가 모델인 사진이 꽤 있었다. 유리가
얼굴이 새빨개진 채로 모니터를 가리려고 하자 경윤이 그 손을
치웠다.

"오, 유리 언니 컬러풀 객원 모델 섰구나~ 대학생 매력~ 완전
풋풋해~"

구여친 연대

"… 모름. 저건 내가 아님. 난 아무것도 못 봤음요."

유리는 고개를 저으며 방 안에 있던 쿠션으로 얼굴을 가렸다.

어색 그 자체인 유리의 표정과 포즈. 미현은 신기하다고 생각했다. 왜 그때는 몰랐을까? 마냥 귀엽기만 하고 막 피어난 새싹 같다고만 생각했다. 지금 보니 뚝딱이도 이런 뚝딱이가 없네. 미현은 피식 웃으며 다른 사진들도 천천히 돌려 보았다. 다른 사람들을 찍은 사진도 있었고 소리 언니를 찍은 사진도 있었다.

"와, 소리 언니 볼살~ 소리 언니도 이런 풋풋함~"

경윤이 빼꼼 끼어들었다. 미현은 사진명을 '소리_001'로 바꾸었다. 소리 언니가 찍힌 사진을 발견할 때마다 같은 방식으로 이름을 바꿔 두었다.

"소리 언니랑 연락되면 보여 주자. 우리만 기겁하고 말 수는 없지."

"찬성~ 대찬성! 와, 소리 언니는 자기 졸업한 다음에 저 만나서 온갖 폼은 다 잡더니. 언니도 저랑 다를 거 없었네요~ 완전 대학생~"

"대학생이 대학생 같지 그럼 뭐 같겠어."

탐색 작업을 하다 보니 경윤이 분했는지 책상을 쾅, 내리쳤다.

"경윤아! 하드 망가져!"

"생각해 보니까 현준 선배 진짜 완전 짜증 나잖아요~? 자기 손을 찍어서 던지면 되지, 본인 사진이 아닌 걸 막 던져? 그것도 정체 모를 회사에~ 그리고 우리 회사는 그 정체 모를 아티스트에게 관심을 보이고 있고~ 이게 다 김현준 때문이죠~ 그리고 저는 가난과 고통 같은 걸 스토리랍시고 꾸며 내서 피자에 토핑처럼 얹는 거 싫고요~ 저는 이 하드 안에 있는 파일 중에 어떤 게 제가 찍은 거고 언제 어디서 촬영한 건지 다 구분할 수 있단 말이죠~ 이건 제 추억이거든요~?"

"기억력 좋네. 쌩쌩한 게 확 느껴짐요."

셋은 OWL의 작품을 확대, 축소, 확대, 축소하며 본인들이 찍은 다섯 장의 사진을 더 찾아냈다. 누구의 손인지는 특정할 수 없었지만 컬러풀 회원의 백업 하드에 들어 있는 사진인 이상 OWL이 직접 찍지 않았을 가능성이 매우 높았다. 자, 이제 어떻게 하나. 셋은 고민에 빠졌다. OWL과 접촉을 하는 게 가장 좋을까? 그럼 누가 그걸 하지? 미현은 마음 같아서는 졸업 후의 소리 언니처럼 걱정이 담긴 으스대는 말투로 "어린애들은 빠져, 이건 언니가 할게."라고 말하고 싶었다. 하지만 이제 셋은 모두가 어른이었다. 회사의 대리나 시니어급 직원이었고, 미현도 베테랑급의 프리랜서였다.

"당장이라도 쳐들어가서 박살 내고 싶은 거 있죠~"

삐죽거리는 경윤을 달래며 미현은 말했다.

"OWL하고 합의할 방법을 찾을 수 있을지도 몰라. 좀 더 생각해 보자."

미현은 경윤과 유리가 OWL의 작품 속 사진과 각자의 하드에 있던 원본의 어느 부분이 겹치는지 꼼꼼하게 표시해 놓은 파일을 보고 생각했다. 진심이구나. 애들은 진심으로 분한 거구나. 물론 나도 분해. 그리고 애들이 또 김현준이 끼어 있는 일에 휩쓸려서, 아무것도 모르는 상대에게 휘말리며 고생하는 꼴은 보기 싫어. 미현은 예전에 유리가 무데뽀로 경윤을 끌고 빈 강의실로 들어갔듯이, 이번엔 자신이 직접 나서기로 했다.

구여친 연대

5. OWL에게 접근하다

'호랑이를 잡으려면 호랑이 굴로 들어가야지. 안에 있는 게
호랑이 모양 그림자라면, 그림자를 만든 라이트가 근처에 있을 테니
꺼 버리면 돼.'

미현은 일단 두 개의 메일 주소를 팠다. 하나는 OWL에게 가짜
사연을 보낼 메일, 하나는 OWL에게 진짜 사실을 알릴 메일이었다.
만약 OWL이 가짜 사연까지 가져다 자기 작품에 쓴다면 그때는
뭔가 다른 방법을 찾아야 할 터였다. 미현은 먼저 가짜 사연을
보냈다. OWL의 작품 안에서 적당한 사진 하나를 캡처한 조잡한
이미지와 함께 이런 메시지를 담았다. "애인과 크게 싸운
날이었습니다. 애인이 저를 달래려고 OWL 님에게 부탁해 서로의
손 사진을 찍자고 했어요. 우리 곧 결혼합니다."

다음은 진짜 메일. 이번에는 자신의 연락처를 적은 미현은
"당신의 작품 안에 제가 찍은 사진이 제 동의 없이 쓰이고
있습니다."라는 건조한 메시지를 보냈다. 정확히는 소리 언니가
찍은 사진이었지만, 지금 소리 언니하고는 연락이 되지 않으니까.
적당한 시간 차를 두고 두 개의 메일을 보낸 미현은 침대 위에 누워

생각했다.

'잘하고 있는 걸까?'

사흘 후, 미현은 한 통의 메일을 받았다. 애인과의 싸움을 운운한 메일에는 답장이 없었다. '동의 없이 사진이 쓰이고 있다'는 메일에 대한 회신에는 "해당 사진이 어떤 것인지 말씀해 주시면 삭제하겠습니다."라는 말과 함께 핸드폰 번호가 덧붙어 있었다. 미현은 고민했다. 본인의 핸드폰 번호와 사진 좌표만 보낸다고 사건이 해결될까? 미현은 OWL의 정체를 밝히고 싶지는 않았다. 하지만 현준의 말대로 하드를 통째로 넘겨야 할 정도라면, 상대는 대량의 리소스를 필요로 하는 사람 또는 기업이었다. 좀 더 파고들면 근본적인 문제와 연결되는 무언가 나오지 않을까? 미현은 심호흡을 한 후 답장을 보냈다.

"저도 작품을 제작하는 일에 관심이 있습니다."

〈갤러리 OWL〉에 접속해서 작품을 보던 미현은 인상을 썼다. '아무거나 모아서 사연을 만들어 낸' 사진이 사라지고 기록장에 자신이 보낸 거짓 메시지가 고스란히 들어가 있었다.

'이 자식들, 저작권을 대체 뭘로 아는 거야? 그 전에, 원본 사진은 왜 안 돌려주는데?'

그리고 '작품 제작에 관심이 있다'는 메일을 보낸 주소로는 다음과 같은 답장이 와 있었다. "사진 동아리 경력이 있는 분이신가요? 당신의 데뷔를 도와 드리고 싶습니다."

"이건 또 무슨 참신한 개소리야."

그런 연락은 사진 동아리에서 활동할 때도 받아 본 적이 있었다. 하지만 한 번도 상대방에게 연락하지 않았다. 사진계에서 프로가 될 수 있다는 자신도, 실력도 미현에게는 없었다. 고민 끝에 미현은 유리에게만 메일을 전달했다. 그러자 유리에게 바로 답장이 왔다. "언니! 그놈들 다 사진만 뜯으려는 개새끼들임! 말 들어주면 안 됨!" 오. 대학 시절에도 그런 식으로 사기를 당한 컬러풀 회원들이 분통을 터뜨리는 걸 본 적이 있었다. 역시나, 사기꾼인 모양이었다. 하지만 자신은 지금 사기꾼의 아가리로라도 들어가야 했다.

"역시 우리 유리 똑똑하네."

미현은 그렇게 중얼거리며 "안심해."라는 답장을 보낸 뒤 메일의 발신자와 주말 약속을 잡았다.

주말 번화가 카페에서 만난 메일의 발신자는 자신을 박 팀장이라고만 소개했다. 긴 머리를 단정하게 빗어 올려 묶은 박 팀장은 미현에게 인사한 후 "작품을 만드는 일에 관심이 있다고 하셨습니다만."이라고 말문을 열었다.

"우리가 제작하는 작품은 콜라주입니다. 콜라주에는 사진이 수십, 수백, 수천 장 필요하죠. 우리는 많은 사람에게 팔리는 NFT를 목표로 하고 있고, 그러자면 리소스가 많이 필요합니다. 한 사람이 다 해내기에는 버겁죠."

박 팀장은 미현 쪽으로 살짝 몸을 기울였다.

"우리는 작품에 들어갈 사진의 저작권을 구입합니다."

미현은 박 팀장의 말을 맞받아쳤다.

"저작권이 아니라 저작인격권 아닌가요? 이걸 내가 찍었다고 말할 수 없게 만드는 거잖아요."

"작품을 제작하는 데 관심이 있으시면 그 정도 각오는 하셨다고 생각하는데요."

박 팀장은 살짝 실망했다는 듯 고개를 가볍게 젓더니, 태블릿을 꺼냈다. 저장된 사진이 1000장가량은 될 것 같았다. 스크롤이 끝없이 계속되는 가운데 파일을 살펴보니, 여러 사람이 찍은 듯 분위기가 많이 달라 보이는 사진들이 한데 섞여 있었다. 박 팀장은 다른 파일을 불러냈다.

"아까 그 파일들로 만든 콜라주입니다."

보정을 거쳤는지, 사진들은 질서 정연하게 늘어서 하나의 무늬를 만들어 내고 있었다. OWL의 작품과 비슷했다.

"솔직히 말합시다. 미현 씨, 사진작가로 데뷔할 준비를 하고 계십니까?"

미현은 입술을 깨물었다. 그럴 능력도, 시간도, 돈도 없었다. 미현은 아니라고 대답할 수밖에 없었다.

"다른 질문을 해 보죠. 미현 씨, 사진 동아리 활동 하셨습니까?"

"네."

"그때 사람들이 찍은 작품들, 제대로 백업은 다 하더랍니까?"

미현은 이번에도 아니라는 대답밖에 할 수 없었다. 제대로 찍히지 않았다고 지운 사진, 하드 관리를 못 해서 날린 사진, 원본이 너무 큰 탓에 압축 파일로 저장할 수밖에 없어서 화질이 떨어진 사진. 그런 사진이 미현의 것만 해도 수백 장은 될 터였다. 박 팀장이 슬쩍 미소를 지었다.

"디지털 사진이건 필름 사진이건 보존하지 않으면 사라집니다. 그런데 그 사진에 대한 아쉬움은 그때뿐이에요. 수천 장, 수만 장 찍어 놓고 백업 제대로 안 하고 못 해서 사진 다 날리는 대학교 동호회 회원 여럿 본 사람입니다."

그 말이 맞았다.

"사진 폴더를 하나 넘긴다고 치세요. 잘 보관해 줄 사람에게. 리소스 외주를 받는 거라고 보면 돼요.."

이번엔 미현의 목소리가 조금 날카로워졌다.

"그렇다고 존재하지도 않는, 가짜 백스토리를 만드는 곳에 팔라고요?"

박 팀장은 그게 뭐 어떠냐는 듯이 어깨를 으쓱였다.

"저희는 백스토리 작가를 따로 고용하고 있습니다. 가내수공업 제품을 만든다고 생각하세요. 소비자는 스토리를 원합니다. 그래서 문학이 생겨났죠. 소비자가 원하는 꿈을 만들어 주는 것이 잘못입니까?"

박 팀장이 자기 앞으로 밀어 놓은 단가 표를 본 미현의 시선이 흔들렸다. 이 가격에 자신이 가지고 있는 사진을 넘기면 얼마나 일을 덜 해도 되는 걸까. 일순간 그런 생각이 들었다. 미현의 흔들리는 마음을 알아챘는지 박 팀장은 단가 표를 집어 든 후 자신의 명함을 테이블 위에 놓고 태블릿을 챙겨 일어섰다.

"사무실 위치가 이 근처입니다. 연락하면 한번 보여 드리죠."

투둑, 테이블 위로 미현의 눈물이 떨어졌다. 아마추어 찍사도 되지 못하는 대학생 동호회 회원이 찍은 사진. 추억 이상은 될 수 없고, 10년이 지난 지금은 추억마저 엷어져 가는 터라 어쩌면 파일 더미에 불과할 사진들 수백 장. 그게 돈으로 교환이 된다면 그나마 다행인 걸까?

'분해.'

눈물을 훔치고 미현은 자리에서 일어섰다.

6. 소리 언니

현준을 만난 후 우리사이월드에서라도 소리 언니를 찾겠다고 호언장담했던 유리는 다음 날, 당황한 마음이 엿보이는 메시지를 보냈다.

[소리 언니가 우리사이월드 친구를 전부 끊었음.]

[홈페이지 활성화시킨 선배도 얼마 없는데….]

[분명히 맞친구였던 선배 홈페이지에 가도 소리 언니 쪽으로 파도타기가 안 됨.]

미현은 약간의 불안함이 느껴졌지만, 그러려니 했다. 소리 언니는 다정하고 상냥한 사람이었으나 가끔 욱할 때가 있었고, 과거사 청산을 위해 친구를 모조리 끊어 버리는 일을 할 만한 사람이었다. 단지 문제가 있다면 자신들이 소리 언니를 찾아야 하는 상황이라는 거였다.

[난 아직도 우리사이월드 못 들어가겠어….]

[굳이 권하진 않을게요~]

[친구 파도타기 빼면, 무슨 방법으로 찾아야 하는 거야?]

[클럽도 다 나간 거 같음. 그러면 나이랑 이름임.]

구여친 연대

[와…. 막막하다. 방명록하고 메인만 보고 찾아야 되는 거임?
난이도 장난 아닌 듯.]

그랬었는데.

미현이 박 팀장을 만난 직후, 유리에게서 갑자기 전화가 왔다.

"유리야? 갑자기 왜…."

"전화로라도 말해야 할 것 같아서… 흑."

달칵달칵, 유리는 컴퓨터 앞에 있는지 마우스 클릭하는
소리가 났다. 곧 흡, 하고 숨을 들이쉬더니 끅끅거리며 울음을 참는
목소리가 들려왔다.

"유리야? 무슨 일 있어? 갑자기 왜 울어! 만날까? 우리 만날래?"

"아니. 지금은… 못 만날 거 같음요."

유리는 덧붙였다. "난 괜찮음. 근데, 그런데." 숨을 들이쉬는
소리와 작게 흐느끼는 소리가 계속 들렸다. 미현은 안절부절못하고
주변을 둘러보았다. 김현준 이 새끼가 또 무슨 사고를 쳤나? 유리는
그런다고 울 사람은 아니었다. 그러면 설마.

"소리 언니 연락처 찾았음요. 흐윽."

미현이 안도의 한숨을 쉬었다.

"다행이네. 깜짝 놀랐잖아."

소리 언니를 찾았다면 사진을 보여 주고, 또 작전을 짜면 될
일이었다. 그런데 유리는 왜 울고 있는 걸까. 미현은 불길함이
등골을 스치는 것을 느꼈다. 수많은 이소리 중에 우리가 아는
이소리를 찾은 게 울 일인가? 아니면 소리 언니에게 무슨 일이라도
생긴 걸까.

유리의 다음 말이 미현의 마음에 푹, 하고 칼처럼 박혔다.

"소리 언니 이제 못 봄요."

"설마."

미현은 애써 침착함을 가장했다.

"다른 사람 방명록을 잘못 본 거 아냐?"

비명 같은 유리의 목소리가 전화기 너머로 날아왔다.

"나 출사 갔을 때 컬러풀 선배들하고 연락처 주고받았잖아요. 그래서 선배들 이름도 알잖아! 그런데 그 선배들이 소리 언니 방명록에 있음요. 그립다, 보고 싶다, 하늘에서 잘 지내라…. 이런 말, 보통 살아 있는 사람에게 안 쓰잖아. 보고 싶고 그리우면 우리처럼 어떻게든 연락만 하면 되잖아요…."

미현이 떨리는 가슴을 꾹 눌렀다.

"… 왜?"

유리가 조용히 중얼거렸다.

"사고였대요. 1년 전쯤에…."

무슨 사고인지, 소리 언니에게 어떤 일이 있었는지, 전혀 알지 못하는 미현은 그저 어안이 벙벙할 뿐이었다. 말도 안 돼. 소리 언니가? 왜? 소리 언니에게 왜?

유리의 다음 말은 이미 칼이 박힌 미현의 가슴을 더 헤집어 놓았다.

"더 화나는 건, 김현준! 이 새끼 방명록 남겼음요. 우리랑 만나고 이틀 후에!"

뭐?

찔린 상처에서 분노가 스멀스멀 배어 나왔다.

"다 알고 있었던 거임요! 소리 언니 없이 왜 우리만 나왔는지! 언니, 나 지금 너무… 너무… 김현준 이 새끼…."

금방이라도 김현준을 해코지하려 달려갈 기세로 유리가 슬픔을 토로하는 사이, 미현은 침착하게 마음을 다잡았다. 슬픔은 슬픔이고, 고통은 고통이다. 자신이 박 팀장을 만나기까지 해 가며 그쪽의 이야기를 다 들은 건 유리와 경윤과 내용을 공유하고 어떻게 할지 함께 의논하기 위해서였다. 유리를 막아야 했다. 지금 잠시라도.

"유리야. 진정해. 언니 다 알아들었어. 알았어. 그런데 진정해."

"어떻게… 어떻게 진정을 해요!"

"언니도 화나!"

소리를 지른 미현은 누가 들었을까 황급히 주위를 둘러보았다. 그리고 목소리를 낮추었다.

"그런데 갑자기 너 혼자 행동하면 안 돼. 네가 어떻게 하고 싶은지 나 알아. 경윤이도 알 거야. 우리 예전에 작전 세웠던 거 생각나? 소리 언니도 네가 혼자 안 좋은 일 저지르는 거 좋아하지 않을 거야. 다 같이, 다 같이 작전 세워서 경윤이랑 다 같이 신나게 움직였잖아. 그거 생각해. 소리 언니가 그랬던 거 생각해."

"언니, 그래도요. 저는 그때 바보같이… 경윤이처럼 확실하게 차지 못하고… 돌려서 거절하기만 했잖아요."

"그게 나쁜 거야? 나쁜 거 아니야! 지금 우린 셋이 뭉쳐야 해. 다 같이 해! 너 혼자 그러지 마!"

미현은 점점 치밀어 오르는 화와 슬픔을 간신히 눌러 가며 떨리는 목소리로 말했다.

"경윤이한테도 말해야지. 전화 끊고, 넌 좀 쉬어."

유리가 알겠다며 전화를 끊었다. 미현은 멍해진 머리로 카페의 천장을 올려다보았다.

스무 살이 된 순간 어른이 된 줄 알았다. 학교를 졸업한 순간 자신이 아무것도 아닌 햇병아리라는 사실을 깨달았다. 그래도 어떻게든 이런저런 일을 해 가며 프리랜서로 먹고살았다. 자기 먹고사는 것을 책임지는 진짜 어른이 되었다.

모두가 어른이 된 줄 알았는데, 어른이 되어서 행복하게 지낼 줄 알았는데.

소리 언니는 이미 없어진 후였구나.

미현은 단톡방에 짤막하게 상황을 정리한 메시지를 보냈다. 메시지를 확인한 경윤은 짧고 단호한 문장으로 대답했다.

[저도 같이 할 거거든요~]

셋은 스터디 룸에 다시 모였다. 지난번과는 달리 이번 모임의 분위기는 침울하기만 했다. 애초에 3인 예약을 했는데도 함께 예약한 4인 중 한 사람이 빠진 것처럼 허전한 마음에 미현은 입술을 깨물었다.

유리가 중얼거렸다.

"소리 언니한테도 같이 복수하자고 하고 싶었는데."

유리의 어깨를 미현이 토닥였다.

경윤은 노트북을 꺼내 스터디 룸의 대형 화면에 연결했다.

"언니가 들고 오라고 해서 들고 왔지만… 이걸로 뭘 하려고요?"

유리는 경윤의 노트북으로 우리사이월드에 로그인했다.

"슬픈 건 슬픈 거고, 화난 건 화난 거고, 우리는 지금 뭉쳐야 하잖음요. 자세히 알아 두는 게 나음요."

유리는 즐겨찾기를 해 놓은 소리 언니의 홈페이지로 들어갔다. 소리 언니의 바탕 화면 메인 이미지는 컬러풀이 출사를 갔을 때 찍은 환한 유채꽃밭 사진이었다. 메인 사진 아래 소개 글에는 '2010 제주도 출사!'라고 적혀 있었다. 유채꽃밭 안에 소리 언니가 서 있었고, 얼굴에는 햇살 같은 미소가 가득했다.

구여친 연대

"2010년이면 저는 입학하기도 전이네요~ 소리 언니 어리다….''

"어리지. 이때 스물다섯도 안 되었는데."

미현은 다시 자신들의 나이를 실감하고 마음이 쿡, 쓰라리게 아파 오는 것을 느꼈다.

"지금은 메인하고 방명록밖에 못 봐요."

유리가 방명록으로 넘어가자 추모의 말이 가득 보였다. 작성자 중에는 미현이 아는 이름이 많았다. 컬러풀의 회원들이었다.

'삼가 고인의 명복을 빕니다.'

방명록 한 페이지를 넘기기도 전에 김현준이 남긴 방명록 글이 나왔다. 마우스를 쥔 유리의 손이 살짝 떨렸다.

뻔뻔스럽게, 자신들을 만나서 싹싹 빌고 나서 이런 말을 쓸 수 있단 말인가. 미현은 바들바들 떨리기 시작한 유리의 손가락을 하나하나 펴서 책상 위로 놓았다. 유리가 눈물 고인 눈으로 미현을 쳐다봤지만 미현은 조용히 고개를 저었다. 미현이 노트북 화면을 덮자 경윤이 코를 훌쩍이는 소리가 들렸다.

유리가 눈물을 손등으로 훔쳐 냈다.

"어, 그러니까… 나는… 김현준한테 복수하고 싶음요. 감방에 보내겠다거나 뭘 받아 내겠다는 건 아님. 아무리 양보하더라도 김현준이 우리 앞에서 뻣뻣하게 고개 들고 다니는 꼴 보기는 싫음요."

유리의 말이 끝나자 경윤이 물었다.

"어떻게 할 건데요?"

"나한테 작전이 있음요."

"왜 언니만 뭔가 하려고 그래요~"

유리가 희미하게 웃었다.

"생각해 보니까 난 맨날 도망만 다닌 거 같아서 이러는 거임요. 김현준한테 사귀자는 말 듣고는 어영부영 피했고, 어떻게 하면 좋게 좋게 끝낼까 고민했음. 놀러 가서는 사고만 쳤고. 그러니까 한 번쯤은 나도 뭔가 해야 하지 않음요?"

유리가 좀 더 침착해진 얼굴로 말했다.

"나는 사진 동아리 회원도 아니었잖음. 그러니까 의심을… 덜 살 거임. 그리고 소리 언니는 저한테도 진짜, 진짜 좋은 언니였으니까."

"무모한 짓 하는 거 아니죠~?"

유리의 '무모한 짓' 때문에 옆 강의실에 끌려가 진실 폭탄을 맞았던 때를 생각하며, 경윤이 조심스럽게 물었다.

"위험한 일은 아님요. 그 대신 제가 말하는 대로 잘 도와줘야 함요."

회의를 끝내고 경윤은 노트북을 가방에 넣었다. 지하철역 앞에서 헤어지기 전, 경윤이 유리의 손을 살짝 잡았다.

"언니, 나는요. 언니가 얼마나 무데뽀인지 아니까~ 걱정이 돼요. 너무… 무리하지 않았음 하거든요~"

"알았음요."

유리가 쓸쓸한 표정으로 경윤의 손을 맞잡았다.

미현은 새로 알아낸 연락처를 통해 소리 언니의 부모님과 통화를 했다. 그리고 셋은 소리 언니네 집에 초대를 받았다. 이제 소리 언니는 없지만 방은 그대로 두었다며 언제든 오라는 부모님의 말에, 소리 언니가 좋아하던 쿠키 세트를 사 가지고 갔다.

언니 방에 차곡차곡 정리된 앨범과 외장하드를 본 셋은 부모님 앞에서 울지 않으려고 입술을 꼭 깨물었다.

경윤이 먼저 말을 꺼냈다.

구여친 연대

"이거, 저희가 컴퓨터로 좀 봐도 될까요? 소리 언니가 어떤 사진 찍었는지 보고 싶어요."

소리 언니의 부모님은 고개를 끄덕이며 허락했다.

"좋을 대로 하렴. 그동안 친구들이 가끔 왔지만, 소리 사진을 보고 싶다고 하는 사람은 처음이네. 좀 반갑다. 소리가 대학 다닐 때 그렇게 사진 찍는 걸 좋아했잖아. 졸업하고 나서도 휴일마다 카메라 들고 여기저기 돌아다녔어."

너희가 봐 주면 소리도 좋아할 거야. 그 말을 듣고 미현은 소리의 컴퓨터를 켰다. 비밀번호는 심플했다. '내가 가장 좋아한 동아리 이름'이라는 질문에 '컬러풀'을 쳐 넣자 잘 정돈된 아이콘이 있는 바탕 화면이 셋을 맞이했다. 마치 소리 언니의 마음으로 들어가는 문 같은, 어딘가의 덩굴 아치를 찍은 사진 안에서 넷째손가락이 휘어진 손이 브이를 그리고 있었다. 경윤은 조용히 소리 언니의 방문을 닫았다. 그리고 유리가 '졸업 후'라고 라벨링이 되어 있는 외장하드를 컴퓨터에 연결했다.

그 안에는 소리 언니의 추억이 가득 담겨 있었다.

30대의 소리 언니가 찍었을 사진들. 배경 중에는 낯익은 곳도 있었다. 계연대 근처의 동아리 출사 장소에 다시 간 모양이었다. 못 보던 건물이 올라와 있기도 했고 있던 것들이 사라지기도 했지만 그곳은 미현이, 유리가, 경윤이 잘 아는 장소였다.

"소리 언니는 계속 컬러풀 활동할 때가 그리웠나 봐요."

거의 1년 전까지의 그 장소 모습이 사진으로 남아 하드에 담겨 있었다. 사고를 당하기 전까지 계속 카메라를 들고 다녔던 걸까. 경윤이 코를 훌쩍거렸다. 미현이 마우스를 잡은 손을 놓고 경윤의 어깨를 토닥였다. 문 너머에 부모님이 계시니 크게 소리 내어 울

수는 없었다. 어쩌면 수천 장이 족히 될지도 모르는 사진을 오늘
안에 다 보는 건 무리였다. 미현은 컴퓨터를 끄고 밖으로 나가 소리
언니의 부모님께 조심스럽게 고개를 숙였다.

"귀한 사진 보여 주셔서 감사합니다. 그런데… 더 보고 싶어요.
저희가 가끔 여기 와도 될까요?"

소리 언니의 추억을, 기억을, 애정을 더 보고 싶었다. 그러자
부모님의 입에선 놀라운 말이 나왔다.

"그렇게 자주 올 것도 없다. 사진들은 너희가 다 가져가.
너 미현이, 소리하고 엄청 붙어 다닌 거 기억난다. 똑같은 남친
사귀었던 것도."

미현의 귀가 새빨개졌다.

"소, 소리 언니가 그런 얘기도 했군요…."

"둘이 똑같은 놈 만나서 똑같이 고생했다며."

부모님이 웃으며 말했다.

"소리 간 지 곧 1년 된다. 젊은 자식 먼저 가 버린 방을 계속
보자니 부모 마음이 편치가 않아. 곧 이사라도 가려고 준비
중이었어. 그런데 저걸 다 버릴 수는 없잖니. 괜찮으면 앨범하고
사진은 다 너희가 가져갔으면 좋겠다. 소리가 사진을 좋아했던 걸
처음으로 알아준 애들이 너희인 것 같아서. 저걸 다 어떻게 하나
싶었는데 안심이 돼."

"그래도 그럴 수는…"

"가끔 안부나 전해 줘. 소리 납골당 주소 알려 줄 테니 거기 가서
인사도 하고."

미리 준비해 놓으신 건지, 완충재가 들어 있는 케이스 안에
여러 개의 외장하드가 차곡차곡 담겼다. 미현이 외장하드를 들었고,

구여친 연대

유리와 경윤이 앨범을 챙겼다.

"오늘은 각자 집에 가고, 나중에 한번 다시 보자."

소리 언니의 집을 나와 미현이 애써 웃으며 말했다. 가방에 담긴 외장하드가 마치 납골함처럼 느껴졌다. 언니를 다시는 볼 수 없다는 무거운 현실이 그 안에서 미현의 어깨를 아래로 당기는 것 같았다. 앨범 두 개씩을 끌어안은 유리와 경윤이 고개를 끄덕였다.

"미현 언니, 사진 보다가 밤새우고 그러기 없음."

유리도 애써 웃는 얼굴로 말했다.

미현은 고개를 끄덕였다.

유리의 걱정이 무색하게도, 미현은 밤을 새우다시피 하며 소리 언니의 외장하드 사진들을 살펴보았다. 잘 보정되거나 정돈되지는 않았지만, 파스텔 톤 같은 다정함이 가득 들어간 사진들이었다. 최근 파일이 담긴 외장하드에는 하나당 어림짐작으로 1000장 가까운 사진이 들어 있었다. 그중에는 유리와 미현, 경윤을 데리고 가서 찍은 사진들도 있었다.

그리고 미현은 김현준과 소리의 공유 폴더도 찾아냈다. 지금까지 본 것과는 파일명의 체계가 달라서 두 사람의 사진을 한데 모아 놓았다는 걸 금방 알 수 있었다. 소리 언니는 항상 파일명을 SR로 시작하도록 지었다. 김현준은 카메라에서 뽑히는 파일명을 그대로 두었다. 순간 미현의 머리에 어떤 생각이 스쳐 지나갔다. 김현준은 돈이 된다면 이 폴더도 팔 인간이라는 생각이었다.

김현준 자신의 이름으로.

그건 사기다. 비록 소리 언니가 이 세상에 없고, 언니 부모님이 딸 사진이 어디서 어떻게 쓰이는지 모른다고 해도. 사진 사용에 대한 동의든 부정이든 할 사람이 없어도 소리 언니의 사진은 소리 언니

거였다.

잠시 미현은 고민에 빠졌다. 그리고 단톡방에 메시지를 남겼다.

[나 사실 OWL 쪽 박 팀장 만났어. 근데 한 번 더 만나야 할 거 같아.]

셋은 다시 모였다.

미현은 박 팀장을 만난 이야기를 먼저 털어놓았다. 유리의 작전을 탄탄하게 하려면 공유해야 할 경험이었다. 물론 유리와 경윤에게 먼저 경악의 시선을 받긴 했다.

"와, 언니. 가기 전에 얘기라도 해 주시지~"

"누구인 줄 알고 덥석 만나러 감요? 진짜 언니도 겁이 없음요."

미현은 유리에게 물었다.

"그런데 혹시 너도 박 팀장 만났어? 전화로 나한테 뭐라고 했잖아, 아마추어한테서 사진 뜯으려는 놈들이라고."

유리가 시선을 피하며 투덜거렸다.

"호랑이 굴로 언니만 들어가게 놔두긴 싫었단 말임요. 잠깐 만났음. 그때, 김현준이 명함 주고 간 바로 다음 날에요."

"그래서 그런 말을 했구나."

우리가 멋쩍게 목을 문지르며 대답했다.

"우리가 어떤 상대를 두고 이러고 있는지 궁금했음요. 그런데… 도저히 이길 거 같지가 않아서, 그래서 김현준이라도 꼼짝 못 하게 하고 싶었음요. 소리 언니 홈페이지 방명록을 보니까 더 그래야겠다는 확신이 섰고."

"언니 둘 다 진짜 무모하네요~"

경윤의 뾰로통한 목소리에 유리와 미현이 쑥스러운 웃음을 지었다.

구여친 연대

"미안. 하지만 경윤이가 노출되는 건 너무 위험하니까. 회사 입장도 있고."

"그야 그렇지만~"

경윤이 가볍게 한숨을 쉬었다.

"만나서 뭘 어떻게 하려고요~? 그 박 팀장이라는 사람 말이에요."

미현은 다시 박 팀장과 약속을 잡았다. 이번 장소는 박 팀장의 사무실이었다. 들어가기 전에 가방이나 전자 제품은 사물함에 넣어 두라는 말에 미현은 순순히 따랐다.

사무실에는 열 대는 넘어 보이는 컴퓨터와 대형 모니터가 줄지어 있었다. 모니터에는 사진이 떠 있기도 했고, 일러스트나 도트 작업물이 떠 있기도 했다. 사무실을 둘러본 미현은 별도로 마련된 회의실 의자에 앉아 입을 열었다.

"정말 여러 가지 하시는군요."

"콜라주니까요. 사업이고요."

박 팀장이 지난번에 비해 한결 여유 있는 표정으로 말했다.

"생각은 긍정적으로 해 보셨나요?"

미현은 애매하게 고개를 끄덕였다. 가지고 온 자신의 텅 빈 외장하드를 만지작거리다가, 미현은 조심스럽게 물었다.

"그런데 꼭 제가 찍은 사진이어야 하나요? 친한 친구가 찍은 사진이 있는데, 그 친구는 더 이상 사진에 관심이 없어요. 사진은 저만 가지고 있고요. 이런 경우는 아무래도… 어렵겠죠?"

박 팀장이 한쪽 눈썹을 치켜올렸다.

"생각보다 더 대담한 제안을 하시네요. 남의 사진을 자기 것처럼 팔고 싶다는 건가요?"

"아무도 모르면요?"

미현은 박 팀장이 거절하기를 바랐다.

그러나 돌아온 박 팀장의 대답은 미현의 기대를 무참히 부쉈다.

"콜라주 작품을 보고 자신의 사진이 들어가 있다고 주장할 수 있는 사람이 몇이나 될 것 같습니까? 우리는 사진을 오리고, 합치고, 그 위에 무늬를 새깁니다. 원칙적으로는 물론 개인이 가진, 개인이 찍은 사진을 선호하죠. 하지만 누구도 자신의 것이라 주장할 수 없는 사진이라면 크게 상관하지 않습니다."

미현이 자기도 모르게 일어났다.

"그건 불법이잖아요!"

"법망 어딘가에는 구멍이 있죠. 앉으세요, 미현 씨."

박 팀장의 목소리는 여전히 차분했다.

"물론 우리도 동아리 폴더를 통째로 넘겨받는다거나 하는 일은 하지 않습니다. 그건 리스크가 크니까요. 하지만 친구가 신경 안 쓰는 사진 정도라면 무리가 없죠. 사람의 기억은 왜곡되기 마련입니다. 그 사람이 원본을 가지고 있지 않으면 추적은 불가능에 가까워요. 원주인을 알아채기 어렵게 사진을 편집하는 일의 목적에는 그런 리스크를 예방하는 것도 포함됩니다."

미현의 머리가 차가워졌다. 박 팀장의 목소리도 조금 서늘해졌다.

"사진을 팔러 오신 게 아닌가 보군요."

"…"

"나가 주시겠어요? 오늘 일을 말하지 않는 대가로 기본금 정도는 쳐 드릴 테니. 녹음기도 감지하지 못할 만큼 허술한 사무실은 아니니 걱정 마시죠."

구여친 연대

회의실 문을 열어 보이는 박 팀장의 뒷모습을 보며 미현은 꼭 쥔 주먹을 바들바들 떨었다.

"하나만, 딱 하나만…. 김현준이라는 사람이 넘긴 폴더, 보여 주실 수 있나요?"

박 팀장은 어이없다는 듯 고개를 저었다.

"다른 고객의 정보를 넘기라니, 말도 안 되는 소리군요."

미현은 완벽하게 패했다.

두 번째 작전이 필요했다.

"너무 죄책감 갖지 마. 내가 그랬잖음요. 이길 수 없는 상대라고요."

미현과의 통화에서 유리는 씁쓸하게 말했다.

미현은 분한 마음에 배어 나오는 눈물을 훔쳤다.

"하지만 이렇게… 아무것도 못 하는 건 싫단 말야."

"하나만 골라야 함요. 우리가 맞설 수 있는 상대는 둘임요. 하나는 박 팀장, 하나는 김현준."

"김현준이 벌 받는 걸로 만족해?"

미현의 말에 전화 너머로 유리의 한숨 소리가 들려왔다.

"만족… 만족은 할 수 없지만, 그게 우리의 최선일 수도 있음요."

"그래."

"일단 경윤이하고도 이야기해야 됨. 빼놓으면 펄펄 뛸 거임요."

"그렇지."

그제야 미현은 조금 웃었다.

"저만 빼놓고 행동할 생각이었어요~? 너무하네! 진짜 너무하거든요, 언니들~"

역시나 경윤은 씩씩댔지만 미현과 유리가 자신을 챙겨 준 것에 대해서는 고마움을 표했다.

"이건 어쩌면 우리 회사의 사업이 달린 일이기도 해요. 그러니까 꼭 제가 있어야 하거든요."

세 여자의 작전이 시작되었다. 유리는 먼저 현준에게 연락해 '급전이 필요한데 전에 주신 명함이 있어 연락해 봤다'는 문자를 보냈다. 그리고 "오빠 집 주변에서 조용히 만났으면 좋겠어요, 길게 시간 뺏지는 않을게요."라는 말로 현준이 어디 사는지 파악한 다음, 어디서 만날 건지를 정했다.

"이건 호랑이 굴이 아니라 여우 굴쯤 되나요~?"

"여우보단 늑대 아님? 그런데 좀 바보 늑대임."

"아우, 늑대는 일부일처제 지키거든요~"

사소한 농담을 주고받으며 셋은 앞으로 어떻게 할지를 의논했다. 다행히도 현준은 미끼를 덥석 물었다. "다 똑같다니까. 그러면 우리 집 근처에 공원 있으니까 거기서 보자."라는 대답에 미현과 경윤은 실소를 흘렸다.

"진짜 세상 모든 사람이 자기 같은 줄 아는구나."

"어떤 면에서는 한결같네요."

대망의 그날. 유리는 작은 녹음기, 그리고 경윤과 미현이 대화 내용을 들을 수 있게 다인 통화 모드를 켜 놓은 핸드폰을 준비해 주머니에 넣어 두기로 했다.

"그럼 좀 이따 만나요."

결연한 유리의 모습에 셋은 손을 겹치고 파이팅을 외쳤다.

미현은 약속 장소와 좀 떨어진 곳에서 쌍안경으로 현준이 하는 행동을 지켜보기로 했다. 경윤은 그보다 가까운 공원 근처 여자 화장실에 숨었다가 현준과 유리가 만나자 슬금슬금 근처 수풀 뒤로

이동했다. 경윤은 가발을 써서 머리모양을 완전히 바꾸었고, 혹여
들키더라도 자신이라는 것을 알 수 없게 하고자 만반의 준비를
마친 차림새를 하고 나왔다. 약속 시간이 되자 현준은 트레이닝복에
편한 운동화 차림으로 털레털레 나타났다. 미현은 마이크를 끈
상태였지만 입을 여는 대신 속으로만 생각했다.

'사람 만나는 자린데 복장 예의가 없네.'

현준과 유리는 공원 벤치에 나란히 앉았다,

유리가 먼저 말을 꺼냈다.

"그날은 죄송했어요. 그런데 오빠 아직도 여기 살아요? 대학
때부터 살았던 것 같은데."

"여기 월세방이 싸잖아. 남자 혼자 사니까 이 정도면 된다."

쿨한 척 너털웃음을 짓는 현준에게 유리가 조심스럽게 말했다.

"결혼하시면 방 옮기겠네요. 그날 축하 못 해서 죄송해요."

"축하는 무슨."

현준이 어깨를 으쓱하며 말했다.

"뻥이야. 나 결혼 안 해."

"예?"

이번엔 유리의 목소리가 높아졌다. 미현은 꺼져 있는 마이크에
대고 말했다.

"저 개새끼가?"

현준의 말이 이어졌다.

"아니, 너네 다 나랑 예전에 썸 타고 그랬잖아. 그래서 둘러댄
거야. 결혼한다고 하면 그냥 놔줄 거 같아서."

유리가 기가 막힌 듯 약간 낮아진 목소리로 대꾸했다.

"저희가 오빠한테 뭐, 사심이 남은 것 같음…?"

"여자 맘 모른다잖아."

'나는 네 속을 도저히 모르겠다.'

미현이 고개를 절레절레 저었다.

"그럼 이사 안 가시는 거예요?"

"그치. 이 근처에서 직장 다니는 게 편해."

"그러시구나아…."

길게 늘어지는 유리의 말꼬리에는 미현과 경윤만이 알 수 있는 분노가 숨어 있었다. 유리는 결혼을 주제로 더 얘기했다가는 작전을 박살 내고 멱살이라도 잡겠다고 생각했는지 화제를 돌렸다.

"소리 언니 소식 들었어요. 오빠, 그 얘기 아셨으면 저희한테 해 주시지."

현준이 피식 웃었다.

"그 살벌한 분위기에서 그런 말을 어떻게 하냐?"

뒤이어 현준도 목소리를 살짝 낮췄다. 다행히 전화로 듣기에는 작지 않은 목소리였다.

"야, 우리 그 얘기 말고, 본론 얘기하자. 너 그 회사에 연락했다고 했지? 누구 나왔어? 박 팀장님?"

"네."

유리가 고개를 끄덕이는 것이 쌍안경 렌즈 너머로 미현에게 보였다.

"폰카 사진이라도 '그 시절의 추억'이니까 양만 많으면 다 사 준다고 하더라고요. 그 대신 가격은 많이 못 쳐 준다고 하는데, 현준 오빠는 어떻게 했나 궁금해서요."

그리고 유리는 살짝 주변을 돌아보았다.

"이런 얘기를 누구한테 상의해요."

구여친 연대

"그렇지. 넌 왜 아직도 그런 애들하고 어울리냐."

"미현 언니하고 경윤이요?"

"응. 걔넨 그냥 내가 잘되는 게 싫은가 봐. 둘 다 내 구여친이니까."

미현은 속으로 최대한 크게 소리쳤다.

'그건 니 착각이고!'

현준의 말이 계속 이어졌다.

"그렇게 질투 많은 애들하곤 어울리지 마라. 야, 여자 적은 여자라며. 걔네는 너 잘되면 또 질투하고 그런다? 솔직히 그거 아니까 너도 나한테 의논하려고 몰래 나온 거잖아. 걔네는 이 일 모르지?"

유리가 어색하게 웃어 넘겼다.

"아하하…. 그야 뭐…."

"뭐, 다시 사진 얘기로 돌아가서. 너는 야, 카메라도 제대로 잡을 줄 모르는 초보였잖아. 컬러풀 생활을 몇 년이나 한 나하고는 짬밥이 다르지. 그냥 추억 판다고 생각해도 내가 찍은 사진이랑 가격이 같으면 쓰냐."

"그건… 감안하고 있어요."

유리가 살짝 고개를 숙였다.

"그러지 말고, 너랑 나랑 하드를 합쳐서 넘기는 게 어때?"

"네?"

유리의 고개가 번쩍 들렸다.

미현은 으득, 이를 갈았다. 핸드폰으로 "어우…."라고 중얼거리는 경윤의 목소리가 들렸다.

현준은 으쓱거리며 말을 이었다.

"이미 넘긴 거 말고 내가 개인적으로 찍은 사진들 더 있고, 컬러풀 애들 것까지 좀 남아 있거든. 애들은 그 사진 있는 줄도 모를 거야. 연락 끊겼으니까 허락받을 일도 없고. 나한테 있는 거하고 네가 찍은 거 다 합쳐서 내 이름으로 넘기면 돈 더 받을 거 아냐? 수익 분배는 어느 정도로 할까? 오빠가 많이 쳐 줘서 오빠 7, 너 3으로 해도 되고. 에이. 많이 봐줬다."

기가 막혀 유리가 말을 잇지 못하는 사이 현준은 줄줄이 이야기를 늘어놓았다.

"급전 필요하다며. 너 코인 했지? 조금이라도 빨리 메꾸는 게 이득이야. 오빠도 좀 해 봤는데, 이게 한번 떨어지면 계속 버티기론 답이 없어. 더 넣어서 단가를 낮추거나…. 뭐. 소리가 찍은 사진 내가 많이 가지고 있으니까 그것까지 넘겨도 되겠다."

유리의 주먹이 부들부들 떨리는 게 미현에게도 보였다.

"소리 사진은 이제 저작권 주장할 사람이 없잖아. 야, 사람이 안된 거는 안된 거고, 산 사람은 살아야지. 여러 사람이 소리 사진 보면 좋은 거 아냐? 컬러풀 할 때, 조그만 전시회라도 열려면 얼마나 고생해야 했는데? 이렇게 작품으로 쫙, 만들면 소리가 전시하는 거나 마찬가지 아닌가? 소리도 그렇고 미현이나 경윤이도 그렇고. 진짜 다들 꽉 막혔다니까."

"아, 그, 그래도."

"같이 벌면 좋잖아. 박 팀장이 안 그러든? 소리 사진이 내가 넘긴 덕분에 작품 되어서 빛 보는 거라고. 아, 소리 이야기까지는 안 했으려나?"

"하…."

유리의 한숨 소리가 전화기를 타고 둘에게 전해졌다.

현준이 은근슬쩍 유리의 어깨를 툭, 쳤다.

"사업상 파트너 하자고. 아니면… 오빠 아직 능력은 좀 있다.
유리 넌 남자친구 생겼냐?"

"나, 남자친구는 없는데요."

"잘됐네. 파트너는 마음이 잘 맞아야 돼. 그러려면 자주
만나야 되고. 유리 너 오빠랑 연애한 적 없잖아. 나 진짜 괜찮은
사람이라니까? 아니, 어차피 추억 팔이-"

미현이 헉, 소리를 냈다. 현준이 저런 말을 당당하게 할 정도로
양심 없는 인간이었나 하는 놀라움 때문이기도 했고, 소리 없이
현준의 뒤로 접근한, 가발을 벗어 던진 경윤의 모습이 자신의 시야를
가렸기 때문이기도 했다.

"양심이 아주 가출했죠~!"

경윤이 빽 소리치며 현준의 머리채를 잡았다.

'이게 웬 비상사태야!'

미현은 쌍안경을 가방에 급히 집어넣었다. 유리는 경윤의 손을
현준에게서 떼어 놓으려고는 했지만 덤덤한 표정을 짓고 있었다.

"경윤, 그러다 김현준 머리 꺾이겠음요."

미현은 뛰기 시작했다.

"쟤는 지금, 헉. 말리는 거야, 부추기는 거야!"

미현이 가까스로 유리와 현준이 있는 곳까지 왔을 때는 이미
경윤이 현준을 세워 놓고 뒤에서 무릎으로 허벅지를 찍고 있었다.
분노 섞인 경윤의 목소리가 밤 공원에 짜랑짜랑 울렸다.

"추억을 팔아도 주인이 팔아야죠~? 양심 진짜 어디 갔죠~!"

다시 한번 퍽, 경윤의 뒷무릎 차기가 현준에게 꽂혔다. 그동안
유리는 여전히 무표정하게 녹음기의 녹음 시간을 확인하고 전화를

끊으며 '옳지'라고 입 모양으로 말하고 있었다. 현준은 아예 바닥에
무릎을 꿇었다. 경윤의 울먹임이 끅끅거리며 밤공기 중으로 펴져
갔다.

"소리 언니 추억이거든요. 네 거 아니거든요. 진짜…,"

현준은 멍하니 유리를 올려다보았다. 유리는 무릎 꿇은 현준을
찰칵, 핸드폰으로 찍었다. 현준은 뭐라 하고 싶은 듯한 기색이었지만
제대로 걸어차였는지 일어나지를 못하고 있었다. 미현은 경윤을
의자에 앉히고 가방 안에서 티슈를 꺼내어 주었다. 경윤이 팽, 코를
풀었다. 코 먹은 소리가 휴지에 막혔다.

"개새끼…."

유리는 녹음기에 이어폰을 꽂고 잠시 듣는 듯하더니 현준
앞에서 녹음기를 살짝 흔들어 보였다.

"박 팀장을 제가 찾아간 것까지, 전부 사실이에요. 김현준 씨는
모르나 본데, 소리 언니랑 둘이 공유하던 폴더 있는 거 우리도 다
알아요. 거기 있는 사진, 현준 오빠 하드에 있는 거든 아니든 소리
언니가 찍었다는 걸 증명하긴 쉬워요. 원본 파일에는 정보가 충분히
있으니까. 현준 오빠도 그 정도는 알죠! 저도 검색 몇 번 두드리니까
30분이면 알겠던데."

"너 이게!"

유리가 녹음기를 가방에 넣자 현준이 꿇은 무릎을 펴며 그대로
손을 뻗었다. 녹음기를 잡으려는 건지, 유리의 멱살을 잡으려는
건지는 알 수 없었지만 분명 유리가 다칠 게 뻔했다.

그러나 하, 하고 낮은 한숨을 내쉰 유리의 손과 몸이 훨씬
빨랐다.

유리는 가방을 땅에 내려놓은 직후에 현준의 허리 쪽으로

파고들어 현준을 제압했다.

퍽, 소리와 함께 현준의 몸이 뒤로 나뒹굴었다.

"아악! 내 허리!"

"… 뭐야?"

현준의 비명과 미현의 벙찐 목소리가 동시에 흘러나왔다.
유리는 다시 가방을 집어 들더니 손을 탁탁 털었다.

"말했잖음요? 옛날에. 힘 세지고 싶어서 호신술 동아리에
들어갔다고. 사진 찍는 기술은 없어도 남자 하나 제압할 기술은
있음요."

나뒹구는 현준을 유리가 부축해 경윤의 옆에 나란히 앉혔다.

"녹음 잘됐네. 혹시 몰랐을까 봐 말하는 건데, 소리 언니한테는
어릴 때 유학 간 여동생 있음요. 유족이니까, 아무리 아마추어
사진사가 찍은 사진이라도 저작권 싹 무시하고 어디 더미 데이터로
가져다가 팔려고 하면 소송도 걸 수 있을걸? 행동 조심하셈?"

유리가 싱긋 웃으며 말했다.

"그리고 허튼짓하면 아까 무릎 꿇은 굴욕 샷부터 인스타, 페북에
싹 올릴 거임요. 쪽팔리기 싫으면 얌전히 계셈요."

"너 진짜!"

현준의 외침에는 아랑곳하지 않고, 유리는 경윤의 손을 잡아
일으켰다.

"안 감?"

지하철역 앞 카페에서 셋은 침묵에 잠겼다. 유리가 먼저
무표정하게 침묵을 깼다.

"놀랐음요? 죄송."

미현이 유리의 파고들기 실력에 대한 충격에서 아직 벗어나지 못한 마음을 추슬렀다. 유리가 씁쓸하게 웃으며 아메리카노를 들이켜다시피 마셨다.

"김현준 날카롭긴. 저 코인에 손 좀 댔다가 돈 날린 거 맞음요. 영끌 그런 건 안 했고 몇백 정도지만, 그래도 저한텐 적은 돈이 아니라서. 하하."

경윤이 유리를 빤히 보며 물었다.

"언니도 박 팀장한테 찾아간 거예요~? 뭘 팔려고 했어요~"

"폰카로 찍은 것들임요. 컬러풀엔 못 들어갔지만 나도 사진 좋아했거든. 사진 동아리 회원들 틈에서 폰카 찍긴 부끄러워서 출사 장소 알게 되면 나중에 나 혼자 가서 이리저리 찍어 보고 그랬음요. 핸드폰 사진은 용량이 작으니까 양은 어마어마하더라. 하드에 백업하기는 쉬웠음요."

"그런데 왜 안 팔았어요~? 그건 정말 언니 건데."

경윤의 질문에 유리가 고개를 설레설레 저었다.

"박 팀장 말 들어 보니까, 팔기 싫어졌음요. 어쨌든 내 추억이고. 게다가 출사 장소에 따로 갈 때마다 나도 미현 언니랑, 경윤이 너랑 같이 오면 좋겠다고 생각했음. 돈도 안 되는 추억이지만 껴안고 있고 싶더라고. 어차피 팔아 봐야 코인에서 날린 돈 채울 만큼 벌지는 못함. 걔네들 내가 사진 동아리 회원 아니고 폰카 사진이라고 하니까 막 후려침."

"어휴. 화를 내야 할지 잘했다고 해야 할지 알 수가 없어요, 진짜."

미현은 자신 몫의 아메리카노를 마시며 유리에게 타박을 했다.

"위험할지도 모르는 일을 너 혼자 막 하고 그러면 어떡해."

"자본주의 사회잖아요. 제 돈이 걸린 문제라 조용히 처리하고 싶었음요."

유리가 빈 아메리카노 컵을 탁, 테이블에 내려놓았다.

경윤이 고개를 갸웃거렸다.

"근데 소리 언니한테 진짜 여동생 있어요~? 나 소리 언니가 여동생 얘기하는 걸 한 번도 못 들어서~"

유리가 태연하게 대답했다.

"소리 언니 외동임요. 그러니까 내가 그때는 녹음기를 껐지."

"야, 너 진짜!"

미현이 참지 못하고 탁자 위에 놓인 유리의 손등을 꼬집었다. 유리가 악 소리를 작게 내며 손을 후다닥 감췄다.

"대학 때만 해도 이렇게 막 나가는 애가 아니었는데!"

"저한텐 막 나가는 사람이었는데~"

미현과 경윤이 말을 주고받고는 피식 웃었다. 경윤에게 유리는 처음 만나자마자 썸 타고 싶은 남자의 단점을, 그것도 치명적이고 은밀한 단점을 우두두두 폭격한 장본인이었으니 그렇게 생각할 만도 했다. 미현은 카페 의자에 길게 늘어졌다.

"사람 진짜 알다가도 모르겠어."

유리가 머쓱해하며 중얼거렸다.

"즉석 설정이라 나도 조마조마했음요. 김현준이 자기 결혼하기로 한 거 뻥이라고 해서 저도 한 타 쳐야겠다 싶었음. 가족에는 가족으로 가자 하고 지른 거임. 아, 생각해 보니까 뻥 안 치고 그냥 부모님 얘기만 해도 됐을 텐데. 괜한 소리 했음요."

유리도 의자에 길게 늘어졌다.

경윤이 후련하다는 듯 숨을 길게 내쉬었다.

"이제 말해도 되겠네요~ OWL은 다음 작품 준비하고 있다고, 우리 회사랑 컨택했어요~ 이번에도 콜라주라던데요~"

"그게 이제 무슨 상관이야. 다 끝났는걸."

유리가 허탈하게 웃자 경윤이 씨익 웃었다.

"제가 OWL을 컨택하지 말자고 하면 회사는 말 안 들을 거예요~ 하지만 OWL이 가짜라는 게 드러나면~? 뭐, 회사에선 사람이 가짜냐 진짜냐 정도는 신경 안 쓸 수도 있죠~ 하지만 남의 사진을 무단으로 도용한 사실이 드러나면~!"

"무슨 소리임?"

미현이 입을 열었다.

"소리 언니."

"네. 소리 언니 사진이 들어가 있으면~ 우리는 OWL이 '동의 없이 남의 사진을 가져다 쓰는 불법 예술가'라는 걸 증명할 수 있어요~"

"내가 받은 메일도 한몫하겠네."

"그렇죠~"

"좀 찜찜하다. 소리 언니 사진이 그런 데 쓰이기를 기다려야 한다니."

경윤이 고개를 저었다.

"틀림없이 쓰일 거예요~ 이번에 OWL은 '휘어진 손'을 주요 테마로 잡고 있다고 했거든요~"

미현은 소리 언니의 손을 떠올렸다.

한 줄기 희망이 보였다. 박 팀장에게 할 수 있는 작은 복수에 대한.

셋은 OWL의 신작이 나오기를 기다렸다. 인내심이 필요한 일이었다.

"경윤이 넌 괜찮아?"

"다음 작품까지 보고 컨택하자고 최대한 막고 있어요~ 뭔가
이상한 점이 있다는 말도 좀 흘렸고요."

OWL은 다음 작품을 올렸다. 지난번처럼 손을 테마로 했지만
어딘가 굴곡지고 휘어진 손이 주를 이루는 사진을 모은 콜라주였다.

멀리서 바라보면 피어나는 꽃처럼 보였다. 흑백사진에 찍힌
흰 점들이 만들어 내는 효과였다. 수백 장의 사진이 질서 정연하게
정렬되어 정사각형을 이루고 있었다. 이번에도 작품 아래에는
설명이 붙어 있었다.

[지난번 작품과 같이 길거리에서 사람들의 손을 찍은 사진을
모았습니다. 일을 하다 휘어진 손, 원래 휘어진 손 등 우리가 알고
있는 보통의 손과는 다른 손을 담은 사진들을 골랐습니다. 흰
손들이지만 이 손들이 피워 내는 꽃들은 아름답기만 합니다. 기꺼이
모델이 되어 주신 분들께 감사합니다.]

그리고 그 밑에는 지난번과는 달리 연락처가 남겨져 있지
않았다.

미현은 피가 차갑게 식는 느낌이었다. 감동적인 이야기였지만,
그 안에는 거짓과 기만이 들어가 있었다. 미현은 메타버스에 조금은
익숙해진 눈으로 작품을 크게 확대했다. 가로로 30장, 세로로
30장이면 총 900장의 사진이 들어간 콜라주였다. 1000장 가까운
사진 중에서 소리 언니의 사진을 선별해 내야 했다. 셋은 포기하지
않고 이번에도 함께하기로 했다.

"하자."

이번 작업은 좀 더 어려웠다. 원본에 흑백 처리가 되어 있었고,

사진 속 배경이 조금씩 왜곡되기도 했기 때문이었다. 단서는 소리 언니의 휘어진 손가락 하나뿐이었다. 하지만 미현은 자신들에게 주어진 약간의 행운과 김현준의 양심 없음을 믿었다. 아무리 혼나도 정신을 못 차리는 인간이라면 멋대로 활개 치다가 어딘가 단서를 뿌렸을 것이라 생각했다.

시간을 쪼개어 가며 미현은 오로지 소리 언니의 손을 찾았다. 이제는 세상에 없는 손.

그리고 단서가 잡혔다.

"언니. 여기 카메라 잡은 이 손~ 소리 언니 손 아니에요~?"

카메라를 잡은 손을 찍은 사진이었다. 소리 언니의 손처럼 넷째손가락 마디가 기묘하게 휘어 있었다. 미현은 외장하드에서 같은 사진이 있나 비교했다.

있었다.

"맞아."

"그럼 이거만 단서로 삼으면~"

"아냐. 카메라를 든 손을 본인이 찍을 수는 없잖아? 거울에 비친 사진도 아닌데. 그럼 그건 김현준이 찍은 거야."

미현은 피곤이 묻어나지만 단호한 목소리로 말했다.

"우리는 소리 언니가 찍은, 본인 손 사진을 찾아야 해."

말해 놓고 보니 갈 길이 아득히 먼 것처럼 느껴졌다. 본인의 휘어진 손을 직접 찍은 사진이라니. 휘어진 손의 주인이라면 자신이 사진 속 손의 주인임을 감추고 싶을 수도 있다. 하지만 소리 언니는 자신의 손을 부끄러워한 적이 없었다. 여기 찍힌 수많은 손들도, 세상에 자신을 내보이고 싶어 한 사람들의 흔적이었다.

셋은 다시 손들의 세계에 빠져들었다. 몇 시간이나 지났을까. 한

장이 나왔다. 또 한 장이 나왔다.

　총 다섯 장. 900장의 사진 중 다섯 장이 소리 언니가 찍은
사진이었다.

　"다섯 장이야."

　미현은 자신이 가지고 있는 소리 언니의 외장하드 속 폴더에서
원본 사진을 확인했다.

　나뭇가지를 감싼 손. 물컵을 든 손. 무지개의 끝을 잡은 손. 펼친
책 가운데에 짚은 손. 마지막으로, 컬러풀의 명패를 짚은 손.

　"이건 전부, 소리 언니가 찍은 사진이야."

　울컥, 눈물이 쏟아졌다.

　아무것도 아닌데도.

　정말 아무것도 아닌데도.

　우는 미현의 어깨를 유리와 경윤이 감쌌다.

　"손 사진은 이것 말고도 공유 폴더에 더 있어. 여기 쓰이지 않은
것들이."

　유리가 조용히 미현의 눈물을 닦아 주었다.

　"그럼 우리 이제 어떻게 함요?"

　"눈에는 눈, 이에는 이거든요~"

　경윤이 단호하게 말했다.

　"저 와이낫에 회사가 개인적으로 빌려주는 공간 갖고
있거든요~ 우리 회사가 가지고 있는 공간도 있고요. 그럴 거면
우리가 소리 언니 손 사진을 모아서, 메타버스 전시회를 열어
버려요~"

　"할 수 있을까?"

　"회사는 OWL에게 관심이 많지만, OWL이 하이 리스크가 있는

작가라면 절대 컨택하지 않을 거거든요~"

그리고 경윤은 살짝 한숨을 쉬었다.

"어차피 OWL과 컨택하려면 박 팀장을 거쳐야 할 테니까, 그럴 바엔 우리가 같이 맞서 버려요~ 선수 필승이거든요~"

한 주간 셋은 여유 시간을 와이낫에 몽땅 투자하다시피 하며 살았다. 메타버스 공간을 '갤러리'처럼 만들고 소리 언니의 손 사진을, 특히 OWL의 작품에 포함된 손 사진을 관객에게 가장 잘 보이는 정중앙에 걸었다. 흑백 처리도, 보정도 하지 않은 그대로. 손 사진을 가득 걸어 놓고 경윤은 NFT와 관련 있는 커뮤니티에 있는 대로 홍보 글을 올렸다.

'OWL이란 작가에게 제 사진을 도용당했습니다. 이에 맞서, 저도 갤러리에서 개인전을 열고 있습니다. 이 주소로 방문해 주세요.'

경윤이 여기저기에 가입해서 입소문을 내자 방문자가 조금씩, 조금씩 늘어났다.

그리고 기자에게서 연락이 왔다. 정말로 OWL이 다른 사람의 작품을 도용했냐는 것이었다. 셋은 기자의 인터뷰에 함께 응했다. 소리 언니는 이미 세상에 없는 사람이고, 그걸 이용해서 언니를 아는 사람이 통째로 사진 외장하드를 OWL에게 넘겼으며, OWL은 한 사람이 아니고 회사에 의해 철저히 만들어진 '작품'이라는 점까지 전부 폭로했다.

"이게 사실이라면, NFT 시장에선 꽤 반향이 있겠네요."

기자가 말했다.

"이런 사례가 한 건이 아니에요. 제가 취재한 것만 세 건이 더 있었어요."

구여친 연대

"기사화가 될까요?"

미현이 간절한 얼굴로 물었다.

기자가 대답했다.

"세 분은 이소리 씨의 유족에게 정당하게 이 외장하드를 받았다고 했죠? 유족의 인터뷰를 따면 더 확실해질 거예요. 이소리 씨의 부모님은 이소리 씨의 사진을 잊고 싶어 여러분께 넘겼지, OWL에게 넘긴 것이 아니고… 무엇보다 자신의 딸이 사랑한 사진이 이런 식으로 쓰이는 것을 원하지 않았다는 논조로 기사 방향을 잡을 겁니다."

"네."

"괜찮으시겠어요?"

"네."

김현준의 복수나 박 팀장의 뻔뻔함이 두렵지 않은 건 아니었다. 하지만 실낱같은 기회라도 잡고 싶었다. 셋은 고개를 끄덕였다.

"그럼 기사로 내겠습니다."

며칠 후 인터넷 기사가 나왔다. 유명하지 않은 매체의 기사였지만, NFT 커뮤니티에 퍼다 나르니 나름 반향이 있었다. 소리의 소식을 들은 사람들이 셋에게 연락을 해 왔고, OWL의 갤러리는 문을 닫았다. 몰래 찾아가 본 박 팀장의 사무실은 문을 닫았고 '임대'라는 문구가 붙어 있었다.

이걸로 됐다.

이걸로 된 거다.

김현준에게 전화가 몇 번 왔다. 다 너네 때문이라느니, 돈줄을 뺏어 가면 기분 좋냐느니, 너네도 후회할 거라느니 하는 횡설수설이었다. 서너 번 전화를 받은 경윤은 코웃음을 치며 김현준에게 이렇게 대답했다고 전했다.

"그래서, 다음엔 뭘 팔려고 했는데요~? 손 다음엔 발? 아니면 얼굴~? 큰 범죄자 되기 전에 막아 준 걸 고마워하기나 해요~ 사람이 치졸해도 정도가 있어야지. 맘대로 해 봐요. 우린 한 명이 아니라 셋이니까. 현준 선배를 가장 잘 아는 미현 선배도 있고, 현준 선배에게 맞설 유리 선배도 있고, 회사에 알릴 수 있는 나도 있거든요~?"

전화기 너머의 김현준이 잠시 침묵에 빠진 사이, 경윤이 쏘아붙였다.

"작품은 자기 힘으로 만드는 거거든요~"

그 말을 끝으로 경윤이 전화를 끊어 버렸다는 사실에 유리와 미현은 단톡방에서 칭찬을 아끼지 않았다.

구여친 연대

7. 이제 정말 구여친 연대

모일 이유는 사라졌지만, 미현은 단톡방에서 나가기가 싫었다. 어쩌면 소리 언니가 묶어 준 관계. 그 관계를 소중히 하고 싶었다. 대학 동창이라고 해도 졸업하고 1년, 2년 지나다 보니 시간이 지난 만큼 멀어졌는데 10년 가까이 흐른 뒤 이렇게 끈끈해진 건 어떻게 보면 운명이 아닐까.

'TELL ME SORRY'라고 이름 붙인 소리의 갤러리에는 사람이 꾸준히 들어왔다. 아직 투자를 하겠다는 제안은 받지 못했지만, NFT로 내 보자는 제안은 들어왔다.

미현과 유리와 경윤은 다시 단톡방에 모였다.

[이걸 더 많은 사람이 봤으면 좋겠어.]

[찬성이거든요~ 이왕 하는 김에 유리 언니 코인으로 날린 돈 조금이라도 메꾸면 더 좋고요~]

경윤이 한참 동안 말이 없다가 메시지를 보냈다.

[유리 언니, 우리가 도와줄게 언니도 콜라주 해 볼래요~? 유리 언니랑 소리 언니 작품 섞어서요. OWL 작품 보고 언니도 해 보고 싶다고 했잖아요~]

[아, 그건 해 본 말임. 완전 농담은 아니지만.]

배시시 웃는 경윤의 표정이 보이는 것 같았다.

[우리 회사에서 와이낫에 공간을 조금씩 줬거든요~ 내 공간에 전시해서 NFT 팔리면 수익은 다 언니 거! 내가 NFT 옥션 참가하는 방법도 알려 줄게요. 아이메이크 옥션이랑 이것저것 있는데, 요즘 한창 뜨니까 언니들이랑 같이 작업하면 재밌을 거 같거든요~]

[진짜 하는 거임? 하고 싶은 게 있긴 한데…]

미현은 의외라고 생각하며 물었다.

[뭔데?]

[김현준 무릎 꿇은 모습임.]

미현은 풉, 웃음을 터뜨렸다가 다시 진지하게 물었다.

[초상권이나 그런 데 걸리지 않을까?]

유리의 퉁명스러운 대답이 날아왔다.

[그림 잘 못 그림. 대충 무릎 꿇은 모습 전시하고 '이 시대 청년의 초상' 같은 걸로 제목 붙일 거임. 얼굴 가리면 그게 김현준인지 다른 누군지 알 게 뭐임?]

[아, 정말 하고 싶은 작업인데 안 땡김. 이런 심정 처음임.]

[얼른 해서 언니 코인 손해 본 거 메꾸면 좋겠거든요~! 그리고 OWL한테 언니 사진 다 내리라고 해야 되거든요~]

미현이 씩 웃으며 덧붙였다.

[그다음엔? 우리가 소리 언니 사진으로 전시회 한번 할까]

둘의 대답 메시지가 거의 동시에 날아왔다.

[콜!]

[콜~]

미현은 키보드에서 잠시 손을 떼고 깔깔 웃어 버렸다. 그래.

구여친 연대

구여친 연대가 할 수 있는 건 이 정도지. 구여친 연대만 할 수 있는 게 이런 거고.

[각자 집에 맥주 한 캔씩은 있지? 갖고 와서 건배하자!]

미현의 제안으로 이모티콘과 '짠' 메시지를 띄우는 랜선 건배가 시작되었다.

바람과 함께 로그아웃

임태운

0.

누나는 벼락을 무서워했다.

낡고 허름한 집을 박살 낼 듯한 굉음이 귓가에 울리면 누나는 언제나 책상 밑에 바짝 엎드려 벌벌 떨곤 했다. 어린 내가 할 수 있는 거라곤 그녀의 호흡이 진정될 때까지 손을 꼬옥 잡아 주는 것뿐이었다.

어느 순간 나는 누나의 벼락 공포증이 자연현상을 두려워해서 생긴 게 아니라는 사실을 깨닫게 되었다. 그건 심약한 사람이 성난 고함을 견디기 어려워하는 것에 더 가까웠다. 누나는 영혼의 고막이 약한 사람이었다. 자신이 받아들일 수 있는 정도 이상의 굉음을 들으면 얼어붙고 마는 사람이었다.

조금 더 철이 든 나는 벼락을 무서워하는 쪽보다 벼락을 때리는 쪽에 서야겠다고 다짐했다. 어둠 속에 잠겨 살면 더 이상 어둠을 무서워할 필요가 없으니까.

그런 결심이 나의 무엇을 태워 버릴지도 모르는 채.

1.

클럽에 들어서자마자 청각 센서를 조절했다. 귓가를 때리는 음악 소리가 지나치게 시끄러웠기 때문이다.

손등에서 원을 그리고 있는 다섯 개의 불빛 중에서 푸른색 불빛이 숨을 죽였다. 반면에 미러볼 밑에서 춤을 추고 있는 수십 명의 아바타들은 나와 달리 싱글벙글 웃으며 푸른색 광채를 마음껏 내뿜고 있었다. 그 모습이 내겐 침묵 속의 춤사위나 마찬가지였다.

"로큰롤이다. 암, 메타 월드 안에서도 로큰롤은 죽지 않지."

나는 옆에서 말을 건 양철 나무꾼을 쳐다봤다.

그의 키는 2m가 넘었고 몸은 근육질이었는데 늘 중세 시대 기사들이 입던 풀 플레이트 메일을 입어서 보스로부터 이런 별명을 받았다고 했다. 육중한 견갑이 잔망스럽게 들썩이고 있었다.

"춤에는 별로 재능이 없네요, 양철 나무꾼. 눈이 썩을 것 같습니다."

"그거야 지금은 일하러 왔으니까, 인마. 타고난 바이브를 자제하고 있는 거지."

"계속 자제해 주세요. 이러다 시각 센서까지 꺼 버릴 것

바람과 함께 로그아웃

같거든요."

"이 새끼, 입은."

나는 양철 나무꾼이 발끈하기 전에 바텐더에게로 다가갔다. 바텐더가 나를 발견하자마자 그의 머리에 달려 있는 큼지막한 토끼 귀 한 쌍이 쫑긋하고 일어났다.

"댄스 어트랙션에 오신 고객님, 환영합니다. 어떤 서비스를 원하시나요?"

바텐더는 하얀 손수건으로 유리잔을 닦고 있었다. 불빛이 하나도 없는 매끈한 손등. 메타 월드의 어트랙션에서 고용한 NPC라는 뜻이다. 내가 양철 나무꾼을 물끄러미 바라보자 그는 귀찮다는 듯이 손사래를 쳤다.

"탐문은 네가 알아서 해. 귀찮으니까."

일단 일 처리를 맡길 테니 내 방식대로 하라는 의미였다.

바텐더를 향해 클립 하나를 띄워서 보여 주었다. 멀쑥하게 잘생긴 청년이 싱긋 웃고 있는 3D 영상이었다.

"이 녀석 본 적 있어? 분명 여기 있을 거거든."

"이 고객님과 어떤 사이신가요?"

"친구야. 여기서 만나기로 했고."

바텐더의 손에 들린 손수건이 아주 잠깐 동안 멈칫했다. 할당된 검색 능력을 발휘해서 실제로 약속이 잡혀 있는지 훑어봤을 것이다.

바텐더가 상큼하게 웃었다.

"죄송합니다, 고객님. 말씀해 주신 사항은 확인하기 어렵습니다."

"당연히 그렇겠지. 바깥에서 한 약속이니까."

'바깥'이란 고글 바깥의 세상, 흔히 리얼 월드라고 부르는 현실을 일컫는 말이다.

"고객의 위치 정보는 메타 월드 내에선 프라이버시에 속합니다. 저는 원하시는 정보를 알려 드릴 수 없으니 이곳에서 친구분이 나올 때까지 기다리시는 것을 권장 드립니다."

"우리가 들어가서 직접 찾아보는 건?"

"댄스 플로어의 입장료는 이미 지불하셨고, 플로어 레벨마다 1만 코인이 부과됩니다."

"플로어가 전부 몇 개나 있는데?"

"128개입니다. 프라이빗 플로어의 입장료는 100만 코인이며 이틀 전에 사전 예약해야만 이용하실 수 있답니다."

안 좋은 소식이다. 우리가 찾아내려는 녀석이 프라이빗 플로어에 짱박혀 있을 확률이 높기에 더욱 그렇다. 무식하게 코인을 뿌려 대면서 두더지 찾기를 하게 된다면 배보다 배꼽이 커지는 꼴이 된다.

눈앞의 NPC를 다시 설득해 보려 했을 때였다.

퍼어어어억!

바텐더의 머리가 순간 땅에 떨어진 수박처럼 터져 나갔다. 등 뒤에 서 있던 양철 나무꾼의 손엔 전투 도끼가 들려 있었다. 그는 어깨를 으쓱했다. 문답무용이라는 듯이.

바텐더가 들고 있던 유리잔이 허공에서 팽그르르 돌고 있었다. 문득 궁금해졌다. 저 유리잔이 바닥에 떨어지면 깨질까. 그런 부분까지 구현해 놓았을까. 나는 무심하게 잔을 낚아챈 다음 조용히 테이블 위에 올려놓았다.

"귀찮으니 제 방식대로 하라고 했잖아요?"

"지켜보니까 그게 더 귀찮겠더라고. 시간 질질 끌면 안 돼. 뭔놈의 NPC 새끼랑 그렇게 길게 노닥거리냐. 연애해?"

"상정 외 상황을 고려해… 어휴. 됐습니다. 말을 말죠."

머리통을 잃어버린 바텐더는 바닥에서 몸을 부들부들 떨고 있었다.

플로어에 있던 아바타들은 일제히 겁에 질렸다. 그들은 곧 무지갯빛으로 전신을 휘감더니 앞다투어 사라졌다. 폭력 사태의 냄새를 맡고 로그아웃한 것이다. 로큰롤이니 뭐니 하던 음악이 어느새 흘러나오지 않게 된 상황이어서 나는 청각 센서를 되돌렸다.

왜애애애애앵.

그 직후 사이렌 소리가 나면서 미러볼이 붉은빛을 내뿜기 시작했다.

양철 나무꾼과 나는 로그아웃하지 않고 자리에서 버티고 있는 아바타들을 물끄러미 주시했다. 붙여넣기 한 듯 험악한 시선을 보니 어트랙션에 빌붙고 있는 건달들일 것이다.

사방팔방의 입구에서 완전무장한 아바타들이 우르르 몰려나왔다.

"뭐 하는 새끼들이야. 여기가 어딘 줄 알고 행패지?"

손을 보아하니 흉흉한 망치에 카타나는 기본이었고 몇 놈은 기관총까지 들고 있었다. 메타 월드 내에서 소지 허가를 받을 수 있는 아이템이 당연히 아니다. 불법 개조를 거친 흉기들. 이 어트랙션 내부엔 옵저버 시스템이 없다는 뜻이다. 양철 나무꾼과 나는 시선을 맞추고 고개를 끄덕였다.

"어쭈? 웃어?"

개중 우두머리로 보이는 아바타가 고개를 갸웃했다. 50여 명의 병력에 둘러싸인 채로도 여유를 잃지 않는 우리의 태도가 이해

불가라는 듯이.

"니들 때문에 손님들 도망가셨잖아. 한 놈당 50만 코인씩 뱉어내고 가라. 그러면 고이 보내 줄게."

"안 주면?"

우두머리가 키득거렸다.

"너희들 얼굴 외웠다. 무슨 어트랙션으로 숨어도 끝까지 찾아낼거다."

"그렇게 지껄이는 걸 보니 이 아래가 어떤 별천지인지 알겠네. 더러운 작업장으로 운영하는 모양이야?"

"말이 안 통하네. 조져라."

아바타들이 살벌한 기세로 포위망을 좁혀 오기 시작했다.

양철 나무꾼이 한 발짝 뒤로 물러났다. 내 예상과는 다른 모습이었다.

"안 해요?"

"신입 솜씨 좀 보자. 뒈질 것 같으면 도와줄게."

은빛 갑옷을 입은 거한의 눈빛은 서늘했다. 단순한 돌격대원으로 편성된 인물인 줄 알았는데 내 실력을 판단하는 역할과 내가 허튼짓을 하지 않나 감시하는 역할까지 맡고 있었던 모양이다.

"그러죠, 뭐."

인벤토리에서 소환한 방망이가 오른손에 단단히 감겼다. 어지간한 사람의 몸통보다 두껍고 손잡이에서 멀어질수록 둘레가 커지는 요상한 형태를 본 양철 나무꾼이 휘파람을 불었다.

그 휘파람 소리가 끝나기도 전에 나는 바닥을 박찼다.

"으익?"

선두에 서 있는 아바타를 향해 방망이를 휘두르자 녀석이 들고
있던 카타나가 빨대처럼 구겨졌다. 물론 직격타를 맞은 아바타의
꼴은 더욱 심각했다. 녀석이 날아가는 동선에 자리하고 있던
동료들이 우당탕탕 넘어졌다.

다양한 총기가 불을 뿜었다.

타다다당!

방망이를 수직으로 세운 채로 달렸다. 총탄이 만들어 내는
불꽃이 시야를 가득 채웠다. 대형 폭죽을 들고 돌진하는 기분이었다.
벽면으로 훌쩍 뛰어오르자 아바타들이 허망한 표정으로 나를
올려다봤다.

"뭘 봐."

목표물로 노리는 상대는 우두머리. 방망이를 어깨에 올린 채
벽면을 달리다가 중력이 느껴질 때쯤 높게 도약했다. 허공에서
손잡이를 고쳐 잡은 다음 맹렬히 내리찍었다.

"끄에엑!"

녀석의 촉각 센서는 꺼져 있을 테지만 두개골이 박살 나는
느낌은 꺼림칙할 수밖에 없다. 육식동물에게 뜯어 먹히고 싶지
않다는 공포는 스위치로 켜고 끌 수 있는 게 아니다.

허물어지는 우두머리의 몸을 걷어찬 뒤 그 반동으로
뛰쳐나갔다. 기관총을 든 녀석들부터 없애 버릴 생각이었다.
방망이를 한 번 휘두를 때마다 아바타 서넛이 미러볼이 붙어 있는
천장까지 날아갔다.

"한꺼번에 덮쳐, 등신들아!"

누군가가 발악하듯 외쳤다.

겉만 번지르르하지 실전 경험이 별로 없는 녀석들이라는

사실이 밝혀지는 순간이었다. 그런 지시는 귓속말로 하는 게 상식이다. 저렇게 무턱대고 외치면 상대편도 작전을 듣게 되니까.

"시동."

황금색으로 달아오른 방망이를 지면에 강하게 내리쳤다.

파지지지직!

슬롯머신에서 쏟아지는 잭팟 구슬처럼 황금색 벼락이 폭발 면에서 뛰쳐나왔다. 벼락은 날카롭게 빚어진 절단면을 뽐내며 그 자체로 무시무시한 표창같이 날아갔다.

나를 제압하기 위해 솟구쳐 오른 아바타들은 날아오는 벼락 칼에 목이 잘리거나 복부가 꿰뚫려 소멸됐다.

더 이상 무기를 휘두를 필요는 없었다. 겁에 질린 아바타들이 허겁지겁 로그아웃했기 때문이다. 양철 나무꾼은 여전히 전류가 흐르고 있는 테이블을 거추장스럽다는 듯 걷어찼다.

"그게 고유 스킬이야?"

"네."

"이 정도로 화끈한 물건인데 어째서 투기장에선 한 번도 널 못 봤을까."

양철 나무꾼은 겉보기와 달리 일자무식한 건달은 아니었다. 입수 난이도가 높은 레어 아이템을 가진 아바타들이 코인을 벌기 위해 가장 쉽게 택하는 방법이 바로 투기장의 관중들 앞에서 싸우는 것이다. 투기장의 싸움꾼 중에는 투쟁을 향한 동물적인 집착뿐 아니라 냉철한 이성까지 소유한 자들도 적지 않다. 양철 나무꾼 또한 그런 사내였던 모양이다.

대답을 신중히 골라야 한다는 생각이 들었다. 수상하게 느껴질 여지를 차단해야 한다. 나는 최대한 심드렁한 말투로 속내를

바람과 함께 로그아웃

위장했다.

"힘자랑하는 건 적성에 안 맞아서요."

말하는 동안 내 시선은 양철 나무꾼의 시퍼런 도끼날을 향해 있었다. 우리의 거린 지나치게 가까웠다. 투기장 출신답게 그가 냅다 무기를 휘둘러 오면 어떻게 대처해야 하나. 피해야 할까. 아니면 받아쳐야 할까. 내 방망이가 내뿜는 벼락이 저 갑옷에 전류를 흐르게 할 수 있을까. 일부러 맞아 줘야 하나. 하지만 지나치게 맥없는 태도를 보이면 조직원으로서 쓸모없다는 평가를 받게 될지도 모른다.

양철 나무꾼은 천천히 도끼날을 내렸다.

"왜 보스가 도깨비란 이름을 지어 줬는지 알겠다. 어쨌거나 앞으로 네놈이 그거 쓸 땐 좀 떨어져 있어야겠네."

"… 이렇게 일을 크게 벌였으니 벌집을 쑤신 거나 다름없게 됐어요. 멍청하게 한 곳에 서 있다간 망할 테니 속전속결로 가죠."

"동감이다."

그렇게 해서 우린 클럽의 내부로 들어가 플로어를 깨부수면서 전진했다. 손님들은 우릴 보고 당황하거나 물러날 수밖에 없었다. 제지를 하기 위해 나선 NPC들의 머리는 입력된 대사를 읊기도 전에 양철 나무꾼의 도끼에 모조리 박살 났다.

"찾았어요?"

"여긴 없는 것 같다. 내려가자."

20층에 가까운 플로어를 뒤졌을 때쯤 귓속말 통신이 들어왔다.

[팅커벨: 타깃의 위치를 찾았어. 프라이빗 플로어 4번 방이야. 안내해 줄 테니까 일직선으로 달려.]

팅커벨의 말이 끝나자마자 접근 경로가 레드 라인으로 펼쳐져 시야에 가득 찼다. 양철 나무꾼이 질주하는 속도가 빨라진 걸 보니 그에게도 경로가 보이는 모양이다.

[팅커벨: 아, 그리고 서둘러야 할걸. 클럽 측에서 지원 병력을 부르는 신호를 잡았거든.]

타깃이 있는 것이 분명한 특실의 문 앞에서 나와 양철 나무꾼은 잠시 멈춰 섰다.

그가 도끼를 뒤로 당기더니 내게 물었다.

"도련님? 변태?"

지금까지 보스가 타깃으로 정한 사냥감들은 대부분 둘 중 하나였다. 막대한 재력을 가진 망나니 도련님. 혹은 쾌락에 가산을 탕진하는 성도착자.

"변태에 걸겠습니다."

내 대답이 떨어지자 양철 나무꾼의 도끼가 문을 박살 냈다. 곧이어 특실의 풍경이 눈에 들어왔다. 울창한 수풀 속에 지어진 화려한 별장. 그 한복판에서 알몸의 남성 아바타가 전신을 밧줄로 묶은 NPC와 뒹굴고 있었다.

"제가 이겼네요."

NPC의 얼굴을 유심히 살펴보니 유명한 연예인이나 배우의 얼굴이 아니었다. 이 변태 녀석은 평소에 흠모했거나 탐을 냈던 일반인의 얼굴을 합성했을 것이다.

"뭐, 뭐 하는 새끼들이야? 니네 누구야?"

녀석의 손을 낚아챘다. 다섯 개의 불빛이 모두 들어와 있었다. 오감 센서의 완전 개방. 내 악력을 느끼곤 인상을 찌푸리는 걸 보니 통증이 고스란히 본체에 전달되고 있을 거다.

"분위기 파악 못 해? 납치 중이시다."

바람과 함께 로그아웃

매끈하게 생긴 얼굴이 혀를 찼다. 메타 월드의 아바타를
납치한다는 말에 어이가 없다는 듯.

"이거 완전 또라이 아니야?"

양철 나무꾼이 완벽한 타이밍에 라푼젤을 소환했다. 찰랑이는
머릿결의 아리따운 여인이 아바타의 머리맡에 내려섰다. 라푼젤은
머리카락을 정돈하듯 쓸어 올렸다가 사냥감의 몰골을 보고 인상을
찌푸렸다.

"어후, 웬 알몸이니. 징그럽게."

라푼젤의 머리카락이 부챗살처럼 퍼져 나가 여덟 개의
병풍처럼 아바타의 주변을 둘러쌌다. 그리고 그 머리카락은 복잡한
문양을 그리며 쉴 새 없이 움직였다.

마치 입체 QR코드 같은 형태였다.

그것을 지켜보던 아바타의 얼굴은 곧 당황으로 일그러졌다.

"왜 안 돼? 로, 로그아웃이!"

라푼젤의 역할은 이 세계로부터 퇴장하려는 몸부림을 제압하는
것. 아바타의 신체는 결계에 갇힌 몬스터처럼 로그아웃 기능을
봉쇄당한 상태가 되었다. 동명의 동화 속 주인공은 높은 탑에 감금된
비운의 소녀였으나 이곳의 라푼젤은 긴 머리카락으로 누구든
자신만의 탑에 가둘 수 있는 흑마술사였다.

"유효 시간은요?"

"25분."

"전보다 줄었네요?"

"보안 시스템이 계속 업데이트되니까. 조만간 뚫을 거야."

양철 나무꾼이 아바타의 복부를 걷어찼다. 그사이 나는 침대
밑에 흘러 다니는 밧줄로 아바타의 전신을 꽁꽁 묶은 뒤 들쳐

업었다.

"빨리 뛰죠."

왔던 길을 되짚어 나가는 동안 양철 나무꾼과 라푼젤은 시답지 않은 농담을 주고받으며 킬킬거렸다. 아바타는 줄곧 자신을 놓아 달라며 꽥꽥거렸고 협박이 통하지 않자 울면서 애걸복걸했다. 일행 중 대구하는 사람은 없었다. 늘상 보아 왔던 패턴이니까.

클럽 바깥에서 우리를 기다리고 있던 것은 어트랙션 주변을 가득 메운 압도적인 병력이었다. 대포가 장착된 탱크가 스무 대. 상공에는 전투용 드론이 여덟 대. 물론 이런 식의 방위는 일개 사설 어트랙션에 허가된 물량을 한참 초과하는 수준이었다.

[침입자들에게 경고합니다. 당사 어트랙션의 고객을 풀어 주고 투항하십시오.]

양철 나무꾼과 내 시선이 마주쳤다. 라푼젤은 진작 냄새를 맡고 도망쳤는지 보이지 않았다.

"경보 장치에 돈을 많이 썼네요."

"변태 놈들은 지갑을 흔쾌히 열지. 아니, 이렇게 되면 내기는 무승부 아니냐? 단순 변태가 아니라 돈 많은 변태였잖아."

포박당한 아바타가 기세등등하게 외쳤다.

"헹! 이제 후회해도 소용없어, 망할 새끼들아. 여기가 어딘 줄 알고 행패야?"

양철 나무꾼이 조용히 도끼를 들썩거리자 아바타는 곧 입을 다물었다. 완전히 눈치가 없는 놈은 아닌지 전혀 기죽지 않는 우리의 모습에 의아해하는 듯했다.

그때 양철 나무꾼이 하늘을 바라보며 말했다.

"후크가 왔다."

인간의 형태를 한 재앙이 하늘 저편에서 출몰했다.

콰아아아앙!

순간 공중에서 우리를 조준하고 있던 드론이 쩌억 하고 갈라지더니 폭발했다. 추락하는 드론의 동체로부터 튀어나온 시커먼 형체가 다음 제물을 분쇄하기 시작했다.

납치가 일종의 낚시라면 양철 나무꾼과 내가 벌인 일은 그물을 넓게 펴서 물고기를 수면 위로 팅겨 올리는 일에 불과하다. 목표물의 숨통을 끊는 '작살'은 따로 있었다.

양철 나무꾼의 휘파람 소리가 귓가를 간지럽혔다.

검은 코트를 입은 아바타가 직선 궤도 위에서 죽음의 무도를 추었다. 여덟 대의 드론이 전부 꼼짝없이 터져 나갔다. 이윽고 검은 양복을 입은 사내가 우리 앞에 착지했다. 그가 등장한 시점에서 상대할 자들의 숫자는 아무런 의미가 없어졌다.

후크가 우리에게 등을 보인 채 말했다.

"숙이도록."

오른손이 있어야 할 자리에 흑요석으로 만들어진 갈고리를 단 사내. 그가 수평으로 팔을 휘두르자 거대한 갈고리가 충격파로 지면을 휩쓸었다.

잠시 후 탱크들이 있던 자리에는 이글거리는 화마만이 남았다. 그 어떤 아바타도 흉내 낼 수 없는 압도적인 실력이었다. 폭력의 화신이 내게 손을 내밀었다.

"넘겨."

내가 아바타를 넘기자 후크는 타깃의 뒷덜미에 갈고리를 걸었다. 내 임무는 어디까지나 타깃을 어트랙션 바깥으로 끌고 나오는 것뿐. 나머지는 이 사내의 손에 달려 있다. 타깃의 오감 센서가 전부 가동된 상황에서 제압해야 한다는 까다로운 조건이 아니었다면 이 사내 혼자서 많은 것을 해낼 수 있었을 거다.

"해산해."

후크가 타깃을 데리고 날아오르자 아련한 비명이 점점 멀어졌다. 그가 납치한 대상을 데려가는 곳이 어디인지, 보스를 만나러 가는지 나는 알 수 없었다.

양철 나무꾼이 내 어깨를 몇 번 두드렸다.

"이번에 신입, 네 실력을 확실히 봤다. 대단하던걸? 그렇게 단단한 방망이면 엄청 무거울 텐데."

"네. 아마 저 탱크들보다 무거울걸요."

"본체의 근력이 대단한가 보군. 올림픽이라도 나갔었나?"

"뭐, 비슷합니다."

"전류를 다루는 무기들은 자칫 그 주인에게도 피해를 줄 수 있어 운용하기 까다롭다고 하던데. 대신 잘만 다룬다면 그 어떤 아바타의 숨통도 끊을 수 있고. 그런 걸 줍다니 아주 운이 좋았구만, 그래."

"네. 운이 좋았지요."

사실은 그렇지 않았다. 내가 이 방망이를 줍게 된 것은 그야말로 내 삶을 통틀어 가장 운수가 더러운 날에 벌어진 일이었으니까.

난장판이 된 클럽 앞에서 내 기억은 두 달 전을 거슬러 올라가고 있었다.

2.

메타 월드를 상징하는 건 뭘까.

나는 오래전부터 '모순'이라고 생각해 왔다. 리얼 월드 속의
자연은 모순을 허락하지 않는다. 하지만 메타 월드에서는 어느
곳으로 시선을 돌리든 손쉽게 모순을 발견할 수 있다.

태양이 작열하는 사막 위를 맨발로 걸으며 나는 또 한 번
생각했다. 촉각 센서를 가동해도 뜨겁지 않은 사막. 하지만
아지랑이는 충실하게 재현돼 있다.

우스꽝스러운 모순이다.

지평선을 그리며 펼쳐진 사막 위에선 타원형의 그림자들이
빠른 속도로 이동하고 있었다. 고개를 들어 하늘을 보니 비행선보다
더욱 거대한 부유 돌고래들이 움직이는 중이었다. 메타 월드에서도
손꼽히는 부자들이 저 돌고래 위에서 온갖 환락의 파티를 벌이고
있을 터였다.

어이없게도 저 돌고래들은 대변을 눈다. 내가 서 있는 사막은
돌고래 똥을 한가득 품고 있다. 그리고 그 똥 무더기에선 희박한
확률로 황금이 발견된다. 설계자들의 괴이한 악취미가 만들어 낸

풍경이다.

덕분에 나 같은 사막 잠수부들이 생계를 유지할 수 있는
것이지만.

"후우욱."

심호흡을 한 뒤 사막 속으로 뛰어들었다. 그리고 이 많은 모래알
사이에서 발효되고 있을 부유 돌고래의 대변을 찾아 자유롭게
유영했다. 후각 센서를 꺼 두면 좋겠지만 그래서는 곤란하다.
캄캄한 어둠 속에서 돌고래 똥을 찾아내는 유일한 감각이 후각이기
때문이다.

그날.

나는 사막 잠수부의 길을 걷게 된 이후 처음으로 엄청난 크기의
황금을 주웠다. 어느 정도였냐면 지면 바깥으로 나왔을 때 나도
모르게 주변을 살폈을 정도로 거대했다. '심봤다'를 외쳐야 할
타이밍이었지만 그 어떤 사막 잠수부도 그렇게 어리석은 짓을 하진
않는다. 동업자들에게 털리고 싶지 않다면 말이다.

"최소한 50만 코인은 되지 않을까?"

감정을 위해 경매장에 올릴 생각에 들떠 인벤토리를 열었을 때
그 일은 일어났다.

사막이 거꾸로 뒤집히며 세상이 격변해 순간 중심을 잃어
넘어지고 말았다. 다시 일어났을 때 나는 텅 빈 방 안에 홀로 갇혀
있었고 황금은 온데간데없이 사라진 상태였다.

"여긴 어디야?"

어리둥절해하는 사이 문이 열리고 두 명의 남녀가 걸어
들어왔다. 순백색 유니폼에 붉은 견장을 단 모습을 보니 등골이
얼어붙는 기분이었다.

바람과 함께 로그아웃

'관리자들이잖아? 어째서?'

메타 월드의 운영자가 직접 고용한 관리자가 아니면 그 누구도 저런 차림을 하고 다니지 않는다. 게다가 지정된 로그인 포트가 아닌 곳에서 아바타를 강제 소환할 수 있는 자들은 오직 관리자뿐이었다.

"어느 구역에서 잡혔죠?"

"사막입니다. 맨발이잖아요."

여성 관리자의 질문에 노트를 들고 있던 남성 관리자가 답했다. 유니폼에 붙은 줄의 숫자를 보아 여성 쪽이 상관인 듯 보였다. 그녀가 고개를 끄덕이자 남성 관리자는 문을 닫고 나갔다.

"누구세요?"

"메타 월드 신탁 대응 팀의 구미리 팀장입니다. 갑자기 불려 와서 당황하셨겠지만 여기는 어떤 형태로든 감시와 기록이 이뤄지지 않는 비밀 구역이니까 안심하세요."

"전혀 안심이 안 되는데요. 처벌받게 됩니까?"

"그럴 리가요. 사막에서 금광을 찾는 일은 불법 행위가 아닙니다. 그보다는 이스터에그를 찾았다고 생각하세요. 테스트에 통과한 거죠."

나는 로그아웃 버튼을 활성화해 놓고 한 발짝 물러섰다.

구 팀장은 어깨를 으쓱인 다음 설명했다.

"로그아웃하면 두 번 다시 절 볼 일이 없을 겁니다. 하지만 그쪽에게 무척 아쉬운 선택이 될걸요? 스캐빈저로서는 상상하기 힘든 수준의 제안을 드릴 계획이거든요."

'스캐빈저'는 나를 비롯한 사막 잠수부들처럼 메타 월드 내에서 일확천금을 노리는 방랑자들을 싸잡아 부르는 멸칭이었다.

일단 설명을 들어 보기로 했다.

"듣고 있습니다."

"특수작전에 투입할 아바타를 찾고 있어요. 착수비로 지급하는
액수는 2000만 코인. 그리고 성공 시에는 3000만 코인을 추가로
지급할 겁니다. 당연히 메타 월드 본사에서 그쪽 계좌에 직통으로."

입이 쩍 벌어지는 액수였다. 내가 사막 잠수부 노릇으로 벌고
있는 코인에 대입해 보면 400년은 족히 모래를 씹어야 손에 넣을 수
있는 막대한 금액.

"왜 하필 저를?"

"저희가 숨겨 놓은 황금을 사막에서 찾아냈다는 것 자체가 보통
아바타는 할 수 없는 퀘스트를 달성한 거예요. 타고난 심폐 지구력과
근력, 그리고 인내심이 있어야 하죠. 모두 우리가 찾고 있는 사람의
덕목들입니다."

"수락하면 무슨 일을 하게 되나요?"

이렇게 질문한 시점에서 나는 이미 결심을 굳힌 상태였다.
무엇을 명령하든 덤빌 생각이었다. 하지만 구 팀장은 내가
서둘렀다는 듯이 고개를 젓고는 내 눈앞에 낯선 아이템 하나를
던졌다.

"막대기?"

"보통은 방망이라고 부르던데요. 아직 시중에 풀리지 않은 레어
아이템입니다. 빨리 익숙해지는 게 좋을 거예요."

"제게 주는 겁니까?"

"아니요. 정확히는 그 물건의 주인을 가리는 토너먼트에
참여하시게 된 거죠."

방망이의 손잡이를 잡고 들어 올렸다. 엄청난 무게에 팔이
휘청거릴 지경이었다.

바람과 함께 로그아웃

그로부터 일주일 뒤에 구 팀장이 다시 나를 소환했다. 이번 장소는 고대 로마의 콜로세움을 재현한 투기장이었다. 실제 메타월드의 투기장과 다른 점이 있다면 관중석이 텅 비어 있다는 점뿐.

경기장에는 나와 같이 방망이를 들고 있는 아바타가 일곱이 더 있었다. 모두 똑같이 생긴 하얀 가면을 쓰고 있었다. 그렇다는 건 내 아바타도 그들에게 그렇게 보인다는 뜻.

어디선가 구 팀장의 목소리가 들려왔다.

"룰은 배틀 로열입니다. 최후의 1인이 남을 때까지 싸우십시오. 탈락하신 분들께도 각자 비밀 유지의 대가로 30만 코인이 지급될 겁니다."

잡혀 온 아바타들에게 저마다 물러설 수 없는 사정들이 있다는 건 금방 드러났다. 모두가 악에 받친 소리와 함께 서로를 공격하기 시작한 것이다.

아바타들은 동일한 바디 셰이프를 갖고 있었으나 곧 강자와 약자가 드러났다. 그리고 방망이를 휘두를 때마다 각자가 가진 신체 능력이 엿보였다. 나는 내게 덤벼들던 아바타의 다리를 걸어차 넘어뜨린 다음 방망이로 목을 짓눌렀고 그때 한 가지를 깨달았다.

'이 기회를 놓친다면 남은 평생 동안 최고의 동아줄을 놓쳤다는 절망감에 사로잡힌 채로 살게 될 거다.'

마지막까지 남은 아바타를 소멸시킨 뒤에야 구 팀장은 다시 내 눈앞에 나타났다. 순간 탈락자들이 떨군 방망이는 모두 사라지고 오직 내 방망이만이 시스템으로부터 적법성을 인정받았다.

"묻고 싶은 게 많지요?"

"왜 부서명이… 신탁 대응 팀입니까."

신탁(神託)은 고대의 무당이나 제사장이 신의 의지를 대행해서 미래를 점지해 주는 것이다. 첨단 테크놀로지로 구축된 메타 월드의 관리자들에게 붙을 만한 명칭과는 100만 광년 정도 떨어져 있다.

"오라클이라는 이름을 들어 봤나요?"

"아니요."

"본사에서 가장 큰 접근권한을 부여받은 통합 AI의 별명입니다. 메타 월드 내에서 일어나는 모든 대화를 파악함과 동시에 기록하고 있는 친구죠. 오라클은 메타 월드의 유저 수가 20% 이상 이탈할 수 있는 거대한 사건의 발생 가능성을 추적해서 미리 경고하는 기능을 탑재하고 있어요. 그런 사건은 대부분 악질 해커들이 일으키는 테러지요. 때문에 오라클이 하는 일은 말 그대로 신탁이라 할 수 있어요."

"그러면 그 해커들의 계정명과 범행 일시를 알려 주면 그만 아닌가요?"

"아니요. 그럴 경우 민간인 사찰이라는 죄명에서 벗어날 수가 없어요. 영악한 해커들이 가장 집요하게 노리는 지점이죠. 그래서 저희가 현장을 덮치는 것이 중요해진 거고요."

"오라클이 잘못된 신탁을 내린 적은 없습니까?"

"지금까지는요. 참고로 그쪽이 테러를 일으킬 확률도 진작 보고돼 있어요. 오라클은 유저 수 4%의 상실을 가져올 가능성이 있다고 판단하는군요."

"높은 겁니까?"

"그쪽이 때려눕힌 다른 아바타들이 같은 일을 벌일 확률에 비해선 낮은 편이에요. 우리 쪽에선 다행이라고 생각하고 있지요."

"왠지 모르게 자존심이 상하는데요."

"지금 저희가 주시하고 있는 테러 때문에 상실될 유저의 비율이 얼마나 되는지 아세요? 무려 전체의 87%입니다. 지금까지 저희 신탁 대응 팀이 보고받은 예측치 중에서 가장 끔찍해요."

나는 87%의 유저가 없어진 메타 월드를 상상해 보았다. 그야말로 아포칼립스. 세계 멸망이나 다름없는 대재앙일 것이다. 지금까지 내가 피땀 흘려 모은 코인들이 전부 휴지 조각이 되리라는 건 자명한 일이었다.

심각해진 내 표정을 읽었는지 구 팀장의 어조도 한층 진중해졌다.

"스스로를 '요굴(妖窟)'이라고 부르는 범죄 클랜이 있어요. 사냥감으로 삼은 아바타에게 접근해서 폭행을 저지른 뒤 납치를 일삼고 있죠."

"납치를 한다고요? 아바타를?"

"수법은 차후 설명할게요. 어쨌든 아직 지명수배되지 않은 특급 해커가 보스일 거라고 추측하고 있어요. 그쪽은 요굴의 말단 조직원으로 잠입해서 보스와의 독대를 이뤄 낼 만큼 활약하는 게 임무예요."

"독대한 뒤엔?"

"다음엔 저희가 알아서 할 겁니다. 보스를 만나 육성 대화를 이끌어 내기만 하면 돼요. 그다음엔 오라클이 대화의 배경소리를 추출해서 본체의 위치를 특정해 낼 거예요."

"도청 장치를 심으라는 거군요."

"맞아요. 그러면 보스가 지중해의 유람선에 떠 있든 우주정거장에 숨어 있든 찾아낼 수 있지요. 그렇게 신병을 확보해서 고글에 남아 있는 범죄 기록을 입수하면 우리의 승리입니다."

"이 방망이로 보스를 때려잡거나 하는 건 아니라는 거죠?"

내 질문에 구 팀장은 처음으로 웃음의 고종사촌쯤 되는 표정을 지었다.

"꼬리를 잡기가 극히 힘든 조직의 우두머리예요. 정상적인 조우로는 절대 쓰러트릴 수가 없겠죠. 리얼 월드에서 때려잡는 게 유일한 방법입니다."

다 듣고 나니 불안감이 스멀스멀 차올랐다. 막대한 대가가 걸려 있는 만큼 위험천만한 일 같아 보였으니까.

"제가 거절하면 어떻게 되는 겁니까."

"저희는 새로운 잠입 요원을 선발하겠죠. 하지만 그쪽이 거절한다는 선택지는 없어요. 5000만 코인입니다. 누나의 입원비를 감당해야 하지 않나요? 오버도스(overdose) 증후군 환자의 생명 유지비는 점점 늘어나는 추세일 텐데요."

심장에 비수가 꽂히는 기분이었다.

오버도스 증후군은 메타 버스의 권장 접속 시간을 불법으로 어겨서 식물인간 상태에 빠진 환자들의 증세를 일컫는 말이었다. 관리자들은 진작에 내 사정을 뻔히 알고 있었던 것이다.

"수단과 방법을 가리지 말고 요굴에 숨어드세요. 그 안에서 벌이는 모든 행위에 대해 면책권을 드리겠습니다."

보스만 잡으면 게임은 끝난다.

메타 월드의 귀족들이 떨군 오물을 뒤지느라 더는 사막으로 잠수할 필요가 없어진다. 언젠가 누나를 다시 깨울 기술이 발명될 때까지 남루한 생을 유지할 수 있다.

나는 방망이를 꽉 붙잡는 걸로 대답을 대신했다.

"잘 생각했습니다. 그걸로 당신이 이 세계를 지켜 내는 겁니다."

바람과 함께 로그아웃

3.

요굴의 스카우트 제안을 받는 데엔 그리 긴 시간이 필요하지 않았다. 구 팀장이 내게 준 방망이의 위력이 워낙 뛰어났기 때문이다. 그녀가 지정해 준 몇 개의 불법 어트랙션에서 난장판을 벌이자 접선책이 내게 접근해 왔다.

조직이 내게 파트너로 붙여 준 베테랑이 바로 양철 나무꾼이었다. 내 역할은 장애물을 분쇄하는 데 특화되어 있는 그를 보조하는 것이었고 점점 손발이 척척 맞아 들어가게 됨에 따라 우리는 더 많은 의뢰를 처리할 수 있었다.

하지만 오늘 양철 나무꾼이 날 부른 건 의뢰 때문이 아니었다. 나는 단단히 마음의 준비를 했다. '요굴'이 내게 보여 주고 싶은 뭔가가 있는 것이다.

"정신 바짝 차리고 따라와."

"우리가 갈 곳이 위험한 편입니까?"

"그렇다기보단 까다로운 곳이지. 길을 잃어버리기 십상이거든."

우리는 울창한 숲속을 걷고 있었다. 때때로 공작새나 긴팔원숭이들이 물끄러미 우리를 쳐다보았지만 적대적인 반응을 보이는 NPC는 없었다. 말 그대로 평화로운 정글 산책.

대삼림이나 산맥은 메타 월드에서 가장 흔히 보이는 유형의 맵이었다. 아무래도 그럴 수밖에. 대지진과 해수면의 상승으로 온 인류는 바다에게 삶의 터전을 빼앗겼다. 전 인류가 겪는 해양 공포증 때문에 메타 월드엔 작은 호수만 있을 뿐 바다는 없다.

"얼마나 더 걸어야 하죠?"

"히든 어트랙션에 입장하는 방법은 까다로워. 거의 미로 같은 곳이라 일종의 진법을 써야 한달까. 내가 없으면 헤매게 될걸."

"전에는 뒤처지면 얼마든지 버리고 간다 하시지 않았나요?"

"후후후. 상황이 달라졌지. 보스가 요새 너를 좋게 평가하고 있는 것 같거든. 물론 그렇게 된 데엔 내 역할이 지대했지. 혹시라도 잊지 말라고."

그 말에 귀가 쫑긋해졌다.

"보스가 절요? 정말입니까."

"암. 나도 여기 발 디디는 데 꽤 오래 걸렸다. 도깨비, 너 정도면 초고속 승진 중인 거야. 참고로 라푼젤은 은근히 널 경계하고 있어. 걘 비전투원이라서 지분이 적은 편이거든."

요굴의 조직원 이름은 전부 동화 속 캐릭터에서 따온 것들이었다. 하지만 정작 그 이름을 짓는 보스의 이름은 아직 듣지 못했다. 독대는커녕 먼발치에서도 본 적이 없다. 점조직처럼 운영되는 요굴에서의 내 위치가 여전히 말단에 가깝기 때문이리라.

그런데 양철 나무꾼의 말에 의하면 요굴 내에서 내가 조금씩 좋은 평가를 받고 있는 모양. 무척 고무적인 상황이다.

'답답했던 상황이 오늘 좀 풀리려나.'

내 최우선 과제는 요굴의 보스를 찾아내는 것이다. 그의 정체가 무엇이든지 간에 그와 독대해야 도청 장치를 심을 수 있다.

사실 보스의 정체 외에도 궁금한 점이 많았다. 그자는 얼마나 뛰어난 해커이기에 조직원들의 아바타를 이 정도로 마개조(魔改造)해 놓았는가. 로그아웃을 강제로 봉쇄하는 라푼젤의 마법은 무슨 원리로 구현되는가. 납치당한 사냥감들은 어디로 끌려가는 것이며, 대체 무슨 짓을 당하고 있는가.

신탁 대응 팀의 구미리 팀장이 마지막으로 보내온 전언의 내용은 이러했다.

[요굴이 납치했던 피해자들이 다시 재로그인한 사례가 없습니다. 그렇다고 계정이 정지된 것도 아니고요. 요굴은 큰손들을 주로 건드리니까 처음엔 코인 강탈 범죄를 의심했는데 주목할 만한 출금 내역도 없었어요.]

[단순한 유희일 가능성은 없겠어요? 조직원들이 하나같이 나사가 풀려 있던데요.]

[그럴 가능성은 낮다고 보고 있습니다. 오라클의 신탁은 빗나간 적이 없어요. 무엇보다 납치에 성공할 때마다 조직원에게 지급되는 코인의 액수가 워낙 크잖아요. 요굴의 도깨비. 당신이 받는 금액도 적진 않을 텐데요. 어때요? 혹시나 흔들리고 있는 건 아니죠?]

잠입 기간이 한 달을 넘어가면서 내가 요굴의 조직원으로서 벌어들인 금액이 어느덧 800만 코인을 넘어서고 있었다. 이렇게나 자주 부름을 받는다면 요굴에서 번 액수가 신탁 대응 팀이 내게 약속한 금액을 뛰어넘게 될지도 모른다.

[그런 적 없습니다.]

[아직까지는… 이란 말이겠지요? 하지만 이쯤에서 경고는 해 둬야겠군요. 행여나 당신이 요굴의 보스나 조직원에게 회유됐다는

심증이 포착된다면 우린 당신에게서 방망이의 소유권을 박탈할 겁니다. 무엇보다 부정한 방법으로 획득한 코인은 한순간에 물거품이 될 수 있어요.]

어디까지나 자신이 내 목줄을 쥐고 있다는 경고였다.

[명심하지요.]

[지금까지 잘해 왔어요. 상부에서도 당신에게 큰 기대를 걸고 있습니다. 또 연락할게요.]

내가 구 팀장과의 대화를 되새김질하는 사이 양철 나무꾼이 한가로이 나뭇가지 하나를 꺾었다. 의미 없는 행동이 아니었다. 순간 수풀이 좌우로 갈라지면서 초대형 벙커의 모습이 드러난 것이다.

밀짚모자를 쓴 남성 아바타가 우리에게 손짓하고 있었다.

"양철 나무꾼. 그리고 신입인 도깨비. 어서 와. 나는 잭이라고 해."

그의 손가락을 따라서 수풀이 자유자재로 움직이고 있었다. 요굴의 일원인데 어째서 잭이라는 평범한 이름을 갖고 있는지 의아했는데 〈잭과 콩나무〉에서 따온 이름인 모양이었다.

"자. 따라와. 저기가 요굴에서 가장 중요한 작업장이야. 일명 슬로터하우스지."

"금시초문인데요?"

"당연히 메타 월드 명소 100선 같은 자료에 실려 있을 턱이 없지. 요굴 조직원들 중에서도 일부만 출입할 수 있는 곳이거든."

슬로터하우스라. 도살장이라는 뜻이다. 뭘 도살한다는 걸까. 존재할 리 없는 피비린내가 어디선가 흘러나오는 것 같았다.

벙커 주변에는 관개시설을 잘 갖춘 경작지가 넓게 펼쳐져 있었다. 잭이 밀짚모자를 흔들면서 설명했다.

"도로에서 벗어나지 마. 내가 따라오는 길 주변에 트랩들을 꽤 많이 깔아 놨거든. 양철 나무꾼 저 녀석은 굳이 내 말을 안 믿다가 한참을 고생했었어."

양철 나무꾼은 좋지 않은 기억이 떠올랐는지 혀를 몇 번 차더니 잭을 따라갔다. 물론 나도 그러지 않을 이유가 없었다. 그 와중에 좌우로 넓게 펼쳐진 정체불명의 밭에서 일정한 간격으로 땅을 파고 있는 두더지들이 내 눈을 사로잡았다.

'뭐지?'

두더지들은 앞발로 땅을 파서 뭔가를 캐낸 다음 등에 멘 망태기에 집어넣는 중이었다. 모든 두더지의 손등에서는 불빛들이 점멸하고 있었다. 정글을 통과하면서 봐 온 원숭이 같은 NPC가 아니었다.

저들 전부가 인간의 아바타다.

그중 몇몇 두더지가 작업 도중 전기에 감전된 듯이 부들부들 떠는 것이 보였다. 영화 속 프레임이 엉킨 것처럼 보이는 현상이 종종 일어나고 있었다.

"도깨비? 뭐 하냐?"

양철 나무꾼이 나를 부르는 소리는 귀에 들려오지 않았다. 정신을 차렸을 때 나는 이미 몸을 떨었던 두더지의 앞에 내려서고 있었다.

"이봐. 너희들 여기서 뭘 하고 있는 거지?"

두더지는 흰자위 없는 눈으로 나를 물끄러미 쳐다보다가 곧 하던 일로 되돌아갔다. 청각 센서가 완전히 꺼져 있었다. 내가 무슨 말을 하든 알아들을 수 없을 터.

콰드드드득!

그때 지면에서 굵은 나무줄기가 솟아올라 내 양쪽 다리를 움켜잡았다. 잭이 경고했던 트랩이다. 그가 나를 내려다보면서 혀를 찼다.

"그러길래 친절하게 설명해 줬잖아, 신입. 내 뒤만 졸졸 따라오라니깐."

"… 이 아바타들 뭡니까?"

내 목소리에 담긴 적의를 읽어 냈는지 잭의 눈매가 날카로워졌다.

"소일거리야. 만드라고라를 채집하는 중이지. 복용하면 아바타의 피부에 광택이 나거든. 내가 괜히 여기를 터로 잡은 게 아니란다."

이제야 돌아가는 상황을 알 것 같았다. 나 같은 사막 잠수부가 만드라고라를 모를 리 없다. 만드라고라는 황금보다 더 비싸게 거래되는 희귀 작물이다.

대신에 주기적으로 찢어지는 비명을 내지르기 때문에 소리가 완벽히 차단된 세계에서 반복 노동을 해야만 겨우겨우 캐낼 수 있다. 결코 오래 해 먹을 수 있는 노동이 아니다. 침묵 속에서의 고강도 노동은 사람의 정신을 분쇄한다. 관리자들이 엄격하게 금지한 수법이지만 늘 그렇듯 금기의 형제는 편법이다. 분명 이 두더지들은 대부분 가난한 나라에서 끌려온 미성년자들일 것이다. 회복 불가한 상처를 뇌에 입혀 가면서 푼돈을 벌고 있겠지.

내가 잘 알고 있는 그 누군가처럼.

나는 이를 꽉 깨물며 잭을 노려봤다.

"여기저기서 오버도스의 전조 현상이 일어나고 있지 않습니까. 왜 그냥 방치하는 거죠?"

바람과 함께 로그아웃

잭은 어이없는 농담을 들었다는 듯 웃었다.

"그게 나랑 무슨 상관이야. 얘네가 고글 대여료보다 많은 코인을 벌려면 목숨을 거는 수밖에 없다고. 뒈지든 말든 내 알 바 아니지."

나는 방망이를 소환해 내 다리를 묶고 있는 나무줄기들을 거칠게 뜯어냈다. 내가 피우는 소란에도 불구하고 두더지들은 제자리에서 움직이지 않았다. 할당 구역에서 벗어나면 언제든 교체되거나 체벌을 받았을지도 모른다.

"이 빌어먹을 자식아. 다시 지껄여 봐."

훌쩍 뛰어올라 잭의 앞에 내려섰다. 녀석의 얼굴에는 여전히 비웃음만이 걸려 있었다. 요굴에 잠입하면 절대 수상한 행동은 하지 말라던 구 팀장의 경고는, 잠깐 떠올랐다가 이윽고 잔불처럼 꺼져 버렸다.

"한바탕해 보게? 나야 꺼릴 거 없지. 심심하던 참인데."

"개새끼야. 어린애들은 오버도스에 훨씬 쉽게 걸려. 그 꼴이 나면 어떻게 되는 줄 알아?"

"왜 욕지거리세요, 신입 새끼야. 식물인간이나 되겠지 뭐. 괜찮아. 쟤들한테는 오버도스 캡슐에 들어갈 돈이 없으니 깔끔하게 죽을⋯!"

휘익!

정수리를 깨 버릴 생각으로 휘둘렀는데 방망이는 허공만을 가를 뿐이었다. 잭은 이미 먼발치까지 달아나 있었다. 녀석의 신발 아래 잔디들이 에스컬레이터처럼 움직이고 있었다. 그야말로 지면을 자유자재로 다룰 수 있는 능력이다.

"양철 나무꾼, 이거 정당방위다?"

잭의 밀짚모자에서 코끼리의 앞다리만 한 굵기의 줄기가 뻗어

나왔다. 그것이 대뜸 내 목을 움켜잡았다. 쉽게 뿌리칠 수 없는 무시무시한 악력이었다.

나는 온 힘을 다해 오른 주먹으로 방망이를 후려쳤다.

그러자 일정 강도 이상의 충격에 반응하는 방망이의 고유 스킬이 시전되었고 황금 벼락이 튀어나와 줄기를 잘라 냈다. 나는 바닥에 착지하자마자 잭에게 덤벼들었다.

채앵!

그런데 육중한 도끼가 기요틴의 날처럼 내 앞을 막아섰다. 어쩔 수 없이 전진을 멈추고 그것을 튕겨 내야 했다. 도끼의 주인은 험악하게 표정을 굳힌 양철 나무꾼이었다. 그는 손바닥 위로 도낏자루를 두들기며 경고했다.

"도깨비. 그만해. 조직원끼리 다투는 거 보스는 달가워하지 않아. 심하면 퇴출될 수도 있고."

"냅둬 봐, 양철 나무꾼. 대단한 휴머니스트 나셨잖아. 물구나무 자세로 처박혀 봐야 농부 무서운 줄 알지 않겠어?"

"잭. 너도 적당히 하라고. 신참 놀려 먹는 것도 정도껏 해."

양철 나무꾼이 천천히 나를 뒤로 물렸다.

"대체 왜 그런 거야? 너 원래 그런 캐릭터 아니었잖아."

하나뿐인 가족이 오버도스에 걸려 캡슐 속에서 나오지 못하고 있다는 말이 입술 끝에서 턱하고 걸렸다. 요굴의 조직원들은 그 누구도 자신의 신상 정보를 밝히지 않는다. 그게 어떤 부메랑이 되어 날아올지 모르니까.

나는 방망이를 집어넣으며 얼버무렸다.

"예전에 비슷한 짓을 많이 했거든요. 그래서 흥분한 것 같습니다, 죄송해요."

바람과 함께 로그아웃

그래도 잭에게 고운 시선을 줄 수는 없었다. 보면 볼수록 역겨운 놈이었으니까. 내 눈빛을 마주하자 녀석의 입이 샐쭉해졌다.

"표정에 다 드러난다, 이 자식아. 어린애들을 노예처럼 부려 먹는 악덕 마피아라고 생각하고 있었지?"

"…."

"저 두더지들은 전부 자발적으로 여기 온 것들이야. 나는 한 번도 강요한 적 없다. 쟤네 나라에선 미성년자에게 고글을 대여해 주고 커미션을 떼 가는 게 일종의 국가 산업이라고. 정 마음에 걸리면 네가 코인을 뿌려서 집으로 돌려보내 봐. 그럼 쟤네가 얼씨구나 즐거워하며 해방될 수 있을까? 한 달도 못 돼서 다시 두더지 탈을 쓰게 해 달라고 빌걸. 어디서 꼴같잖은 짓거리를 하고 있어. 유니세프세요?"

마음 한구석이 차갑게 식어 갔다. 잭의 빈정거림에 한마디도 제대로 대꾸할 수가 없었다.

마지막으로 누나와 함께했던 저녁 식사 메뉴가 뭐였는지 기억나질 않았을 때의 답답함이 다시금 몰려왔다. 내 무력함에 대한 분노가 화풀이 대상을 찾고 있었던 건가.

나는 왜 하필 사막 잠수부로 살아왔는가. 사막엔 때려 부술 것이 아무것도 없었기 때문인지도 모른다.

양철 나무꾼의 금속 장갑이 내 등을 툭 하고 쳤다.

"정신 똑바로 차려. 이런 거에 적응 못 하면 저 안에서 네가 봐야 할 것도 감당하기 힘들 테니까."

그의 말은 사실이었다.

슬로터하우스에서 벌어지는 일을 목격한 순간 만드라고라와 두더지는 금방 머릿속에서 날아가 버렸으니까.

어트랙션의 내부는 을씨년스러웠다. 지난 세기에는 세계 어느 곳에나 있었다던 동물원을 흉내 낸 곳이었는데, 마치 버려진 지 수백 년은 된 것처럼 모든 구조물이 낡아 버린 상태였다.

돔형 철장 앞에서 우릴 맞이한 자들은 요굴의 최고위직 간부인 후크. 그리고 날개가 달린 요정이었다.

팅커벨. 종종 돌격조에게 타깃의 위치를 전달해 주던 목소리의 주인공.

"재밌는 구경을 놓칠 뻔했어, 도깨비."

여기가 뭘 하는 곳이냐고 묻지는 않았다. 호기심이 과하다는 인상을 주면 괜한 의심을 살 것 같아서. 당연히 누군가가 설명해 줄 거라 생각했는데 의외로 안내는 가장 과묵한 후크의 몫이었다.

"마지막 통과의례다. 내가 지시하는 대로만 하면 돼. 이 일을 치러 내면 보수가 올라갈 거고 운이 좋으면 보스와 만날 수도 있겠지."

나는 크게 놀랐다. 보스를 만날 수 있다는 말 자체도 놀라웠지만 후크가 이렇게 긴 문장을 구사할 수 있는 사람이었다는 것이 뭣보다 놀라웠다.

후크는 요굴의 조직원들 중에서 단언컨대 가장 경이로운 아바타였다. 그 어떤 아바타도 전장에서 그처럼 신속하게 움직일 수 없었다. 싸움에 나서면 마치 순간 이동을 하는 듯 신출귀몰하게 움직였다.

그리고 그의 얼굴은 언제나 시체처럼 무표정했다. 좀비 어트랙션에 데려다 놓으면 누구나 NPC라고 믿겠다 싶을 만큼 감정을 드러내는 법이 없는 사내였다. 어쩌면 실제 마피아 조직의 히트맨으로 살았던 게 아닐까 생각될 정도로.

바람과 함께 로그아웃

"따라와."

나는 후크의 뒤를 따라 철장 안으로 들어갔다. 꽤 넓은 공터에 한 아바타가 겁에 질린 채 서 있었다. 우리는 2층 난간으로 올라가 그 아바타를 내려다볼 수 있는 위치에 섰다.

"곧 시작할 거야. 한 장면도 놓치지 마라."

나는 괜스레 침을 한 번 삼켰다.

자세히 보니 아바타는 귀공자처럼 고가의 액세서리로 온몸을 치장하고 있었다. 바깥에서 재배되는 만드라고라 같은 특상품을 일상적으로 소비할 수 있는 종류의 인간. 본능적으로 알 수 있었다. 지금껏 요굴이 납치했던 아바타들이 이 철장 안으로 끌려온다는 것을.

"꺼내 주세요! 제발요. 시키는 대로 할게요. 로그아웃만 시켜 주면 뭐든지 하겠습니다! 네?"

귀공자는 보이지 않는 족쇄에 붙잡힌 것처럼 멀뚱히 서 있었다. 후크가 팅커벨을 향해 고개를 끄덕였다.

"입장객 받아."

누구를 말하는 것일까. 이곳 또한 어트랙션이라면 입장객이 있다는 것이 이상하지는 않다. 팅커벨이 요술 지팡이를 휘둘러 허공을 찢었다. 베일이 걷히듯 뜯겨 나간 공간 안에는 잔뜩 긴장한 중년의 사내가 서 있었다.

'실사잖아.'

아무런 커스터마이징을 하지 않은 본체의 모습 그대로였다. 메타 월드 안에서는 극히 보기 드문 사례라 할 수 있었다.

중년의 사내가 귀공자를 보더니 이를 뿌득뿌득 갈았다.

"저놈입니까?"

사내의 말에 팅커벨은 고개를 끄덕이더니 벽면을 가리켰다. 그곳에는 식칼, 망치, 전기톱 등의 살벌한 흉기가 걸려 있었다. 중년 사내가 망설임 없이 벽면을 향해 걸어간 순간 나는 무슨 일이 벌어질지를 예감할 수 있었다.

그리고 귀공자도 같은 예감을 한 모양이다.

"어어? 니네 지금 뭐 하는 거야? 나한테 이러고도 무사할 줄 알아? 내가 누군 줄 알고 씨발!"

사내가 집어 든 것은 한 뼘이 조금 넘는 길이의 녹슨 송곳. 팅커벨이 입을 가리며 놀랐다.

"너무 짧잖아. 그걸로 괜찮겠어요?"

"네. 천천히 고통을 줄 겁니다."

"뭐, 편하실 대로. 대신에 지금 당장 덤벼들진 마세요. 양념을 좀 쳐야 해서."

나는 촉각을 곤두세우고 아래층에서 벌어지는 일을 두 눈에 담았다. 팅커벨의 요술 지팡이가 원을 그리자 반짝이는 페어리 파우더가 공중에 흩날렸다.

"이게 무슨? 어억."

그걸 흡입한 귀공자의 움직임이 급격하게 느려졌다. 마치 깊은 물속에서 허우적대는 것처럼 답답하고 느린 동작. 팅커벨의 신묘한 스킬에 놀라는 사람은 이곳에서 나뿐이었다.

"그럼 달콤한 복수 되시기를."

팅커벨이 한 걸음 뒤로 물러나자 중년 사내가 송곳을 역수로 쥔 다음 땅을 박찼다. 그리고 이를 악문 채로 귀공자에게 덤벼들었다.

푸화악!

핏줄기가 나부꼈다.

바람과 함께 로그아웃

송곳에 허벅지를 찔린 귀공자가 처절하게 아파하며
나뒹굴었다. 비명 소리가 치즈처럼 늘어나서 음절을 알아듣기가
어려웠다.

나는 아래층의 팅커벨에게 물었다.

"이게 다 뭡니까?"

"일종의 맞선 같은 거야. 간절히 만나고 싶은 상대를 이 메타
월드 안에서 만나게 해 주는 게 내 역할이지. 만나고 싶은 마음이
일방향이라는 것이 조금 특징적이랄까."

"저 둘이 서로 아는 사이인가요?"

팅커벨은 과일 주스의 목록을 불러 주는 것 같은 어투로
무시무시한 말을 꺼냈다.

"저 사냥감은 리얼 월드에서 어떤 여자애를 일곱 번이나
강간했어. 하지만 아무런 처벌을 받지 않았지. 할아버지가 법조계의
고위 관료였거든."

"그럼 저분은?"

"그 여자애의 아버지. 전 재산을 털어 요굴에게 의뢰를 했지.
현실에선 꿈꾸지 못할 복수를 하고 싶다고."

그 복수의 현장이 지금 내 눈앞에서 펼쳐지고 있었다.

대체 몇 가지의 불법 해킹 기술이 결합되어야 이런 상황이
가능해지는 걸까. 귀공자를 보니 강제로 그의 로그아웃을 막고 동작
속도를 제한한 뒤에 아무런 스킬도 사용할 수 없도록 금제까지 걸어
둔 것처럼 보였다.

내 추측에 팅커벨이 상큼하게 웃었다.

"쟤를 느려지게 만든 게 아니야. 그건 아무리 뛰어난 해커라도
불가능할걸."

"그러면요?"

"시냅스에 과부하를 주는 거야. 우리의 1초가 저 사냥감에게는 8초로 늘어나는 거지. 어쩔 수 없어. 고글이 오류를 감지하고 착용자를 보호하기 위해서 강제 재부팅을 하는 데까지 걸리는 시간은 25분. 혈육의 복수를 위한 시간치고는 좀 짧잖아?"

머리카락을 2초 이상 바라보는 것만으로도 상대의 방화벽을 완전히 무력화시키는 고급 해킹 기술이었다. 모르긴 해도 라푼젤보다 이곳의 팅커벨이 몇 배는 뛰어난 해커일 것이다.

"으어어어어어."

귀공자는 이제 피범벅이 된 채로 기어 다니고 있었고 중년 사내는 그 등에 올라타 인정사정 볼 것 없이 송곳을 내리찍고 있었다. 중년 사내의 어설픈 손짓도 막아 내지 못하는 걸 보면 반응 속도조차 느려진 모양이었다.

반면에 촉각 센서는 괴이해 보일 정도로 빛나고 있었다. 메타 월드에서 쓰이는 오감 센서 중에서 감각 레벨의 범위가 가장 넓은 것이 촉각 센서다. 촉각은 통각과 직결된 영역이기 때문이다.

"그래서 그 번거로운 납치 과정이 필요했던 거군요. 타깃이 오감 센서를 활짝 개방했을 때 납치해야 저 짓이 가능할 테니까."

"맞아. 쾌락을 얻기 위해서 통각도 열어야 한다는 건 메타 월드의 참 재미난 점이야. 아픔 없이는 즐거움도 없지. 인간은 고통을 통해 살아 있다는 느낌을 받으니까."

몇 분 되지 않아 귀공자의 아바타는 가루가 되어 비산했다. 통각 수치가 한계를 넘어 사망 처리된 것이다. 메타 월드에서 죽은 아바타는 부활소에서 다시 깨어나게 된다.

하지만 그런 상식조차 여기에선 통하지 않았다.

바람과 함께 로그아웃

"이게 뭐야? 사, 살려 줘!"

귀공자가 중년 사내의 등 뒤에서 매끈한 몸으로 되살아났다. 녀석은 피 묻은 송곳을 보더니 주저앉았다가 이내 달아나기 시작했다.

여태 침묵을 지키고 있던 후크가 명령했다.

"도깨비. 내려가서 발목을 부러뜨려. 그리고 다시 파우더를 들이마시게 해."

도망치지 못하게 제압하란 소리였다. 난 여태껏 무기가 없는 아바타에게 위해를 가한 적이 없다. 내가 잠시 머뭇거리자 후크는 무미건조하게 덧붙였다.

"못하겠으면 지금 로그아웃해라. 그리고 일상으로 돌아가. 다신 이런 은밀한 장소에 불려 오는 일도, 요굴의 초대를 받는 일도 없겠지."

빌어먹을. 이건 클럽에 들어가서 난장판을 벌이는 일과는 차원이 다른 문제였다. 하지만 거부했다가는 지금까지의 고생이 모두 물거품이 될 터였다. 방망이를 든 채 귀공자의 앞을 막아서자 녀석은 질겁하며 물러났다.

'정말 이런 짓까지 해야 한다고?'

방망이를 두 손으로 잡고 뒤로 당겼다.

"서, 선생님. 살려 주세요."

순간 야구장의 타석에 서서 투수가 던지는 공을 기다렸던 시절의 풍경이 파노라마처럼 펼쳐졌다. 이것도 팅커벨의 마법일까?

아니다. 내 죄책감이 만들어 내는 환각이다.

팔꿈치로 날아오는 공을 피하지 못한 건 엄밀히 말해 내 실수였다. 팔이 정상으로 회복되기 어렵다는 진단을 받고 방탕하게 청춘을 탕진했던 것도 내 실수였고, 누나가 내 입원비를 감당하기 위해서 고글을 불법 개조해 메타 월드에서 자신을 혹사했던 걸 눈치채지 못했던 것도 내 실수였다.

　나는 평생 실수만 해 왔다. 단 한 번 나를 향해 날아오는 공을 피하지 못한 이후로.

　'안 돼. 도망칠 수 없는 곳까지 몰렸어.'

　나는 귀공자의 발목을 내리쳤다. 그리고 녀석의 목덜미를 붙잡아 팅커벨의 파우더를 들이마시게 만든 뒤 다시 중년 사내의 앞으로 집어 던졌다.

　새삼 이 어트랙션의 콘셉트가 왜 동물원인지 알 것 같았다. 지금의 나는 굶주린 악어 우리에 송아지를 집어 던지는 난폭한 사육사였다.

　그 순간 내 안에서 무언가가 부서지는 느낌이 들었다. 그리고 언덕 너머에서 만드라고라의 울부짖음이 들려왔다. 물론 환청이었다. 하지만 모든 것이 가짜로 이뤄진 곳에선 때로 환청도 비수가 된다.

바람과 함께 로그아웃

4.

테스트에 합격했다고 생각했지만 그걸로 끝이 아니었다.

면접이 남아 있었던 것이다.

귀공자는 두 시간 동안 살육과 부활을 반복해서 당하다가 로그아웃했고, 중년 사내는 몇 번이나 우리에게 감사의 절을 한 뒤 사라졌다. 하지만 조직원 중 누구도 자리를 뜨지 않았다. 마치 누군가를 기다리는 것처럼.

허공에 열린 포털 안에서 나타난 존재는 음유시인이 입을 법한 녹색 옷을 입은 요정 소년이었다. 어쩌면 세상에서 가장 유명할 동화 속 주인공이 눈앞에 서 있었다.

'피터 팬.'

양철 나무꾼과 잭이 철장 안으로 들어와서 그에게 고개를 숙였다. 후크와 팅커벨도 마찬가지였다. 천진난만하게 웃고 있는 소년, 요굴의 보스가 내게로 날아왔다.

"어때요, 도깨비? 제가 붙여 준 별명은 마음에 드나요?"

나는 피터 팬과 나와의 거리를 살피며 대답했다.

"제법 어울린다고 생각합니다."

"우리가 잡아 온 사냥감이 어떻게 처리되는지 봤죠? 소감을 듣고 싶어요."

소감이라니. 무슨 이야기를 듣고 싶다는 걸까.

"죄책감 같은 게 들었나요?"

"제가 지금까지 납치했던 아바타들이 전부 흉악범들이었습니까? 사람을 해치거나 성적으로 유린하거나…."

"상상력을 더 발휘해 보세요. 스토커나 왕따 주동자처럼 교묘한 자들이 있죠. 물론 사이비 종교를 만들어서 사람들로 하여금 가산을 탕진하게 만든 가짜 교주도 적지 않고요. 파렴치한 걸로 따지면 방금 여기서 피를 흘렸던 그 자식과 우열을 가리기 힘들죠."

피터 팬의 음성만으로 아바타 뒤에 숨은 주인의 정보를 유추해 내기란 어려웠다. 소년의 그것처럼 들리지만 저음을 가진 여성일지도 모른다. 심지어 몇 살인지도 감이 오질 않는다. 어쩌면 음성변조 장치 같은 걸 코드로 만들어서 재생시키고 있는 건지도 모르겠다는 생각이 들었다. 일단은 대화를 더 길게 가져가려면 솔직하게 답해야겠다는 생각이 들었다.

"이런 일들이 대체 무슨 의미가 있는지 모르겠습니다."

"의미?"

"방금까지 제 눈앞에서 일어난 일을 한마디로 표현하자면… 일종의 복수 대행업. 당신들은 사적 복수를 흉내 내고 있다고 생각합니다."

"계속해 보세요."

"오늘 끔찍한 짓을 당한 아바타는 다신 메타 월드로 돌아오지 않겠죠. 단지 그뿐입니다. 현실에서는 아무 일도 일어나지 않는데 이곳에서 분풀이를 한들 무슨 소용이 있을까. 그런 생각을 했습니다."

바람과 함께 로그아웃

피터 팬은 보이지 않는 의자가 있는 것처럼 허공에서 앉아 있는 자세를 유지했다. 그리고 그 자세 그대로 모든 조직원의 주변을 날고 있었다. 그가 이제는 효력이 다한 팅커벨의 파우더 조각을 내려다봤다.

"이 가루에 대한 설명을 들었다면 알겠지요? 이건 시냅스를 자극해서 체감 시간을 강제로 늘려 줍니다. 그뿐만이 아녜요. 통각 수치도 여덟 배로 늘어나지요. 파우더 사용을 지속적으로 반복한 아바타의 본체가 어떻게 되는지 아나요?"

내가 대답을 하지 못하자 피터 팬이 자신의 관자놀이를 유쾌하게 두드렸다.

"펙, 하고 전두엽이 망가져 버립니다. 보통 여러분이 납치해 온 사냥감들은 리얼 월드에서 지리한 재판을 이어 나가고 있는 경우가 많아요. 그 상태로 피고인석에 서면 어떤 판결을 받게 될지 궁금하지 않습니까."

일정한 리듬으로 관자놀이를 두드리던 손가락이 뱅글뱅글 회전했다.

"정신착란에 이은 심신미약. 그들은 결코 감옥에 가지 않아요. 아마 입소하더라도 금방 바깥세상으로 튕겨 나올 테죠. 망가지고 부서진 영혼을 대가로."

어쩌면 피터 팬은 스스로를 의적이나 안티히어로라고 믿는 걸까. 내 생각을 읽었다는 듯이 그는 고개를 저었다.

"합리화하는 건 아닙니다. 그저 사실을 일깨워 드리고 싶었을 뿐. 우리는 법의 손에 기대지 않고 상대를 처벌하고 싶어 하는 분들에게 공간과 수단을 대여해 드립니다. 그 일로 코인을 벌지요."

손을 뻗으면 충분히 닿을 곳에서 피터 팬은 부유하고 있었다.

접촉이 일어나기만 하면 도청 장치는 설치될 것이다. 여기서 냅다 그의 발목을 붙잡아 볼까? 하지만 다른 조직원이 전부 지켜보고 있는 지금 그런 짓을 한다면 수상쩍기 그지없어 보일 터였다.

무엇보다 매의 눈빛으로 날 주시하고 있는 후크가 있었다. 피터 팬이 등장한 이후로 그의 존재감은 훨씬 더 무거워졌다. 언제든 갈고리를 펼쳐서 내 척추를 꿰뚫을 수 있을 것 같았다.

"저는 여러분의 사연 같은 거 묻지 않을 겁니다. 관심도 없어요. 하지만 저를 비롯해서 요굴의 모든 식구가 전부 바깥에서는 밑바닥 인생을 살아왔을 거라고 확신합니다. 리얼 월드의 법은 우리를 지켜 주지 않아요."

사연을 묻지 않겠다는 피터 팬의 말에 안도감이 들기는커녕 독사가 목덜미에 올라탄 듯 섬뜩한 느낌이 들었다. 어쩌면 내가 메타 월드의 관리자가 심어 놓은 잠입 요원이라는 걸 직감하고 있는 걸까? 그게 아니라면 피터 팬은 애초에 누구한테도 마음을 열지 않고 신뢰 따위 나눠 주지 않는 종류의 인간일지도 모른다.

신탁 대응 팀의 구 팀장은 내게 뭐라고 했던가.

[임무를 수행하다가 들켜서 제 신변이 위험해지면 어떻게 해 줄 겁니까.]

[그럴 일은 벌어지지 않을 겁니다. 만약 그렇게 되더라도 본사의 법무 팀을 믿으세요. 우리는 메타 월드의 공무원입니다. 법이 당신을 지켜 줄 거예요.]

내 아바타의 등 뒤엔 두 개의 실선이 달려 있다. 날 꼭두각시로 삼아 이용하려는 양쪽 진영에서 각기 다른 매듭을 묶어 놓은 것이다. 한쪽은 법이 나를 지켜 줄 것이라 장담하고, 다른 쪽은 결코 그렇지 못할 것이라 속삭인다. 마치 양쪽이 과거와 현재에서 나라는 다리를 통해 서로 문답을 주고받는 것 같다는 느낌이 들었다.

조금 과감하게 나가 보기로 했다.

"벌주고 싶은 사람을 납치하고 고문하는 일이 요굴의 숙원 사업입니까?"

피터 팬의 배회가 멈추었다. 그가 처음으로 바닥에 내려서더니 신발에 묻은 피가 마음에 안 든다는 듯 눈살을 찌푸렸다. 하지만 그 표정은 아주 찰나 동안만 머물렀을 뿐이었다.

"물론 아닙니다. 눈치채셨을 테지만 저는 여러분처럼 아바타를 잘 다루지 못해요. 메타 월드에 접속하는 시간 또한 극히 짧고. 제 본령은 해커입니다."

굳이 놀라는 연기를 할 필요는 없었다. 메타 월드 안에서 이 정도로 은밀한 왕국을 운영하고 있다는 것 자체가 뛰어난 해커라는 증거니까.

"숙원을 물으셨죠? 저는 그 누구도 해킹하지 못한 걸 해킹할 겁니다. 지금 여러분이 해 주시는 수고는 모두 그 준비에 불과하고요."

지금 물어도 될까. 너무 서두르면 초조해 보인다는 인상을 주지 않을까. 하지만 묻지 않는 것이 더 이상해 보일 거라는 판단이 들어 입을 열고 말았다.

"뭡니까, 그게?"

"곧 알게 될 거예요. 그리고 그때엔 요굴의 본모습이 세상에 드러나게 되겠죠. 도깨비. 당신도 그날이 오면 우리에게 큰 힘이 되어 줬으면 좋겠습니다."

면접 결과는 합격이었다.

그렇게 나는 요굴의 간부로 승격했다.

5

눈코 뜰 새 없이 바쁜 이중생활이 이어졌다.

이전까지는 주로 양철 나무꾼과 팀을 이루었지만 보스를
대면한 이후엔 후크와 다니는 일이 많아졌다. 굳이 파트너를 바꾸는
이유에 대해 양철 나무꾼은 통상적인 절차라고 설명해 주었다. 그는
그동안 내게 정이 들었다면서 아쉬워하는 표정까지 지어 주었다.

'똥차가 가고 운구차가 왔네.'

후크는 언제나 과묵한 사내였고 농담이 전혀 먹히지 않는
유형의 인간이었다. 감정 없이 임무를 수행하는 로봇처럼 느껴질
정도였다.

하지만 솜씨는 나무랄 데 없었다.

빠르게 달리는 모노레일을 탈취해 사냥감을 납치했던 날, 나는
처음이자 마지막으로 후크에게 농담을 건넸다.

"이봐요, 후크. 방금 보여 준 건 거의 묘기 수준인데 인간으로서
가능한 컨트롤입니까? 정말로 인공지능 아네요? 양철 나무꾼과 저는
그럴 거라고 철석같이 믿고 있거든요."

후크는 한참 동안 나를 바라보다가 전혀 예상치 못한 짓을

벌였다. 자신의 통각 센서 감도를 최대치로 올린 다음 갈고리로 제 팔뚝을 긁은 것이다.

써걱.

처음으로 후크의 동공이 흔들리는 것을 나는 보았다. 미약한 신음 소리도 들렸다. 인공지능은 결코 재현할 수 없는 생생한 반응이었다. 나는 황급히 그의 손을 붙잡아 말렸다.

"그만하세요. 장난이었어요."

"나도 장난이었다만."

"… 유머 감각이 어지간히 비틀려 있나 보네요."

"인공지능이라. 차라리 그랬더라면 얼마나 좋았을까."

이상하게도 그 순간 나는 사막에 처음 잠수했을 때가 떠올랐다. 물기가 하나도 없는 메마른 모래가 온몸을 뒤덮었을 때의 까슬까슬한 감각.

후크의 목소리는 그 사막을 닮아 있었다. 그렇게 그는 사라졌고 나는 한참 동안이나 그 자리에 서서 그의 손을 만졌을 때를 곱씹었다. 과연 도청 장치는 제대로 삽입되었을까.

더할 나위 없이 자연스러운 신체 접촉이었다.

나는 확신했다. 들키지 않았다는 것을.

며칠 후 나는 아바타들이 솜사탕 공원이라 부르는 곳을 찾았다. 가로수 대신 오색 빛깔의 솜사탕이 심겨 있는 커다란 공원이었다. 몇 번 호기심에 먹어 본 적이 있었는데 정말로 솜사탕 맛이 났다. 물론 한 입에 5코인씩 차감된다는 걸 알게 된 이후론 먹기를 그만뒀지만.

나는 벤치 위에 앉아서 한숨을 내쉬었다.

[불편한데 좀 내려가면 안 됩니까!]

순백색 털에 붉은 눈동자를 가진 구미호가 내 무릎 위에 턱을
올린 채 쉬고 있었다.

[불가합니다. 이래야 당신이 키우는 펫처럼 보일 테니까요.
두리번거리지 마세요. 수상해 보이지 않습니까.]

신탁 대응 팀의 구미리 팀장이었다. 어디서 구해 왔는지 아홉
개의 꼬리를 가진 여우의 아바타로 변신해서는 이렇게 비밀 접선을
하는 중이었다.

나는 어린 딸에게 목말을 태워 준 뒤 솜사탕을 맛보게 하는
아버지를 지켜보다가 하품을 하는 척했다. 곧이어 구미호가 혀를
찼다.

[방금 건 너무 과하고요. 메타 월드에서 하품하는 아바타는
없어요. 이 안에선 피로를 못 느끼니까.]

[… 참고하겠습니다.]

이렇게 탁 트인 곳에서 구미호와 접선하는 것은 얼핏 위험해
보이지만 사실 이전처럼 안전지대에서 대화하는 게 더 리스크가
크다. 모순적인 일이다.

요굴이 언제 나를 호출할지 예측할 수 없었다. 그런 상황에서
외부와 차단된 신탁 대응 팀의 공간에 출입하는 건 점점 위험한 일이
되었다. 요굴이 나를 호출하는 순간에 내가 좌표를 파악할 수 없는
안전지대에서 응답한다면 꼬리를 잡힐 수도 있다는 게 구미호의
설명이었다.

[그나저나 알아낸 건 없습니까?]

[피터 팬은 정말 대단한 실력을 갖춘 해커임에는 틀림없어요.
우리 관리자들의 감시망에 한 번도 걸린 적이 없는 수법을 사용해요.
한 번도 해킹에 실패하지 않았거나… 대리인들을 사용했다는

바람과 함께 로그아웃

방증이죠.]

[납치당했던 아바타들은 어떻게 됐어요?]

[당신 말대로 대부분 병원에 입원해 있더군요. 극도의 불안 상태로 공황장애를 겪고 있었어요. 면회 자체가 불가할 정도의 치명적인 뇌 손상을 입은 채로. 그 슬로터하우스라는 곳에서 당신이 본 게 사실이라면 납득이 가는 현상입니다.]

나는 만드라고라를 캐는 두더지들을 떠올렸다. 익숙해질 수 없는 불쾌감이 덤으로 따라왔다.

[그 두더지들은 언제까지 방치할 겁니까? 당신들이라면 그 불쌍한 아바타들의 사용자를 찾아낼 수 있지 않나요?]

[물론 가능하죠. 하지만 지금은 때가 아니에요. 요굴이 냄새를 맡고 흩어져 버리면 최악이에요. 그러면 피터 팬이 계획을 수정할 테고… 우린 또 새로운 잠입 요원을 준비해야 할 테니까. 당신한테도 좋은 시나리오가 아닙니다.]

"젠장."

[귓속말이 아니라고 해도 욕설은 들립니다.]

[아, 속으로 말한다는 게 그만.]

사실 초조해하는 건 우리 둘 다 마찬가지였다. 나는 그날 이후 다시는 피터 팬을 만나지 못했다. 게다가 요굴의 간부 중에서 오직 후크만이 보스와 독대가 가능하다는 나쁜 소식을 알게 되었다.

그렇다는 건 다른 접근 방법을 찾아야 한다는 소리였고 잠입 기간이 예상보다 늘어날 거라는 말이나 다름없었다. 당연히 구 팀장 또한 상부로부터 닦달을 당하는 모양인지 점점 예민해졌다.

그래서 우리는 도청 장치를 후크에게 심어 본다는 우회로를 선택했던 것이다.

구미호가 뒷다리로 귀를 긁으면서 말했다.

[후크에 대해서 뭔가를 알아냈어요.]

[뭐죠?]

[그에 관해 말하기 전에 당신을 믿어도 되는지 확인하고 싶어요. 처음 내가 접근했을 때와 분위기가 많이 달라졌거든요.]

[조직원이 된 지 벌써 몇 달이 흘렀으니까요. 언더커버를 칭찬해야 할 일 아닙니까? 그렇게 노려보는 대신에.]

[과연 칭찬을 드려야 할지 유심히 살피는 거예요.]

나는 붉은 눈을 가진 여우와 눈싸움을 시작했다.

[한배를 탄 몸이잖습니까. 저도 이 짓거리 빨리 끝내고 싶다고요.]

[… 지금부터 말할 정보는 본사 내에서도 극소수만 열람이 가능한 일급 기밀이에요. 만약 이 정보가 외부로 흘러 나간다면 당신은 본사의 집요한 추적을 받게 될 겁니다. 물론 메타 월드뿐 아니라 리얼 월드에서도.]

그제야 나는 자세를 고쳐 잡았다.

히든카드인 나를 손에 쥐고 도박판에 뛰어든 구미호가 이 순간 판돈을 몇 배로 올릴 작정이라는 걸 느꼈기 때문이다.

[후크라는 조직원의 로그를 수집해서 관찰한 결과 믿기 힘든 결과가 도출됐어요. 그는 한참 동안 로그아웃을 하지 않았어요. 그런데도 오버도스 증후군의 징조가 전혀 관찰되지 않았고요.]

[그게 무슨 말입니까?]

[언제나 메타 월드에 접속해 있는 상태란 뜻입니다. 그가 마지막으로 접속을 끊은 날짜는 11개월 전이에요. 놀랍게도 본사의 대규모 업데이트가 있던 날짜와 겹칩니다.]

세계 전체가 대격변을 맞이하는 업데이트. 업데이트 진행 중에는 어떤 아바타도 메타 월드에 접속할 수 없다. 즉, 후크는 그런 큰일이 벌어지지 않는 한 메타 월드에 상주하는 유령 같은 존재란 뜻이었다.

[어떻게 그게 가능합니까? 아니, 진짜로 인공지능이었나?]

[아니요. 현존하는 가장 뛰어난 AI인 오라클도 그런 식으로 행동하는 건 불가능해요. 전례가 없는 경우라 우리 쪽에서 속단하긴 이르지만… 이론적으로만 존재한다고 봤던 사이코 드렁커(psycho drunker)일 가능성이 있어요.]

구미호의 설명에 따르면 사이코 드렁커는 분명한 육체를 갖고 있으면서도 메타 월드에 무제한으로 접속 가능한 상태의 인간을 뜻했다. 하지만 학계에 실제 사례가 보고된 적이 없다.

[듣기로 한 인간을 사이코 드렁커로 만들려면 지극히 까다로운 조건을 만족시켜야 한다고 해요. 피실험자의 생명을 담보로 삼는 생체실험이나 다름없거든요. 어떤 국가에서든 그걸 허용해 줄 리가 없습니다. 자연히 어둠의 경로를 찾을 수밖에 없는데, 그 편을 택한다 해도 신체를 유지하는 데에만 대단한 비용이 들 거예요.]

그래서 후크는 요굴에 들어온 걸까. 리얼 월드에 있는 자신의 육체를 유지하고 관리하는 비용을 구하기 위해 닥치는 대로 코인을 벌고 있다면 왜 그토록 무자비한지 설명이 된다.

하지만 구미호는 내 추측을 듣고는 인과가 거꾸로 되어 있다고 지적했다.

[팅커벨을 떠올려 봐요. 그는 납치 희생자들의 시냅스를 조정해서 행동을 느리게 만들었다고 했죠? 그렇다면 그 반대도 가능하지 않겠어요? 본디 독(毒)과 약(藥)은 같은 재료에서 나와요.]

[후크의 순간 이동!]

보통 아바타들의 한계를 넘어선 초능력. 그 능력은 팅커벨의 파우더가 만들어 내는 효과가 정반대로 작용한 결과였던 걸까.

[그렇다면 후크는 아주 오래전부터 피터 팬과 함께해 왔을지 모릅니다. 제 추측으로는 팅커벨과 더불어 요굴의 초기 멤버였을 거예요. 오직 그 셋만이 하나의 동화책에서 이름을 따왔잖아요. 우연은 아닐 겁니다. 후크 같은 특수 이용자가 오라클의 감시망을 피했다는 것부터가 석연치 않아요. 최소한 후크와 피터 팬만큼은 아주 오래전부터 함께 행동했을 겁니다.]

구미호, 그 뒤에 숨어 있는 신탁 대응 팀의 구미리 팀장은 후크를 노리고 있었다. 동화의 주인공이 아닌 악당에게도 비밀이 숨어 있을 거라 확신한 것이다.

[새로운 지령을 내리겠어요. 날 좀 도와줘요.]

새 지령이 뭔진 몰라도 지금까지의 임무보다 훨씬 위험할 것임은 자명했다.

[저와 같이 후크의 보금자리를 털어 봅시다.]

바람과 함께 로그아웃

6.

[갑자기 빠진다고? 이번 의뢰 금액은 꽤 큰데 아깝지 않겠어?]

라푼젤의 홀로그램은 잔뜩 골이 나 있었다. 내가 작전에 참여하라는 부름을 거절했기 때문이다.

"배탈이 심하게 났어. 납치 도중에 똥을 지릴 순 없잖아."

[쳇. 알았어. 양철 나무꾼에게 대타를 부탁하지 뭐. 위장약이라도 사 먹으라고.]

통신이 꺼짐과 동시에 멀리 물러나 있었던 구미호가 사뿐히 내 옆에 내려섰다.

우리는 만년설로 뒤덮인 산꼭대기를 올려다보았다. 거기엔 어이없게도 난파된 갤리선이 위태롭게 걸쳐 있었다. 구미호가 조사한 바에 따르면 그 배는 후크가 대부분의 시간을 보낸다는 일종의 아지트였다.

"아무도 없는 거 확실하죠?"

"적어도 아바타는 없어요. 트랩은 저희 유지 보수 팀이 전부 달려들어서 해제시킨 상태입니다. 방해는 없을 거예요."

"그나저나 이거 어색하네요."

내 현재 외양은 이족 보행을 하는 설표였다. 만약을 위해서 신탁 대응 팀이 만들어 준 임시 아바타다.

후크는 이 순간 요굴의 작전을 지휘하고 있을 것이다.

그와 양철 나무꾼이 돌격조라면 목표를 납치하는 데 시간이 얼마나 걸릴까. 가로막는 모든 것을 부숴 버리는 양철 나무꾼과 공간의 장벽을 무력화시키는 후크라면 대부분의 장애물을 손쉽게 뚫을 수 있을 것이다.

후크가 임무를 빠르게 마치고 돌아오는 바람에 들키면 끝장이라는 생각이 행동을 서두르게 만들었다.

"달립시다."

설표가 된 나와 구미호는 힘차게 만년설을 흩날리며 등성이를 질주했다. 가까이서 본 갤리선은 멀리서 바라볼 때에 비해 훨씬 을씨년스러웠다.

선수상 옆에 적힌 뭔가를 본 구미호가 중얼거렸다.

"OZ3826. 이상하군요. 왜 졸리 로저가 아니지?"

"졸리 로저가 뭡니까."

"동화책에서 후크 선장이 몰고 다니는 배의 이름이잖아요."

구미호는 그것도 모르냐는 듯 나를 흘겨보았다. 아니, 대체 그런 걸 누가 외우고 다니냔 말야.

OZ3826.

"오즈의 마법사랑 무슨 관련이 있나. 양철 나무꾼이 지어 준 이름인가."

"물어봐도 답해 줄 사람은 없겠죠. 들어갑시다. 언제 다시 트랩이 복구될지 모르니까."

갑판 위에 올라서자 깎아지른 듯한 수천 개의 봉우리가 구름

위에서 넘실대는 장관이 우릴 맞이했다. 메타 월드에서 태양은 리얼 월드와 동일한 시간대에 뜨고 진다. 만약 여기에서 노을을 바라본다면 대단한 광경일 거라 생각했다.

나는 갑판 위에 홀로 앉아 온통 보랏빛으로 물든 세상을 관조하는 후크의 뒷모습을 상상해 보았다. 그는 대체 어떻게 그 긴 시간을 버텨 온 걸까. 왜 리얼 월드로 돌아가지 않는 걸까. 어쩌면 돌아갈 수 없는 상황인 걸까.

"여기 계단이 있어요."

선장실로 이어지는 계단이었다. 안쪽 벽면에는 등불이 달려 있어 내부를 살펴보는 데엔 아무런 무리가 없었다. 고풍스러운 액자에 그림들이 숱하게 걸려 있었다.

"이게 다 뭘까요? 후크의 수집품 같은 건가."

메타 월드에서 가장 보편적인 재화는 당연히 코인이지만 두 번째로 보편적인 재화를 꼽으라면 단연코 예술 작품일 것이다.

"전부 유명한 작가의 그림들 같은데요."

후크가 리얼 월드에서 돌아다닐 필요 없는 인간이라 요굴의 간부로서 벌어들인 수입을 이런 식으로 저장해 둔다면 말이 된다.

하지만 몇몇 그림 앞에서 구미호는 고개를 갸웃했다.

"이상한 그림들이 곳곳에 숨어 있어요. 그림체가 어설픈 걸 보면… 명백히 아마추어의 솜씨인 것 같은데."

그 그림들의 공통점은 한 여인의 다양한 모습을 담고 있다는 점이었다. 작은 바에서 마이크를 잡고 노래하는 모습, 잔디밭에 누워서 책을 읽고 있는 모습, 조수석 헤드레스트에 머리를 기대고 잠에 빠져든 모습.

"배우일까요?"

"글쎄요. 처음 보는 얼굴인데요."

"저도 마찬가지예요. 하지만 우리가 현존하는 모든 배우의 얼굴을 알고 있는 건 아니니 속단은 금물입니다."

가장 인상적인 그림은 만삭의 몸이 된 여인의 옆모습을 표현하고 있었다. 나는 이 여인을 그린 장본인이 이 갤리선의 주인이 아닐까 의심하고 있었다.

"팀장님. 여길 봐요. 텅 빈 액자가 있어요. 왜 굳이 백지를 걸어 뒀을까?"

"백지가 아닙니다. 록이 걸려 있군요. 지정된 아바타가 아니면 그림을 볼 수 없게 돼 있어요."

그림이 시간 순서대로 걸려 있다면 다음 그림엔 태어난 아이의 모습이 그려져 있어야 하는 것 아닐까. 하지만 뚫어지게 노려봐도 잠금이 풀리는 마법 따위는 일어나지 않았다.

우리는 선장실 내부에 들어가 보기로 했다. 이 배에 가장 중요한 정보를 보관했다면 반드시 여기에 뒀을 거라고 믿으면서. 그리고 그 믿음은 보답받았다.

"아무래도 우리가 찾던 게 이거 같죠?"

원형 창문으로 쏟아져 들어오는 햇빛이 테이블 위의 축음기를 비추고 있었다. 단순히 콘셉트에 맞춘 걸까. 카세트테이프 플레이어도, LP 턴테이블도 아닌 나팔 모양의 스피커를 가진 축음기라니. 구미호는 망설이지 않고 그것을 이리저리 만져 보더니 확신에 가득 찬 어조로 말했다.

"아바타의 세이브 포인트예요. 백도어를 통해 접근한다면 요굴이 무슨 짓을 벌이려는지 알 수 있을지도 모릅니다."

"뚫을 수 있겠어요?"

바람과 함께 로그아웃

"해 봐야죠. 여기에 관리자로서의 사활이 걸려 있으니까."

구미호가 축음기에 앞발을 올리자 꼬리 끝에서 아홉 개의
여우불이 떠올랐다. 자세히 들여다보니 여우불 속에서 만다라
문양의 색이 차오르고 있었다. 방화벽을 우회하는 데 걸리는 시간을
표시하는 거다.

그때였다.

[왜 아무도 대꾸가 없어?]

등 뒤에서 들려오는 익숙한 목소리에 우리는 화들짝 놀라서
천장까지 숏구쳐 올랐다. 공중에 떠 있는 요정이 짜증을 내고
있었다.

"팅커벨?"

다행히 진짜 팅커벨이 아니었다. 그녀의 드레스와 두 쌍의 날개
뒤로 목제 서랍장이 그대로 투과되고 있었다. 그제야 구미호도 어찌
된 영문인지 깨달은 모양이다.

"영상 기록이군요. 그런데 누구한테 말하고 있었던 걸까요."

곧 답을 알 수 있었다. 테이블 오른쪽에서 양철 나무꾼이 뒤를
돌아보는 모습이 생성된 것이다.

[알잖아, 팅커벨. 조직원들끼리 사적인 대화는 나누지
않는다는걸. 지금 네 질문은 아슬아슬했어.]

[그래, 인정해. 하지만 딱 아슬아슬한 정도지. 너희에게 메타
월드는 뭐냐고 물었잖아. 거짓말이어도 상관없어. 우리가 마시고
있는 이 술도 전부 가짠데 뭘.]

이것은 언제 있었던 일일까.

당연히 내가 요굴에 들어오기 전에 이루어진 만남이었을
것이다. 나와 구미호는 잠자코 다음 등장인물이 나오기만을

기다리고 있었다. 숨죽인 채로.

긴 머리를 늘어뜨려 카펫처럼 깔고 앉아 있는 라푼젤이 등장했다. 그녀는 자신의 머리카락으로 눈앞에 모닥불을 재현하고 있었다.

[난 말이야.]

팅커벨이 쪼르르 날아가 라푼젤의 모닥불 위에 앉았다. 그리고 말을 이어 나갔다.

[메타 월드가 처음 생겼을 때 사람들은 낙원이 생겼다고 좋아했지. 뭐, 나는 그 표현이 지나치게 거창하다고 여기는 편이었지만. 자의식 과잉이야. 굳이 아바타의 키를 늘린 모습으로 다니는 패셔니스타들처럼.]

라푼젤이 고개를 갸웃했다.

[그럼 너는?]

[놀이공원. 그 이상도 이하도 아니라고 생각해. 누구나 자기 취향의 어트랙션을 만들고 그걸로 돈을 벌 수 있는 세상이야. 마음에 안 드는 점이 있다면… 엉뚱한 어트랙션의 대문을 열었다가 굳이 알 필요가 없는, 알고 싶지 않은 누군가의 더러운 내면을 볼 수도 있다는 것 정도.]

그 말은 어떻게 보면 본질을 꿰뚫고 있는 것 아닌가. 유희와 환락, 경쟁조차 놀이를 위해 변질된 장소. 양철 나무꾼이 자신의 생각을 밝혔다.

[하지만 놀이공원에는 쓰레기가 생겨. 사람들이 아무렇게나 버리고 가거든. 여기도 마찬가지야. 나는 메타 월드가 인류의 새로운 쓰레기장이라고 생각해. 자신이 태어난 곳을 망친 족속은 그들이 만들어 낸 곳마저 더럽히는 중인 거다.]

바람과 함께 로그아웃

말을 마친 양철 나무꾼이 고개를 들어 내 쪽을 쳐다봤다. 순간 움찔 놀랐으나 자세히 보니 나를 쳐다보는 것이 아니라 이 영상이 녹화되던 당시의 후크를 보고 있는 것이었다.

[후크. 넌 어떻게 생각해? 이 쓰레기통에서 가장 많은 분리수거를 해 왔잖아.]

주인 없는 스산한 목소리가 선장실 안에 울려 퍼졌다.

[글쎄. 적어도 내가 관심 갖고 있는 건 메타 월드에 있지는 않아. 그러니 황금이든 쓰레기든 매한가지다.]

[나왔군. 바로 그 눈빛이다! 유희에는 전혀 관심 없다는 듯이 구는 네 눈빛 말이야. 피자를 끔찍하게 싫어하는 피자 배달원 같은 얼굴을 하고 있어. 나는 피자를 볼이 가득 차도록 베어 먹고서는 세상에 먹을 것이 없다고 투덜대는 편인데 말이지.]

양철 나무꾼은 원래 메타 월드 속 투기장에서 연전연승을 달리던 투사였다. 입고 있는 풀 플레이트 메일은 왕중왕전의 우승 상품이었다고 들었다. 하지만 투기장의 최다 연승 기록인 28연승은 깨지 못했다.

그래서 양철 나무꾼은 호승심을 풀기 위해 전설 속의 28연승 챔피언을 찾아 메타 월드 속을 헤매었다. 그 주인공이 바로 후크라는 별명을 가진 요굴의 최고 간부였다.

둘의 맞대결 결과에 대해선 모두가 함구했다. 일부러 후크를 자극하는 걸 보면 양철 나무꾼은 그에게 한 번도 승리를 거두지 못해 조직에 남아 있는 듯 보였다.

구미호의 여우불은 어느덧 절반이 사라져 있었다.

동물의 탈을 썼지만 그녀가 무척 초조한 표정을 짓고 있다는 것쯤은 알 수 있었다. 지금 구미호가 경계하고 있는 것은 후크의 이른 복귀뿐만이 아니라는 느낌이 들었다. 바로 옆에 있는 내가 이 순간 일을 그르칠지도 모른다는 경계심이 엿보였다.

메타 월드가 쓰레기장인지는 모르겠지만 적어도 세상은 뭔가를 버리는 사람과 그것을 치우는 사람으로 나뉜다는 것 정도는 안다.

구미호나 나나 치우는 쪽에 가깝지 않을까.

그 순간에도 기록 영상은 이어지고 있었다. 라푼젤이 모닥불에서 시선을 떼지 않으며 말했다.

[여기는 감옥이야. 요굴이 아무리 신출귀몰하다고 해도. 결국 우리 모두 코인을 벌기 위해 이 짓을 하고 있는 거 아닌가? 메타 월드는 더럽게 넓은 감옥이야. 다만 창살이 투명해서 모두가 갇혀 있는 줄 모르고 있을 뿐이지.]

잠시 분위기가 무거워졌다. 모든 영상이 내가 있는 방향을 주시하고 있었다. 후크의 대답을 기다리고 있는 것이다.

[관짝이다.]

왜 그렇게 생각하느냐는 얼굴들.

[살아 있는 채로 관에 갇히면 무슨 기분이 들까? 처음에는 탈출하려고 하겠지. 하지만 그게 불가능하다는 걸 알게 되면 불빛 하나 없는 어둠 속에서 죽음만을 기다리게 될 거야.]

조근조근한 목소리였지만 후크의 말에는 절로 귀를 기울이게 하는 마력이 있었다.

[그러다가 곧 이런 생각에 빠지게 돼. 사실 나는 이미 죽었는데 깨닫지 못하고 있는 건 아닐까. 부족해져 가는 산소보다 더욱 그자를 공포로 물들이는 건 그런 생각일 거야. 내가 아직 죽지 않았다는 사실을 증명해 줄 누군가가 곁에 하나도 없다는 것.]

라푼젤은 고개를 끄덕였지만 팅커벨은 불만스런 기색이었다.

바람과 함께 로그아웃

[무슨 말이 하고 싶은 건데?]

[그자가 아직 죽지 않았다고 치자. 그래도 관을 벗어날 수 없다면 시체와 뭐가 다르지? 피할 수 없는 죽음을 유예하고 있을 뿐이다.]

그의 말에 갑자기 텅 빈 선장실이 출렁이는 듯한 느낌이 들었다. 왜인지 모르게 후크의 말이 나의 내면을 두드리고 있었다. 촉각 센서의 반응을 보니 단순한 착각이 아니었다. 실제로 갤리선에 미약한 진동이 일어난 것이다. 반향이 울린 곳은 천장 쪽.

"후크가 온 것 같아요. 벌써 일을 마친 모양입니다."

내가 예상한 시각보다 훨씬 빨랐다.

이 배의 선장은 그야말로 낭비가 없는 사내였다. 임무가 끝난 직후에 전력으로 질주해 온 것이 아니라면 도저히 설명할 수 없는 속도였다. 아직 세 개의 여우불이 남아 있었지만 구미호는 미련 없이 몸을 일으켰다.

"이런. 로그아웃할 시간이 없어요."

뚜벅뚜벅.

후크는 이미 계단을 내려오고 있었다. 선장실 문을 열기만 하면 나와 구미호를 발견하게 될 것이다. 절차대로 로그아웃하면 아바타가 사라진 자리에 광채가 남게 된다. 수많은 아바타들이 모이는 광장이나 사막이 아닌 만큼 곧바로 눈에 띌 수밖에 없다.

그렇게 되면 후크가 불청객의 존재를 알아챌 것이다. 구미호가 앞발로 자신의 주둥이를 가렸다. 이제부턴 목소리를 내선 안 된다는 뜻이다.

선장실은 밀실이 아니었다. 그러니 창밖으로 뛰어내린다면 달아날 수 있지 않을까. 하지만 후크가 창문을 절대 열지 않는 습관을 갖고 있다면 그 방법 역시 흔적이 남기는 마찬가지.

[저항하지 마세요.]

윽!

뭐라 물을 새도 없이 구미호의 꼬리가 칼날처럼 모여 내 목을 찔렀다. 그리고 그 주인의 목 또한 동강을 냈다. 온 세상의 채도가 순식간에 낮아지더니 설표와 구미호는 사라지고 나와 구 팀장의 본체만이 유령처럼 둥실 떠올랐다.

피살당한 아바타는 로그아웃을 할 때처럼 광채를 내뿜지 않는다. 시야에서 사라졌을 뿐 데이터는 여전히 메타 월드 내에 존재하기 때문이다.

벌컥.

선장실의 문이 열리고 익숙한 사내가 들어섰다. 하필 그가 멈춰 선 곳은 내 코앞이었다. 나는 축음기로부터 고작 한 발짝 물러서 있었기 때문이다.

'눈치채려나? 아니, 절대 불가능해.'

지금 구 팀장과 나는 후크와 같은 좌표를 공유하지만 다른 차원에 놓여 있는 상태였다. 그런데도 후크와 눈이 마주쳤을 때는 심장이 얼어붙는 기분이었다. 진정한 뒤 상황을 살피고 나서야 그가 바라보는 것은 단순히 창문이었음을 깨달았다.

아바타가 사망 상태가 되면 부활 포인트를 고를 수 있도록 60초의 시간이 주어진다. 59부터 시작하는 타이머의 숫자가 째깍째깍 줄어들었고 세 개의 선택지가 둥둥 떠다녔다. 교회와 병원, 그리고 로그아웃.

그 선택지 버튼 사이에서 후크가 축음기를 매만졌다.

나는 동상처럼 굳은 채로 고개만 돌려서 구 팀장과 눈을 마주쳤다.

바람과 함께 로그아웃

'어째서 로그아웃하지 않는 거지?'

그녀는 자신의 손등을 두드리고 있었다. 청각 센서를 활짝
열라는 몸짓이었다. 그녀가 하라는 대로 따르자 고산지대의 바람이
눈밭을 헤집는 풍경음이 들렸다. 그리고 나는 이곳과 전혀 어울리지
않는 소리가 그 안에 섞여 있다는 걸 깨달았다.

'허밍?'

한 여인이 누군가에게 들려주는 듯한 콧노래였다.

후크는 바닥에 주저앉아서 가만히 고개를 숙였다. 그래서 그가
무슨 표정을 짓는지 내 위치에서는 알아볼 수가 없었다.

노랫소리는 마치 요굴 최강의 사내를 달래 주는 진혼곡처럼
느껴졌다. 자연히 나도 귀를 기울일 수밖에 없었다. 아무런 가사가
없음에도 허밍의 주인공이 대단히 세련된 음색을 가졌음을 알 수
있었다. 게다가 노래를 들려주는 대상에 대한 무한한 애정까지도.

타이머의 숫자가 0이 될 때까지 우린 그렇게 삶과 죽음의
틈바구니에 서 있었다.

7.

[6월 18일. 요굴 전원 집결.]

그것이 피터 팬이 전달한 짤막한 소집령의 전문이었다. 평소와 달리 그 아래에 납치 대상의 신원이 적혀 있지 않았다. 대신에 타깃이 나타날 장소의 좌표만이 나와 있을 뿐이었다.

그랜드 스타디움.

메타 월드 내에서 가장 압도적인 사이즈를 자랑하는 구 형태의 경기장이었다. 수용 가능한 아바타의 수는 무려 2억 명. 실로 어마어마한 숫자가 몰려들 것이다. 대체 그중에서 누굴 납치한다는 건지, 무슨 수로 군중 속에서 납치가 가능한 상황을 만든다는 건지 감을 잡을 수가 없었다.

그건 신탁 대응 팀의 구미리 팀장도 마찬가지인 듯했다.

[출전 선수들 중 한 명을 노리는 걸까요.]

[선수라니요?]

[그날 메타 월드 역사상 전례가 없는 기념비적인 이벤트가 열려요. 40년 전에 월드컵에서 최고의 성적을 올린 멤버들이 올해의 국가 대표 팀과 슈퍼 매치로 맞붙는 거예요.]

바람과 함께 로그아웃

40년 전. 메타 월드가 만들어지기 한참 전의 선수들이라면 지금은 60대가 넘는 노인들이다. 전원이 은퇴한 지 오래였고 몇몇은 이미 세상을 떴다. 하지만 메타 월드에서라면 그들의 전성기 시절 플레이를 재현할 수 있게 된다.

요굴의 납치 대상이 관중이 아니라면 분명 그 서른 명의 축구선수들 중 한 명이지 않을까. 하지만 무려 2억 명이 코앞에서 전설적인 경기를 지켜보는 와중에 어떻게 범죄를 저지를 셈인지는 알 수 없었다.

[오라클이 예지한 사상 최악의 테러가 바로 그날 일어나겠죠.]

남은 시간은 고작 일주일. 시간 싸움이다. 신탁 대응 팀은 요굴이 스타디움에서 일을 벌이기 전에 피터 팬의 본체가 누구인지 알아내 제압하려 들 것이다.

구미호와 나는 곧바로 그랜드 스타디움을 구경하러 가 보았다.

실제 경기장은 5만 명 정도를 수용할 수 있을 정도의 크기. 하지만 메타 월드에서는 실제 인물과 아바타의 체적이 반드시 1:1로 비례할 필요가 없다. 2억 명이라는 숫자는 물리적인 경기장 크기를 바탕으로 계산된 관중 수가 아니라 서버가 감당할 수 있는 데이터양을 기반으로 산출된 규모일 터였다.

스타디움의 주변으로 포스터를 매단 드론들이 저속 비행을 하고 있었다. 포스터에서는 시대를 초월해 부활하려는 올드 플레이어 팀과 과거의 유산에 정면으로 도전장을 던진 영 플레이어 팀이 팔짱을 낀 채 서로를 노려보고 있었다.

저 중에서 누가 사냥감일까. 어쩌면 출전하는 선수 전원이 사냥감일지도 모른다. 어쨌든 약속의 날에 저 경기장에서 무언가가 벌어진다는 것만큼은 확실했다.

[축구 경기는 어째서 저 정도로 인기가 있는 걸까요? 야구를 했기 때문인지 은근한 반발심이 드는데요.]

[거대한 환상의 재확인 작업이죠.]

[재확인?]

[인간은 누구나 가슴속에 추억을 품고 삽니다. 월드컵에서 이 나라 최고의 성적을 올렸던 40년 전의 선수들이 상징하는 바가 있어요. 그들이 받은 찬사는 단순한 스포츠 스타들에게 바쳐지는 칭송의 총합을 넘어섰죠. 저들은 그토록 많은 군중들이 영광을 함께 누렸던 자축의 시절, 그 자체예요.]

들은 바로는 어마어마하게 많은 이들이 광장에 나와서 집단적 트랜스 상태를 경험했다고 한다. 나로서는 수만 명의 군중이 한 장소에 모여 뛰어논다는 것을 상상하기 어려웠다. 아무리 당시가 리얼 월드의 황금기였다고 쳐도 그 시절의 사람들은 무슨 생각으로 거리에 뛰쳐나온 걸까.

[슈퍼 매치는 그때를 추억하는 이들이 현재와의 맞대결을 통해 다시 한번 그 트랜스 상태를 경험하기 위해서 치러지는 거겠죠.]

잊힌 추억을 코인이라는 제물을 바쳐 되살려 내는, 역사상 유례가 없는 거대한 굿판이라는 것이 구미호의 의견이었다.

[이미 품에서 놓쳐 버린 과거와 다시 한번 포옹하는 거예요.]

그렇다면 누가 이기든 지든 상관없을지도 모르겠다. 스포츠광들은 승부의 결과에 집착하겠지만 2억 명이나 되는 자들이 전부 공놀이에 관심 있는 사람은 아닐 것이다.

'놓쳐 버린 과거와의 포옹이라고?'

내게도 끝내 붙잡지 못한 과거가 있다.

누나는 현실 속에 숨 쉬고 있지만 스물셋이라는 나이에 갇혀 있다. 나는 어느덧 누나의 나이를 따라잡고 말았다. 이대로라면 저 올드 플레이어들의 본체처럼 늙고 말겠지. 내가 할 수 있는 거라곤 육체의 싱싱함을 메타 월드 안에서 코인으로 환전하는 것뿐이었다.

누나가 잃어버린 시간을 내 청춘으로 벌충하고 있다. 콩쥐의 밑 빠진 독을 채워 준 두꺼비처럼 말이다. 그 두꺼비에게 허락된 시간은 얼마나 남아 있을까. 누나가 깨어나길 간절히 바라 왔지만, 한편으로 나는 그녀의 얼굴을 직면하게 될 순간이 지독하게 무서웠다.

'몸을 움직이지 않으면 언제나 누나 생각이 나. 지금 어디에 있어? 책상 밑에 숨어 번개를 피했던 그때처럼 움츠리고 있는 거야? 거기엔 웃어 줄 사람도, 눈물을 닦아 줄 사람도 없을 텐데.'

나를 원망하고 있으면 어쩌지.

현실 속의 나를 먹여 살리기 위해서 메타 월드로 뛰어들어 가 스스로를 혹사했던 시절을 원망하고 있다면, 그렇다면 나는 무슨 수로 그 원망을 감당할 수 있을까? 동생만큼은 메타 월드 속 부품이 되지 않도록 자신의 목숨을 바쳤는데도 불구하고 본사와 해커 사이에서 이 꼴이 되어 버린 날 보고 울컥 화를 터트리면 어떻게 하지.

대체 동화 속의 그 두꺼비는 당장이라도 등 뒤를 밀고 터져 나올 것 같은 물의 무게를 어떻게 버텨 낸 것일까. 달아나고 싶지 않았을까. 어쩌면 달아날 곳이 없었을지도 모른다. 지금의 나처럼.

그렇다면 나는 도깨비일까, 두꺼비일까.

8.

그로부터 며칠의 시간이 쏜살같이 지나갔다.

결전의 시점과 장소를 고지했기 때문일까. 피터 팬은 그 이후로 요굴의 조직원들을 소집하지 않았다. 덕분에 나는 예고 없이 찾아온 휴식에 당황하는 중이었다.

해방감보다는 무료함이, 평온함보다는 초조함이 멱살을 쥐고 달려 나가는 시간들이었다. 오죽하면 사막에 한번 잠수하면 머리가 비워지지 않을까 하는 생각이 들 정도로 나는 내몰려 있었다.

자연히 다른 조직원들은 이 시간에 뭘 하고 지낼지 궁금해졌다. 아바타를 새로 치장해서 여기저기 돌아다니고 있을까. 코인만 넉넉하다면 갖지 못할 것이 없는 세계다. 저마다 각자의 판타지를 충족하고 있을지도 모른다.

하지만 내게는 그런 판타지가 없었다.

메타 월드의 곳곳에서는 유희와 대리 만족이 코인을 통해 거래되고 있었지만 나는 어디에도 가라앉지 못하고 부유하는 중이었다. 대로변에 우두커니 서 있노라면 다른 아바타들의 팝콘 같은 웃음소리가 어깨를 치고 지나갔다. 어디에도 내가 섞일 곳은 없었다.

양철 나무꾼과 클럽에 쳐들어갔을 때 나는 왜 청각 센서 감도부터 낮췄을까. 정말로 로큰롤이 취향이 아니라는 이유 때문이었을까.

그저 즐거워하는 이들의 웃음소리가 거슬렸던 건 아닐까.

나는 공중 카누 선착장에서 배 한 척을 빌려 빌딩 숲속 위를 떠다니고 있었다. 노를 저을 필요는 없었다. 제가 원하는 방향대로 하늘을 느릿하게 헤엄치는 카누들 사이에 앉아 있기만 하면 되었다.

이곳은 내가 고른 장소가 아니었다.

옥상에서 우두커니 나를 내려다보던 하얀 여우가 폴짝 뛰어 카누의 맞은편에 내려앉았다.

[생각보다 일찍 왔네요. 혼자만의 시간을 제가 방해한 건가요?]

[아닙니다. 이렇게 불러내다니 뭔가 알아내신 거 같은데요.]

[후크의 아지트는 대항해시대의 갤리선을 모델로 하고 있었죠. 워터 세일 위쪽에 적혀 있던 건 독특한 알파벳과 숫자였어요. OZ3826. 기억하시나요?]

[네. 이상한 이름이었죠.]

구미호의 꼬리가 카누의 이동 방향과 반대쪽으로 살랑이고 있었다.

[리얼 월드에 그런 이름을 가진 선박은 없었어요. 하지만 비행기 중에는 일치하는 이름이 있었죠. 태평양 위를 횡단하던 OZ3826편. 하지만 지금은 사용되지 않는 편명이에요. 5년 전 비극적인 추락 사고로 탑승객 전원이 사망한 이후로.]

기이한 일이었다.

후크라는 아바타의 뒤에 있는 누군가는 그 추락한 비행기에

분명 의미를 부여하고 있었다. 소중한 사람이 그 비행기 사고로
목숨을 잃기라도 했던 걸까.

[데이터에서 또 하나 추출한 사실이 있어요. 후크의 아바타가
지금까지 메타 월드에서 벌어들인 코인은 전부 동일 계좌로 흘러
들어가게 돼 있었어요. 개인 명의가 아니라 법인 명의로 만든
계좌입니다.]

[법인? 그곳을 통해 자금세탁을 하는 건가요? 어쩌면 보스 피터
팬이 연관돼 있을지도….]

[그럴 확률은 극히 낮아요. 합법적으로 운영되는 사설
보험사거든요. 우리가 수취인 정보를 알아낼 수 없을 만큼
큰 방화벽을 가진 회사고요. 신청인이 사망할 경우 보험금을
수취인에게 정기적으로 분할지급하는 게 주력 상품입니다.
자금세탁이 목적이라면 훨씬 효율적인 루트가 많기 때문에 굳이
보험사를 택할 이유는 없거든요.]

구미호가 이야기하는 것들은 들을수록 모호해지는
파편들뿐이었다. 후크와 피터 팬의 관계를 유추할 만한 실마리가 이
지점에 있을 것이 분명한데 신탁 대응 팀은 그걸 찾아내지 못하고
있었다.

나는 조심스레 운을 떼웠다.

[그 노랫소리는요?]

돌아오는 대답은 부정적이었다.

[현존하는 음원들 중에는 일치하는 게 없었어요. 아무리
유명하지 않은 노래라 하더라도 넷상에 유통되는 데이터가 있다면
오라클이 원본을 찾아냈을 거예요. 하지만 결괏값이 나오지
않았어요.]

그 말인즉슨 후크 개인이 소유하고 있는 지극히 사적인
음원이라는 뜻이었다. 그 노래의 정체가 요굴이 벌이는 일의 전말에
다가갈 키라는 것이 확실했다.

나는 손가락을 튕겼다.

[짚이는 데가 있어요. 때론 인공지능의 검색 시스템보다 인간의
귀를 믿어 보는 게 어때요?]

[뭐라고요?]

카누를 더욱 한적한 곳으로 몰고 갔다. 그리고 아바타들이 온갖
의뢰를 서로 주고받는 경매소의 창을 열었다.

– 이 노래의 멜로디를 들어 본 적 있는 사람? –

성공 보수로 30만 코인을 걸었다. 많은 이들을 혹하게 할 수 있을
정도의, 하지만 지나치게 이목을 끌 정도는 아닌 액수를.

잠시 후 거물이 걸려들었다.

메타 월드 내에서 가장 큰 레트로 클럽에서 DJ로 활동하는
'인크레더블 엘비스'라는 아바타였다. 목깃을 바짝 세우고
우스꽝스러운 헤어스타일을 한 엘비스가 우리 둘을 번갈아
쳐다봤다.

"약속은 지키는 거지? 먹튀면 재미없어. 경매장의 룰을 어기면
사냥당할 거야."

"물론. 러닝타임이 30초도 안 되는데… 찾을 수 있나?"

"상관없어. 나는 네 마디만 듣고도 알아챘거든. 경쟁자들보다
먼저 너희 걸 클릭한 게 내 행운이었지. 그래서 헐레벌떡 달려왔고."

"이 노래를 알아?"

"모르기가 더 힘들걸? 너흰 도대체 어디에 살았던 거니. 냉동
인간들이신가? 하여간 예술의 낭만을 모르는 종자들이 이래서

한심하다니까. 심금을 울리는 선율을 알아채지 못하는 귀 따윈 냉장고 속의 인공육이나 다름없…."

들고만 있던 구미호가 으르렁거렸다.

"본론만 말해요."

"요나의 노래야. 확실해."

처음 들어 보는 이름이었다. 구미호의 표정을 보니 그녀의 생각도 나와 마찬가지라는 걸 알 수 있었다.

"요나? 유명한 가수야?"

"아니. 요나는 5년 전 리얼 월드에서 열린 오디션 프로그램 〈어메이징 보이스〉의 결선 진출자였어. 무대에 오르기만 했다면 당연히 우승했을 거라는 게 세간의 평가였지."

엘비스의 친절한 설명이 이어졌다.

슈퍼스타가 될 원석을 찾는 오디션 프로그램에 출연한 요나는 과감하게도 무반주 자작곡으로 승부를 본 어린 참가자였다. 악기에 의존하지 않은 채 육성으로 사람의 마음을 흔드는 그녀의 노래에 회차가 진행될수록 팬들이 기하급수적으로 늘어났다고 한다. 뉴욕에서 펼쳐지는 결선 무대만을 남겨 놓은 상황이 되자 세간의 이목이 그녀에게 집중됐다.

하지만 요나는 나타나지 않았다.

"어째서?"

"하늘도 무심하시지. 기억해? 탑승객 전원이 죽은 비극적인 비행기 사고 말이야. 요나의 유일한 가족이었던 아빠가 그 비행기에 타고 있었거든. 딸의 무대를 보기 위해 날아오다가 그만 하늘나라로 가 버린 거지. 이 얼마나 슬픈 이야기야. 엄마는 요나를 낳은 순간 목숨을 잃었고 힘겹게 딸을 키워 낸 아빠마저도 그녀의 마지막

무대를 보지 못한 채로 죽고 말았으니."

요나라는 소녀의 행적은 그 후로 알려진 바가 없었다. 숱한 인터뷰 요청과 기획사의 영입 제안을 전부 거절한 뒤에 철저히 자연인으로 살아가고 있다는 게 많은 이들의 추측이었다.

원 히트 원더.

요나는 왕관을 쓰지 못했음에도 역대 우승자들이 가지지 못한 아우라를 품고 있었다는 게 엘비스의 설명이었다.

"그래서? 댁들은 그 허밍 음원을 어디에서 구한 거야? 분명히 요나의 음색은 아니었지만 대단한 탤런트였는데."

답해 줄 말이 마땅찮았는지 구미호는 엘비스에게 약속한 코인을 지급하고는 통신을 종료했다. 잠시 우리 사이엔 아무런 대화도 오가지 않았다. 흩어져 있던 파편들이 뭉치면서 한 가지 스토리가 조립되고 있었다.

OZ3826이란 숫자. 로그아웃하지 않는 사이코 드렁커. 그의 은신처에서 흘러나오는 허밍. 액자 속 그림에 그려진 만삭의 여인.

"후크가 요나란 소녀의 아빠였던 걸까요?"

그림 속 그 여인은 분명 무대 위에서 노래를 부르고 있었다. 우리가 들었던 허밍은 배 속의 태아에게 들려준 자장가였을지 모른다. 그렇다면 후크는 유령인 상태로 메타 월드에 접속해 있는 건가?

그럴 수는 없다는 게 구미호의 생각이었다.

"요나의 아빠가 그 비행기에 타지 않았다면? 사실을 감추고 기록상 사망자로 둔갑했다면 가능한 일이죠."

"무슨 이유로 그랬다는 거예요?"

"오디션에서 참가자의 목소리만큼이나 중요한 게 그의

스토리니까. 죽은 아버지를 위해 노래 부르는 소녀라면… 충분히 많은 이들의 심금을 울릴 만한 이야기죠."

딸의 신분 상승을 위해서 죽은 체하며 살아간다고?

하지만 그래서야 가장 큼지막한 퍼즐 조각의 아귀가 맞질 않는다. 요나는 가수가 되지 않고 그대로 사라졌다. 많은 이들의 부름에 응답하지 않은 채로.

"아마 그 시점에 요굴의 보스인 피터 팬과 후크가 어떤 식으로든 접점을…."

퍼어어어억!

그 순간이었다. 어디선가 날아온 날붙이가 구미호의 복부를 뚫고 카누의 바닥에 꽂혔다. 엄청나게 먼 거리에서 시도된 투척. 손잡이의 문양을 발견한 나는 그것이 양철 나무꾼의 도끼라는 걸 깨달았다.

반사적으로 구미호의 어깨를 붙잡고 그녀의 이름을 부르려는 순간, 구미호가 황급히 고개를 가로저었다.

습격자의 위치가 무척 가까워졌다. 이름을 말했다간 낭패를 본다는 뜻이었다. 내가 석상처럼 굳어 있으려니 다음 순간 카누에 내려앉은 양철 나무꾼이 자신의 도끼를 회수했다. 그리고 노려보는 시선을 여전히 내게 고정한 채로 구미호의 정수리를 쪼개 버렸다.

콰직.

양철 나무꾼의 눈빛엔 바위 같은 분노와 모래 같은 서글픔이 불균질하게 섞여 있었다. 자리에서 일어나려던 나는 목덜미에 익숙한 갈고리가 걸려 있다는 걸 깨달았다.

어느새 등 뒤에 후크가 서 있었다.

"… 뭡니까?"

바람과 함께 로그아웃

"변명은 보스를 만나서 직접 해라."

"뭘 변명하라는 거예요?"

"그 말도 보스에게 하도록. 언제든지 라푼젤을 불러낼 수 있으니 달아날 생각은 하지 않는 게 좋아. 서로 번거롭지 않게 가자."

이미 모든 퇴로가 차단되어 있는 상황인 걸까.

나는 이를 악물고 고개를 끄덕였다.

9.

나는 몇 달 전에 직접 난장판을 만들어 놓았던 댄스 어트랙션에 와 있었다. 일렉트릭풍의 콘셉트는 완전히 바뀐 상태였다. 오래된 서부영화의 허름한 술집으로.

노회한 카우보이들이 위스키를 마시며 포커를 치던 테이블이 고스란히 재현돼 있고, 그 맞은편에 피터 팬이 앉아 있었다.

"도깨비. 제가 정말로 모를 거라 생각했나요?"

슬쩍 뒤를 돌아보니 입구는 후크가 막고 서 있었다. 술집 안에는 우리 셋뿐이었다. 라푼젤도, 팅커벨도, 양철 나무꾼도 없었다.

언제부터 꼬리를 밟힌 걸까. 처음부터 내 잠입을 눈치채고 있었던 걸까. 구미호, 아니 구미리 팀장은 지금 어디서 뭘 하고 있는 걸까. 오만 가지 생각에 머리가 복잡했으나 피터 팬은 내게 깊이 고민할 여유를 주지 않았다.

"제가 당신을 어떻게 했으면 좋겠어요? 정중하게 물어보는 거니까 답해 주지 않을래요?"

피터 팬의 말이 끝나자마자 나는 방망이를 소환해서 그의 턱을 후려쳤다.

바람과 함께 로그아웃

팅!

하지만 불꽃만이 일어났을 뿐이었다.

새카만 잔상이 눈앞을 스쳐 지나갔다는 것을 알 수 있었다. 후크의 코트 자락이 바닥을 스치는 소리가 들렸다. 전광석화처럼 움직인 후크가 내 방망이를 튕겨 내고 다시 제자리로 돌아간 것이다.

마치 아무 일도 없었다는 듯이. 내게 돌아온 반격이나 응징 시도는 없었다. 소름 끼치도록 깔끔한 무력시위였다. 내가 무슨 짓을 하더라도 보스의 털끝 하나 건드릴 수 없다는 일종의 협박이었다.

피터 팬은 놀라지 않았다는 듯 어깨를 으쓱했다.

"관리자들이 오래전부터 절 쫓아 왔다는 걸 알고 있었습니다. 하지만 그냥 내버려 뒀어요. 제가 뭘 하려고 드는지 모른다면 의미 없는 추적에 그칠 테니까. 순조롭게 꼬리를 밟고 있다는 착각을 심어 주는 게 포인트예요. 이거, 은근히 어려운 줄다리기랍니다?"

발뺌을 해도 소용없는 상황이었다.

나는 냉담한 말투로 내뱉었다.

"죽이든지, 고문하든지 마음대로 해라."

"글쎄요. 뭐, 쟤에게 당신을 넘겨주면 온갖 창의적인 방법으로 괴롭혀 주겠죠. 그건 그것대로 꽤 재밌는 구경거리겠지만 별로 구미가 당기지 않네요. 당신은 스스로 고통받기를 원하는 사람처럼 보이니까."

그가 자신의 눈앞에 있는 포커 패 하나를 뒤집었다.

패에 그려진 캐릭터는 피터 팬이었다. 허리춤에 찬 칼을 빼 들어 하늘을 향해 겨누고 있는 모습이었다.

"아직까지 당신에겐 기회가 있어요. 그러니까 결정은 제 이야기를 다 듣고 나서 해도 늦지 않습니다."

"… 말해 봐."

"지금까지 도깨비 당신이 납치했던 아바타들은 모두 열일곱 명이에요. 하나같이 악독한 분들이었지요."

피터 팬은 자신의 명령을 받아 내가 납치했던 아바타들의 신상 명세를 풀어내기 시작했다. 대부분 대규모 어트랙션의 주인이거나 헤비 유저들이었다.

마술 쇼 속에 불법 구매를 유도하는 바이러스를 심은 자, 펭귄이 구멍을 뛰어넘게 하는 무료 어트랙션으로 이용자들의 치매 발병률을 예측해서 고가의 상담료를 뜯어냈던 자, 불과 다섯 살 소년 소녀들의 사이코패스 인자를 발견해 유치원에서 격리시키고 부유층 부모에게 대가를 지급받은 브로커.

"네가 악당이 아니라고 말하고 싶은 거야?"

내 질문에 피터 팬은 웃음을 터트렸다.

"그럴 리가요. 제가 말하고 싶었던 건 우리의 사냥감들이 리얼 월드에서 뭘 하고 있는지 궁금하지 않냐는 거였어요."

"내가 알기론 전부 병원에 들어가 있다. 슬로터하우스에서 난자당한 트라우마를 제정신으로 버텨 낼 수 있는 인간은 없을 테니까."

"맞아요. 본사와 꽤 긴밀하게 일해 온 모양이네요. 하지만 본사 직원들은 병원에서 무슨 약물이 처방되는지엔 관심이 없었을 겁니다. 아닌가요?"

"… 마약인가?"

피터 팬이 또 한 장의 포커 패를 뒤집었다. 이번에는 방망이를 든 도깨비의 모습이 그려진 카드였다. 내 추측이 맞았다는 의미인가.

"잘하고 있어요. 계속해 보세요."

바람과 함께 로그아웃

"메타 월드에서 아바타의 코인을 강탈하면 증거가 남겠지. 그러면… 본사로부터 언제든 재산을 회수당할 수 있어. 하지만 이곳에서 끔찍한 경험을 시켜 주고 치료를 위해 병원을 찾도록 유도한 뒤에 미리 조합한 마약을 처방하면 꼬리를 잡힐 일이 없겠지."

짝짝짝.

피터 팬이 박수를 쳤다. 어떻게 그걸 추리해 냈는지 궁금하다는 듯이. 물론 신탁 대응 팀이 알려 줬거나 내가 천재적인 두뇌를 가졌기 때문은 아니다.

나는 등 뒤에서 여전히 부동자세로 서 있는 후크를 쳐다봤다. 바로 저 사내가 사설 보험사를 통해 코인을 맡겨 두는 방식을 듣지 않았다면 피터 팬의 우회적인 착복 방법을 짚어 내기란 불가능했을 거다.

"우리는 그 마약을 '벤투스(ventus)'라고 불러요. 바람이라는 뜻이죠. 자랑처럼 들리겠지만 성분이 널리 알려지지 않은 약이랍니다."

그렇다면 요굴은 단순한 아바타 납치 조직이 아니다. 사냥감들에게도 사적 복수의 장에 끌려 나온 제물 이상의 역할이 숨어 있다. 벤투스라는 약물의 성능을 검증하고 개량하는 데 이용되는 실험용 더미였던 것이다.

"도깨비. 상상력이 있는 편인 것 같아서 반갑습니다. 그렇다면 한 발짝만 더 앞으로 가 보자고요. 슈퍼 매치가 열리는 그랜드 스타디움. 제가 거기서 뭘 하려고 하는 걸까요?"

"약물중독에 빠뜨린 스포츠 스타의 몸값이 높을수록 더 큰 효과가 나겠지. 한두 명이 아니라 전원의 시냅스를 붕괴시키면 개인을 납치했을 때와는 비교도 안 될 금액을 벌 수 있을 테고."

피터 팬이 혀를 차며 포커 패 하나를 뒤집었다. 이번에는
도깨비가 아닌 피터 팬이었다.

내가 잘못 짚은 걸까.

"틀렸어요. 하긴 제가 이번 일을 계획하고 준비한 기간은 하루
이틀이 아니니 당신이 전부 파악했길 바라는 건 욕심이겠죠. 뭐,
명탐정이 길바닥의 돌멩이처럼 흔한 것도 아니고."

분한 마음 같은 건 들지 않았다.

다만, 피터 팬이 내게 뭔가 제안하려 한다는 직감이 들 뿐이었다.

"본사에서 당신에게 제시한 대가가 뭐죠? 뭐, 큰 액수의
코인이었겠지요. 한 사내의 일생을 던져도 결코 다다를 수 없는
액수로 유혹했을 겁니다."

"…"

"제가 그 몇 배의 금액을 도깨비 당신에게 제시한다면
흔들릴까요? 아니면 충직하게 의리를 지키려고 할까요."

피터 팬이 또 한 장의 포커 패를 붙잡은 다음 위아래로
들썩거렸다. 마치 내 속내가 궁금하다는 듯이. 하지만 곧 손바닥으로
그것을 내리누른 다음 말을 이어 나갔다.

"하지만 그건 제 방식이 아닙니다. 후지잖아요? 같은 수준으로
떨어지는 것도 불쾌하고. 그래서 전 당신에게 다른 걸 제안할
거예요."

"뭐지?"

"누나가 오버도스 증후군으로 식물인간이 되었지요? 내가
그녀를 다시 깨어나게 만들어 준다면 어떨까요, 도깨비?"

와그작.

바람과 함께 로그아웃

내 팔꿈치가 테이블의 한편을 박살 내는 소리였다. 평정심을
유지할 수 있는 이야기가 아니었다.

"그게 어떻게 가능해?"

피터 팬이 허리춤에 매고 있던 짤막한 단검을 들어 보였다.

"이건 단순한 아이템이 아녜요. 제가 심혈을 기울여 만든 해킹
프로그램을 집약한 물건이죠. 로그아웃을 차단하는 팅커벨의
파우더도, 시냅스 활동을 가속시키는 라푼젤의 코드도 다 여기에서
산출된 겁니다."

"그걸로 내 누나를 깨울 수 있다고?"

"육체를 깨우는 건 무리겠지요. 하지만 이 메타 월드에 데려오는
건 가능할지도 모릅니다. 성공 사례가 없으니까 일종의 도박에
가깝겠죠. 하지만 패를 까 보지 않으면 영원히 그 뒷면을 알 수 없게
됩니다."

피터 팬은 연극적인 동작으로 단검을 갈무리한 뒤에 자리에서
일어났다.

"정체가 탄로 난 잠입 요원을 본사에서 계속 데리고 있으려고
할까요? 지금까지 코인을 많이 벌였으니 누나의 입원비를 꽤 오래
충당할 순 있을 겁니다. 하지만 가족이 재회하는 건 두 번 다시
불가능할 테죠."

피터 팬이 다가와 내 어깨에 손을 올렸다.

"자아. 당신이 갖고 있는 추적 장치를 지금 제게 붙여 보세요.
본사에서 준 임무가 그런 거였겠지요? 요굴의 보스가 어떤 사람인지
추적해 내라. 할 수 있겠습니까, 도깨비?"

차 몇 모금을 마실 수 있을 만한 시간 동안 피터 팬은 내게서
손을 떼지 않았다. 그동안 나는 아무 행동도 취할 수가 없었다.

"약속의 날에 기다리고 있겠습니다."

피터 팬의 전신이 로그아웃의 광채로 뒤덮이다가 사라졌다.

나는 떨리는 손으로 그가 마지막에 뒤집으려 했던 포커 패를 조심스럽게 집어 들었다. 무엇이 그려져 있을까. 어쩌면 텅 빈 카드일지도 모른다.

뒷면을 확인했을 때 내 눈에 보인 것은 '슈퍼 매치 입장권'이었다. 경기장에 와서 모든 걸 지켜보고 어느 쪽에 붙을 것인지 직접 결정하라는 의미였다.

'피터 팬은 도대체 뭘 원하는 걸까. 그저 모든 상황이 자신이 깔아 놓은 판 위에서 돌아간다는 것을 즐길 뿐인 미치광이인가.'

그게 피터 팬에 대한 내 솔직한 감상이었다.

뒤를 돌아보니 후크가 물끄러미 날 바라보고 있었다. 마치 자신의 역할은 이제 끝났다는 듯이. 그는 나와 말을 섞을 이유가 없겠지만 내 쪽은 그렇지 않았다. 반드시 물어보고 싶은 게 있었다.

"또 그 배로 가시려는 겁니까. 요나에게 들려준 허밍을 들으려고?"

탕.

거친 풍압이 테이블 위의 모든 패를 날려 보냈다. 후크가 순식간에 내 앞으로 다가오면서 일어난 후폭풍이었다. 그의 손은 갈고리의 자루 위에 올라가 있었다.

"당신이 사이코 드렁커라는 걸 알고 있어요. 리얼 월드에서는 죽음을 가장하고 이 세계의 망령으로 살고 있지 않습니까."

"너는 침묵의 가치를 너무 얕보는구나. 안 그래?"

"당신이야말로 대화의 가치를 오래전에 잊어버린 거 아닙니까?"

팽팽한 시선이 그와 나 사이를 오갔다.

바람과 함께 로그아웃

"이건 본사와도, 보스와도 아무 상관 없는 제 개인적인 궁금증이에요. 왜 메타 월드에 머물러 있는 거죠? 어째서 딸의 곁을 지키지 않고 이딴 범죄 조직의 간부 짓을 계속하는 겁니까."

퍼어억.

후크가 의자에 앉아 있는 내 복부를 걷어찼다. 바닥에 나뒹굴면서도 나는 싱긋 웃었다. 갈고리를 사용하지 않았다는 건 상대가 단칼에 날 처단할 생각까지는 하지 않았다는 뜻이니까.

묻지도 않은 먼지를 털어 내며 일어섰다.

"난 알아야겠어요. 내 누나를 사이코 드렁커로 만들어 주겠다는 미친놈의 제안을 방금 들은 참인데. 그 짓에 성공한 사람을 눈앞에 뒀다면 최소한 사연을 궁금해할 순 있는 거 아닌가요?"

나를 죽일 듯이 노려보던 후크가 나지막한 한숨을 내쉰 다음에 널브러진 의자를 주워 들었다. 그리고 그 위에 털썩 앉았다. 내게는 나쁘지 않은 신호였다.

나는 아예 바닥에 주저앉은 다음 후크의 입이 열리길 기다렸다.

"성공할 가능성은 낮지 않을 거다. 나라는 전례가… 있으니까. 물론 내 경우엔 선택의 여지가 없었다는 점에서 차이가 있겠지."

"왜 선택의 여지가 없었습니까."

그날 후크는 비행기에 탑승하지 못했다.

죽은 아내가 꿈속에서 영문 모를 눈물을 흘리며 자신을 계속 붙잡았기 때문이다. 뒤숭숭한 꿈자리 때문에 공항으로 가는 버스를 놓치고 말았다.

망연자실한 상태에서 비행기 사고 소식을 접했을 때 오디션 주최 측에서 그에게 상상을 초월하는 제안을 했다. 비행기 사고로

죽었다고 가장해 요나가 어린 소녀라서 갖지 못했던 '드라마'를
만들어 보자는 비겁한 제안이었다.

　젊은 아버지는 말도 안 된다며 딱 잘라 거절하려 했다. 그러나
요나가 어린 나이 덕분에 결선에 진출했지만 우승 후보에서는
밀려나 있다는 사실을 무시할 순 없었다. 결정적으로, 요나를
불세출의 프리마돈나로 만들 수 있는 절호의 기회란 말에 혹하고
말았다.

　"요나에겐 사실을 알려 줄 거라 했지만 그건 거짓말이었다."

　딸은 실제로 아버지가 죽었다고 믿었고 그 뒤로 다시는
노래하지 않았다. 일이 돌이킬 수 없는 상황으로 치달은 시점에 그의
곁에 남아 있는 사람은 없었다. 만약 세상에 진실을 밝혔다간 요나는
스타가 되기 위해 아버지의 죽음을 판 소녀가 되어 버릴 터였다.

　공식적으로 사망자가 된 후크가 머물 수 있는 곳은 메타
월드뿐이었다. 혹시라도 요나가 아바타의 모습으로 로그인하지
않을까 하는 희미한 기대를 안고 긴 시간을 감당할 생각이었다.

　"그때 피터 팬이 날 찾아왔다. 자신을 도와주면 리얼 월드의
요나가 행복해질 수 있도록 후견인이 되어 주겠다고 약속했지."

　요굴의 히트맨은 그렇게 탄생했던 것이다.

　내가 물었다.

　"왜 딸에게 찾아가겠다는 생각을 하지 않았습니까?"

　"피터 팬이 벤투스를 만들 수 있었던 건 내가 모르모트가 되었기
때문이다. 규정상 허용되지 않는 온갖 수단이 동원된 인체 시술을
받은 거야."

　리얼 월드의 그가 다시 캡슐 바깥으로 나갔을 때 의식을 되찾을
수 있을지, 정상인처럼 움직일 수 있을지는 아무도 장담할 수

없었다. 사이코 드렁커. 후크는 어느새 진짜 메타 월드의 망령이 되어 버린 것이다.

하지만 그건 진짜 이유가 아니었을 거다.

"한번 딸의 손을 놓은 아버지로서 요나의 앞에 나설 용기가 없었겠지요. 아닙니까?"

콰아아아앙!

후크의 앞에 있던 테이블이 정확히 두 동강 나 내 양옆으로 날아갔다. 하지만 그는 자리에서 쉽게 일어서지 못했다.

"네가 뭘 안다고 감히…."

"보스에게 저항할 생각은 해 본 적 없나요?"

"그럴 수 없었다. 만약 네가 피터 팬의 제안을 받아들일 심산이라면 각오를 단단히 하는 게 좋을 거다. 그 녀석은 편집증에 걸려 있어. 전례 없는 최초라는 불꽃만을 찾아 몸을 던지는 놈이다. 피터 팬이 지금까지 자유롭게 돌아다닐 수 있었던 이유는 아직 벌이 정해지지 않은 죄만 저질렀기 때문이지. 영악한 녀석이야."

"그래서 죽을 때까지 이용당하는 삶을 받아들였다고요?"

"어차피 내 발로 들어온 관짝이다. 아무도 관 뚜껑을 열어 줄 수 없어."

후크는 자리를 떠나면서 한 번도 내 쪽을 돌아보지 않았다.

10.

슈퍼 매치가 열리는 날이 될 때까지도 신탁 대응 팀에게서는 아무런 연락이 오지 않았다. 피터 팬이 내게 말했던 것처럼 토사구팽당한 꼴이었다.

'이상해.'

그렇다면 어째서 방망이를 회수해 가지 않는 것일까.

나는 그 이유를 알아보기 위해 오랜만에 사막 한복판으로 걸어 들어갔다. 그리고 쓸모없어진 폐기물을 버리듯이 방망이를 모래 속으로 집어 던졌다.

묵직한 방망이가 사막 안으로 잠기는 일은 일어나지 않았다. 어디선가 나타난 구미호의 입이 그걸 낚아챘기 때문이다. 한숨을 내쉬고 싶지만 주둥이가 자유롭지 않아 그러지 못하는 것처럼 보였다. 하지만 메타 월드에서는 뭔가를 물고 있어도 목소리를 낼 수 있다.

"무슨 짓이죠!"

"이런 짓을 벌이면 나타날지도 모른다고 생각했습니다."

"… 상부에서는 당신이 오염되었다고 판단했어요. 더 이상의

잠입 임무를 맡기는 건 의미가 없다고 결론 내린 거죠. 나름대로
설득해 보려 했지만 소용없었어요."

"그래서요? 다른 요원을 뽑을 겁니까. 시간이 없을 텐데요.
궁지에 몰린 건 저뿐만이 아닐 겁니다."

구미호는 방망이를 계속 물고 있기 버겁다는 듯이 다시 내게
되돌려주었다.

"어쩌자는 거죠?"

나는 그동안 치열하게 고민했다. 대체 어느 편에 서야 하는지.
후회 없는 선택을 하려면 누구의 앞을 막아서야 하는지. 요굴의
조직원들은 모두 신출귀몰해서 그들의 뒤를 쫓는 것은 무의미한
일이다. 그래서 나는 오늘 이 순간까지 그랜드 스타디움의
설계도만을 파고들었다.

그제야 피터 팬이 그곳에서 벌이려고 하는 테러의 비밀을
유추해 낼 수 있었다. 이제 눈앞의 구미호가 나를 도와줄 것인가
하는 문제가 남았다.

"저와 함께 스타디움으로 가요. 오라클이 무엇을 두려워하는지
거기서 두 눈으로 똑똑히 보게 될 테니까."

가상으로 만들어진 잔디밭은 거대한 구체 형태로 배치된
관중석으로 둘러싸여 있었다. 병 속에 담긴 모래알처럼 빛나는 저 한
점 한 점이 모두 누군가의 아바타였다.

설렘이 가득한 얼굴로 역사에 남을 이벤트를 기다리는
자들이었다.

두 쌍의 무지개가 필드를 향해 이어졌다.

곧 무지개를 타고 각 팀당 열한 명, 총 스물두 명의 선수들이

유니폼 차림으로 경기장 안에 들어섰다. 리얼 월드에서는 이루어질 수 없는 환상의 대결이 심판의 휘슬 소리와 함께 시작되었다.

떠나갈 것 같은 함성 때문에 청각 센서가 터져 나갈 정도였다.

구미호가 물었다.

"뭘 보여 주겠다는 거죠?"

"테러를 막을 수 없을 경우에는 어떻게 대처할 생각입니까?"

"이 정도로 많이 모인 아바타들을 빠른 속도로 대피시키는 건 불가능해요. 지역 전체를 셧다운하는 수밖에 없어요."

"무려 2억 장의 티켓을 환불해 주려면 천문학적인 비용이 소모될 텐데요. 쉽게 내릴 수 있는 결정은 아니겠죠."

구미호는 분하다는 듯이 인정했다. 그녀의 윗선에서는 아직도 망설이고 있는 듯 보였다. 아마 이렇게 보는 눈이 많은 곳에서 과연 누군가를 납치하는 일이 가능할지 반신반의하고 있다는 점이 대처를 망설이는 이유 중 하나일 것이다.

나는 바로 그 생각이 허점임을 지적했다.

"피터 팬이 하려는 건 '납치'가 아닙니다. 당신들은 잘못 예측하고 있어요."

"뭐라고요?"

"벤투스라는 마약, 들어 봤어요?"

"아니요."

그 순간 영 플레이어 팀의 공격수가 날린 슛이 상대편 골문을 갈랐다. 갑자기 하늘이 어두워지면서 별똥별이 날아오고 골대의 모습이 불사조 형상으로 바뀌더니 운석과 정면충돌했다.

파아아아아앙!

득점이 나올 때마다 터뜨리게 되어 있는 환상적인 축포였다.

바람과 함께 로그아웃

"저겁니다. 골이 들어가는 순간에 무슨 일이 벌어지는지 놓치지 말고 보세요."

눈길이 닿는 모든 곳의 아바타들에게서 오색찬란한 불빛이 가득 터져 나오고 있었다.

"오감 센서가 전부 활짝 열려 있죠. 무려 2억 명의 아바타가 누구의 명령에 의해서가 아니라 자발적으로 감각을 극한까지 개방해서 짜릿함을 받아들이는 트랜스의 순간입니다. 아마도 저 별똥별이 만들어 내는 빛 무리들 전부가 팅커벨의 페어리 파우더일 겁니다."

"… 설마?"

"저들은 자신도 모르는 사이에 시냅스에 부하가 걸리게 되었다는 사실을 꿈에도 모를걸요. 농도를 세심하게 조절했군요. 요굴이 지금까지 누군가를 납치해서 고문해 온 건 전부 이 순간을 위한 실험이었던 겁니다."

피터 팬을 처음 만났을 때 그는 내게 말했다.

그 누구도 해킹하지 못한 걸 해킹할 거라고.

"알겠어요? 지금 눈앞에서 벌어지고 있는 일의 진상을. 인간이 해킹당하고 있는 겁니다. 여기서 막지 못하면 2억 명의 멀쩡한 사람들이 벤투스라는 마약을 필요로 하게 될 거라고요."

구미호는 잔뜩 혼란스러워하고 있었다.

오라클이 이런 사태를 예고하지는 못했을 테니까.

"도깨비. 당신은 어쩔 셈인데요?"

"요굴의 조직원 전원이 이 현장 어딘가에 모여 있을 겁니다. 당연히 피터 팬도 이 현장을 지켜보러 와 있겠죠. 그를 붙잡아서 단검을 빼앗을 겁니다."

"혼자서는 절대 무리입니다."

"그래서 부탁드릴 게 있어요."

그 순간 두 번째 골이 터졌다. 이번에는 올드 플레이어 팀이 프리킥 기회를 살려 기가 막힌 궤적의 골을 만들어 냈다.

두 번째로 터져 나온 함성 때문에 내가 구미호에게 속삭인 내용은 온전히 우리 둘만의 비밀이 되었다.

"할 수 있겠습니까?"

"… 정말 어려운 숙제를 던져 주는군요."

"그래도 저질러 보고 싶지 않아요? 한 번쯤 상부의 지시 따위 집어던지고 마음껏 날뛰어 보고 싶었잖아요. 그 꼬리는 뒀다가 어디 써먹을 겁니까."

구미호는 잠시 나를 노려보다가 아홉 개의 여우불을 띄워 냈다. 그러고는 그것들을 하나로 모아 내 방망이를 천천히 쓸어내렸다.

"선물입니다. 방망이의 파괴력이 이전보다 열 배 정도 강해졌을 거예요. 여기서 사망 처리되면 다시 경기장으로 돌아오기가 무척 까다로울 겁니다. 죽지 마세요."

그녀의 표정이 너무 진지해서 나는 태연하게 받아칠 수밖에 없었다.

"약속하죠. 안 죽기로."

11.

관중석이 가득 들어차 있는 스타디움에서 유일하게 좌석이
없는 곳.

바로 신화 속의 세계수 위그드라실처럼 태양 빛을 흡수하고
있는 나무의 꼭대기였다. 수관부의 줄기가 서로 단단히 얽혀
큼지막한 둥지를 형성하고 있었다. 유심히 보지 않는다면 알아차릴
수 없을 터. 다른 사람들에게는 이 술수가 통할지 모르나 오랫동안
요굴의 명령을 수행해 온 내게는 통하지 않는다.

나뭇가지들이 얽혀 들어서 만들고 있는 것은 라푼젤의
QR코드였다. 골이 들어간 순간의 축포가 시선을 유도하면 둥지에
펼쳐진 결계가 작동하는 방식일 터였다.

나는 빛살처럼 그곳을 향해 날아갔다.

우두두둑!

말 그대로 세계수의 가지를 짓뭉개며 둥지 안으로 들어서자
내부에 있던 요굴의 조직원 전부가 나를 쳐다봤다.

"안녕들 하신가요."

바닥에 착지하기 전에 나는 가장 먼저 공격할 대상으로 점찍어

두었던 잭에게 덤벼들었다.

"이 빌어먹을 자식이 제 발로 죽으러 찾아왔구나."

콰직.

밀짚모자를 쓰고 있던 그의 왼쪽 어깨를 박살 낸 다음 걷어찼다. 잭의 등 뒤에 서 있던 양철 나무꾼은 육중한 금속 장화를 놀려 물러섰다.

"뭐 하는 거냐, 도깨비? 미치지 않고서야 이런 짓을?"

둥지는 경기장이 훤히 내려다보이는 위치에 만들어져 있었다. 아마 라푼젤을 로그아웃시키지 않는 한 사라지지 않는 모양이었다.

"비켜 줬으면 좋겠습니다, 양철 나무꾼. 당신과 싸우고 싶진 않아요."

"그럴 수야 없지. 그리고… 마치 날 봐주겠다는 말처럼 들려서 불쾌한데?"

쿵 하고 양철 나무꾼의 도끼가 바닥을 내리찍었다. 나는 그와의 간격을 확인하면서 주변을 살폈다. 당황하지 않는 자는 피터 팬과 후크 둘뿐이었다. 요란한 보석으로 치장돼 있는 왕좌에 앉은 피터 팬이 나를 내려다보고 있었다.

"그게 당신의 선택입니까."

"그래. 쫄리면 어디 도망쳐 보든가. 네 뜻대로 되진 않을 거다."

그때 양철 나무꾼이 바닥을 울리면서 돌진해 오는 것이 느껴졌다. 반사적으로 앞구르기를 하자 도끼가 허공을 갈랐다. 그대로 서 있었다면 뒤통수가 쪼개졌을 것이다.

"유감이다, 도깨비. 너랑은 제법 죽이 잘 맞았었는데 말야."

"저도 그렇습니다, 양철 나무꾼. 그 갑옷 귀한 걸 텐데, 저한테 덤비면 찌그러질 겁니다."

바람과 함께 로그아웃

"어디 해 봐라!"

순식간에 도끼와 방망이 사이로 불꽃이 튀면서 공방전이
벌어졌다. 한 번만 제대로 맞으면 트럭에 치일 때만큼의 충격을 받게
될 터라 조금도 방심할 수가 없었다.

내가 양철 나무꾼의 공격을 피하고 그의 투구를 날려 보내자
잭이 소환한 나무줄기가 나를 붙잡기 위해 솟아올랐다.

공세를 다급하게 수세로 전환해야만 했다.

"도망치지 마라!"

방망이로 양철 나무꾼의 등을 후려쳐서 황금 벼락을 소환했다.
양철 나무꾼은 잠깐 비틀거리고 말았지만 그에게 부딪혀 반사된
벼락은 잭의 가슴팍을 지져 놓았다. 나는 훌쩍 뛰어올라 바닥을
뒹구는 녀석의 다리를 짓이겼다.

"끄아아아악!"

잭이 벗겨진 밀짚모자를 다시 쓸 겨를도 없이 다리를 붙잡고
뒹구는 동안 내 뒤를 쫓아 날아오던 도끼가 벽면에 푹 하고 박혔다.
도끼날에 턱을 베일 뻔한 라푼젤이 기겁하면서 뒤로 물러났다.

피터 팬은 이 난리 블루스가 즐겁다는 듯이 유쾌하게 외쳤다.

"정말로 다신 누나를 못 만나게 돼도 상관없다는 건가요?"

"낭만적인 아바타의 껍질을 쓰고서 악취를 풍기고 싶진
않으니까. 일단 널 때려잡고 고민해 볼 거다."

"그건 불가능한 소망입니다. 안 그래요, 후크?"

지금껏 지켜보고만 있던 후크가 오른팔을 한 번 떨궜다. 흉흉한
갈고리가 선명하게 드러났다.

"로그아웃하면 귀찮아지니, 죽이진 말고 다리만 잘라서
데려오세요."

피터 팬의 말이 끝나기도 전에 후크의 실루엣이 제자리에서 사라졌다.

나는 도박하는 심정으로 타구를 쳐 내듯 풀스윙을 했다. 잔상을 남기며 눈앞에서 사라진 후크는 내 종아리를 덥석 붙잡더니 둥지 바깥으로 나를 내던졌다.

"크윽!"

세계수의 줄기가 내 등과 충돌하는 바람에 둔중한 어지러움이 머리를 짓눌렀다. 하지만 몸을 추스를 새도 없이 시야 가득 후크가 돌격해 오는 모습을 맞닥뜨려야 했다. 내 아바타를 집어 던진 장본인이 그새 빛살처럼 날 따라잡은 것이다. 답도 안 나오는 순간 이동.

퍼억!

후크가 내 가슴을 짓밟아서 날려 보냈다.

경기장의 하늘 위로 낙하하자 시야가 팽글팽글 돌며 내장이 거꾸로 쏠리는 듯한 멀미가 일어났다. 후크의 메마른 중얼거림이 흉몽처럼 나를 따라왔다.

"이렇게 어리석을 줄이야."

그의 갈고리가 왼쪽 시야의 사각에서부터 날아왔다. 한때 지독하리만치 수행했던 동체시력 훈련이 날 살렸다. 방망이로 갈고리를 가까스로 막아 내자 포탄이 터지는 소리가 나면서 추락의 속도가 음속에 가깝게 빨라졌다.

콰아아아아앙!

축구 경기장의 중앙선 부근에 크레이터를 만들면서 나는 대자로 누웠다. 구미호가 만들어 낸 여우불의 축복이 맷집과 내구력도 키워 준 모양인지 다행히 죽지는 않았다.

바람과 함께 로그아웃

심판은 휘슬을 불어 경기를 중단시켰다.

공을 쫓던 선수들은 어리둥절해하면서 내가 몸을 일으키는 모습을 지켜보고 있었다. 그중 한 명이 내게 물었다.

"뭡니까, 당신?"

나는 균형감각을 되찾으려 노력하면서 대충 대꾸했다.

"세상에서 축구를 제일 싫어하는 사람."

나는 본래 야구선수였으니까 완전한 거짓말은 아닌 셈이다. 분기탱천한 심판이 나를 내쫓으려고 달려오다가 하늘에서 살기를 뿜으며 내려오는 후크를 발견하고 뒷걸음질을 쳤다.

쿠웅.

잔디 위에 내려선 후크는 주변을 한 번 둘러보고는 고개를 저었다. 아마 이렇게 많은 사람들의 주목을 받은 것은 그가 처음 겪는 일일 것이다.

갈고리 손의 맹수가 마지막으로 자비를 베푼다는 듯 으르렁거렸다.

"차라리 이대로 로그아웃해라. 그리고 다시는 메타 월드로 돌아오지 마."

"싫습니다."

"도망친 곳에 낙원은 없다고 말하고 싶은 거냐."

"아뇨. 누구나 낙원을 찾아서 도망칠 정도로 여유로운 건 아니거든요. 그보다는 조금 덜 뜨거운 지옥으로 달아나는 사람이 훨씬 많죠."

물론 인간의 마음에는 가죽이란 게 있어서 이 짓을 여러 번 했다가는 전부 불타 버릴 것 같다는 게 솔직한 심정이었다. 하지만 그래도 해야만 했다.

"여전히 미련이 남았는가? 그렇다면 이런 선택은 하지 말았어야지."

후크가 갈고리를 뒤로 당긴 채 요격 자세를 취했다. 나는 어차피 그에게 먹히지 않을 방망이를 쓰는 대신 말로서 그를 습격했다.

"미련은 내가 아니라 당신 쪽에 있겠지. 그래서 귀빈을 모셔 왔습니다. 놀라서 기절하지나 마세요. 깨워 줄 사람 없을 테니까."

"불러왔다고? 누굴?"

파아앗.

그 순간 코끼리보다 더 크게 몸집을 키운 구미호가 내 옆에 내려앉았다. 커다란 구미호는 충분히 눈길을 끌 만한 존재인데도 후크는 구미호의 얼굴을 보고 있지 않았다.

여우가 등에 태우고 있는 한 소녀에게 시선을 빼앗겼던 탓이다.

"정말 아빠예요?"

아무런 커스터마이징을 하지 않은 평범한 복장의 요나가 잔디밭에 내려섰다. 아바타를 꾸밀 최소한의 시간도 없이 불려 왔다는 증거였다.

후크는 제자리에서 얼어붙은 것처럼 꼼짝도 하지 못했다. 딸의 아바타가 자신을 향해 조금씩 걸어오는 것을 막지도 못했다.

"이게 무슨 나쁜 장난이죠? 왜 죽은 아빠의 목소리를 흉내 내고 있는 거예요? 말해 봐요."

처음 들어 보는 요나의 목소리에는 정말로 사람의 귀를 사로잡는 마력이 있었다.

그때 구미호가 내게 속삭였다.

"일이 곤란해졌어요. 벤투스라는 마약에 대해서 설명했는데도 상부에선 봉쇄령을 내리지 않을 모양이에요."

바람과 함께 로그아웃

"왜죠?"

구미호는 차마 입을 열기가 부끄럽다는 듯한 반응을 보였다. 내가 거듭 재촉하자 여우의 주둥이에서 이런 말이 흘러나왔다.

"피터 팬을 체포할 생각이 없답니다."

"… 그게 무슨 말입니까."

"2억 명은 분명히 엄청난 숫자이지만 메타 월드의 총 인구수에 비하면 10분의 1도 되지 않죠. 본부에선 손가락 하나 까딱하지 않고 벤투스의 실제 효과를 확인하려는 것 같아요."

온몸의 피가 거꾸로 솟는 느낌이었다.

소인배가 칼을 잡으면 누군가의 몸에서 피를 흘리게 한다. 하지만 진짜 통 큰 악당이 칼을 들면 사람들의 피가 강물을 이루어 넘실거리게 된다.

"대체 무슨 생각이랍니까."

피터 팬의 칼이 메타 월드에서 어떤 결과를 일으키는지 밝혀지면 무슨 일이 벌어질까.

"여러 가지가 가능하겠죠. 뚜렷한 정치색을 가진 사람을 교묘하게 세뇌해서 투표 결과를 조작할 수도 있고, 특정 국가의 사람들이 국경을 넘도록 세뇌할 수도 있을 거고. 메타 월드에서 퍼진 독이 리얼 월드로 역류하는 겁니다."

사람들은 기도 한 번 올리지 않고 자신도 모르는 사이 역사상 한 번도 세워진 적 없는 종교의 신도가 될 것이다.

어쩌면 피터 팬이 진짜로 노린 것은 이 상황이 아니었을까.

고개를 홱 돌려 후크를 쳐다보니 그는 요나의 앞에서 무릎을 꿇고 있었다. 나는 한달음에 뛰어가 그의 멱살을 붙잡았다.

"정신 똑바로 차려요! 피터 팬을 막으려면 어떻게 해야 합니까?"

"요나를… 요나를 여기서 로그아웃시켜라. 여기에 있으면 안 돼. 위험하다고."

"절대 안 가, 아빠. 이게 다 무슨 일인지 설명을 듣기 전까진."

정작 요나는 고개를 가로저었다. 몇 분 전까진 살아 있다는 사실조차 알지 못했는데, 아빠가 눈앞에 있다. 죽어도 물러설 수 없다는 표정이었다.

이를 악문 후크가 자리에서 일어섰다.

"피터 팬이 달아나기 전에 그의 단검을 빼앗아야 해. 그게 이 현장의 모든 걸 컨트롤하는 프로토콜의 키야."

"그럼 저와 함께 가시죠. 당신의 속도라면 잠시나마 그를 붙잡을 수 있을지도…."

두우우우우우웅.

그때 세계수의 중심에서 새하얀 빛이 터져 나왔다. 한참 동안 눈앞이 제대로 보이지 않을 만큼 어마어마한 섬광이었다.

시야가 돌아왔을 때는 세계수가 온데간데없이 사라진 뒤였다.

후크가 탄식했다.

"숨어 버렸다. 관중들 중 한 명으로 위장했을 거다. 우리가 절대 찾아낼 수 없을 거라고 믿고 있을 테니까."

구미호의 얼굴 또한 낭패감으로 물들었다.

이미 2억 명의 관중들은 갑자기 난입한 정체불명의 아바타 때문에 경기가 지연되고 있다는 사실에 분통을 터트리고 있었다. 소수의 관중들은 이것조차 미리 준비된 깜짝 이벤트라고 믿고 있는지, 자신의 채널에 생중계하기 위해 카메라를 꺼내 들기도 했다.

이런 상황에서 피터 팬을 놓친다면 아무것도 얻지 못하게 된다.

나는 지푸라기를 잡는 심정으로 요나의 앞에 섰다.

바람과 함께 로그아웃

"요나 양. 당신 눈앞에 있는 아바타는 정말로 아빠가 맞습니다. 당연히 의심이 들겠지만 시간을 주신다면 반드시 증명할 수 있어요."

"… 이게 다 진짜라고요?"

허상으로 점철된 세계의 중심에서 이 소녀는 내게 묻고 있었다. 나는 질문에 답하는 대신 또 다른 질문을 던져 줬다.

"그날 왜 무대에 서지 않았는지 말해 줄래요? 나한테 말고 저기 있는 미련한 아빠한테."

후크가 꿔다 놓은 보릿자루처럼 서 있다가 나와 요나를 번갈아 쳐다보았다.

요나는 반듯한 눈빛으로 아빠를 바라보며 이렇게 말했다.

"애초에 가수 따위는 내 꿈이 아니었으니까. 내 노래는… 단 한 사람의 관객을 위해 만들어졌으니까요."

내 추측이 들어맞았다는 것을 확인한 순간이었다.

그렇다면 이제는 요나를 믿고 베팅을 해 보는 수밖에 없었다.

"팀장님."

"네에?"

"계속 부탁만 해서 미안한데 여기에 무대 하나만 만들어 줄 수 있어요? 마이크는 하나면 됩니다. 그 외에는 아무런 장치도 필요 없어요. 그냥 소리가 멀리까지 들릴 수 있으면 충분해요."

그 일을 벌이려면 얼마나 많은 무리수를 두어야 하는지, 자신이 감당해야 하는 절차들이 얼마나 복잡한지 설명할 수도 있었겠지만 구미호는 그러지 않았다.

대신에 내가 원하는 대로 작은 무대를 소환해 주었을 뿐이다.

"요나 양. 아빠를 다시 만나고 싶죠? 메타 월드가 아니라 진짜 세상에서 말입니다."

"네."

"그렇다면 간곡하게 부탁할게요. 그날 결선 무대에서 부르려고
했던 노래를… 지금 들려줄 수 있나요?"

역사상 가장 비싼 스포츠 이벤트가 뭐 어쨌다는 말인가.

'과거와의 포옹이라고?'

여기 내 눈앞에서 만난 두 명의 부녀보다 그 표현에 더 잘
어울리는 사람들이 있을까.

요나의 입술이 달싹이는 순간,

이제껏 그 누구도 듣지 못했던 노래가 시작되었다.

처음에는 관중들의 술렁임 때문에 노래가 제대로 들리지
않았다.

그 흔한 기타 반주도, 피아노 선율도 없었다.

오직 한 사람의 목소리가 마이크를 통해 증폭되어 메타 월드
전체에 울려 퍼지고 있을 뿐이었다.

"… 이거 요나의 목소리 아니야?"

"설마 요나가 돌아온 거라고?"

"조용히 해 봐! 노래가 안 들리잖아."

단 한 명의 관객을 위해 만들어진 노래였지만 정작 그 한 명의
관객은 입술을 굳게 다물고 서 있을 뿐이었다. 하지만 감동은
파도처럼 온 관중석에 밀려왔다.

그 순간 나는 소리가 차단된 세상에서 만드라고라를 캐던
애달픈 소년들을 떠올렸다. 이 노랫소리가 스타디움의 차가운
담벼락을 넘어 그들에게까지 닿을 수 있다면 얼마나 좋을까.

바람과 함께 로그아웃

구미호가 중얼거렸다.

"관중들의 색이… 변하고 있어?"

"다른 센서를 전부 끄고 오직 청각 센서만을 남긴 겁니다. 그렇게 하면 온전히 노래에 몰입할 수 있으니까요."

우리를 둘러싼 관중석 전체가 파란색으로 물들기 시작했다. 군데군데 찍혀 있던 파란 점은 이내 파란색 덩어리로 커져 갔다. 옆에 있는 다른 관중이 무엇을 시도하고 있는지 깨달은 사람들은 빠르게 그 행동을 따라 했다.

온 세상이 숨을 죽인 채 한 사람의 목소리에 귀를 기울이고 있었다.

요나의 노래는 아주 오래전에 딸을 품었던 어머니의 콧노래를 닮았다.

나는 방망이를 다시 주워 들고 말했다.

"팀장님. 아시다시피 저는 사막 잠수부였습니다. 사막에 뭐가 있는 줄 알아요?"

"뭐가 있는데요?"

"모래. 빌어먹을 모래밖에 없습니다. 눈길 가는 곳, 발길 닿는 곳 전부가 모래뿐인 세상이에요."

방망이를 단단하게 쥐었다.

기회는 단 한 번뿐일 것이다. 내가 뭘 하려고 하는지 상대가 눈치챈다면 생각을 바꿔 달아날 테니까.

"모래벌판에서 황금 한 조각을 찾아내는 짓을 계속해 왔습니다. 맨발이 불에 지져지는 듯한 고통을 감내하면서. 그게 누나를 향한 속죄라고 믿으면서."

"…."

"그런데요. 어쩌면 그 모든 고생이 바로 이 순간을 위해서였는지도 모르겠어요."

있는 힘껏 발을 구르자 스타디움에 또 하나의 크레이터가 생겼다. 심판과 선수들이 머리를 쥐어뜯는 것이 보였지만 나는 그들에 대한 관심을 금세 거두었다.

내게 비행 능력은 없다. 그러니 비상하고 있는 몇 초의 시간 내에 목표를 완수해야만 한다.

'어디 있냐.'

2억 명의 아바타들이 약속이나 한 듯이 파란색 불빛을 내며 흔들리고 있었다. 나는 간절한 마음을 담아 시각 센서를 증폭시켰다. 나중에 시신경에 어떤 후유증이 오든 상관없었다.

분명히 찾을 수 있을 거다. 밥 먹듯이 나는 이 짓을 해 왔다.

어느 순간 숨이 멎었다.

저 멀리 오직 한 개의 점만이 주변과는 다른 색채를 뿜어내고 있었다. 당연히 그건 이 사태를 지켜보고 있는 피터 팬이 내는 빛일 수밖에 없었다.

"잡았다."

지면에 착지하는 순간 나는 허리를 굽혀야만 했다. 다행이었다. 입가에 가득한 웃음을 숨길 수 있을 테니까.

나는 요나가 노래를 부르고 있는 무대 위에서 뛰어 내려가 후크의 옆을 지나쳐서 점프에 박차를 가했다. 메타 월드 역사상 가장 무례한 아바타가 관중석에 난입했다. 혼비백산 달아나는 아바타들 사이에서 낯익은 소년이 감전이라도 된 듯 나를 쳐다보고 있었다.

방망이를 휘둘러 그가 앉은 좌석을 박살 냈다. 쏜살같이 날아가 숨을 죽이고 있는 피터 팬의 멱살을 붙잡았다.

바람과 함께 로그아웃

"이 새끼. 숨을 수 있을 줄 알았어?"

언제나 여유만만했던 녀석의 일그러진 얼굴을 보니 대단한 쾌감이 밀려왔다.

"대체 어떻게?"

"이제 널 지켜 줄 수족은 단 한 명도 없다. 그 누구도 여기로 달려오고 있지 않잖아. 그러게 인망을 좀 얻어 뒀어야지. 안 그래?"

피터 팬의 단검을 덥석 붙잡아서 빼앗았다.

녀석의 얼굴은 그야말로 사색이 되었다. 나는 역수로 잡은 방망이를 피터 팬의 가슴에 있는 힘껏 찔러 넣었다.

"성불하듯 로그아웃해라."

황금색 전류가 녀석의 전신을 휘감고는 천공을 향해 솟구쳐 올랐다. 방망이의 소유자인 내 아바타마저 고열로 녹여 버릴 만큼 압도적인 출력이었다.

방망이가 만들어 낸 불덩이 속에서 나는 그 어느 때보다 강한 해방감을 느꼈다. 역시 벼락을 두려워하는 쪽보다 벼락을 때리는 쪽이 즐거운 법이다.

12

파도 소리가 아찔하게 귓가를 간지럽혔다.

나는 야자나무 한 그루가 심겨 있는 무인도의 백사장에 서 있었다. 이곳은 내 허락 없이는 누구도 들어올 수 없는 은밀한 성역이었다.

그런데도 구미호가 옆에 앉아 있는 이유는 하나. 주인인 내가 초대했기 때문이다.

"정말 후크가 캡슐에서 깨어났어요?"

"영양분은 충분하게 공급되고 있었으니까요. 대신에 관절과 근육이 많이 퇴화해서 재활하는 데에는 시간이 오래 걸릴 겁니다."

"태평양 한가운데의 무인도에서 5년을 홀로 살아남은 남자의 몸 상태라면 딱 적당한 것 같네요."

구미호는 여전히 납득하기 어렵다는 듯 한숨을 내쉬었다.

"너무 허황된 이야기예요. 입단속을 아무리 한다 한들 무인도 이야기는 믿지 않고 다른 소문을 퍼뜨리는 사람들이 더 많을 거예요."

"상관없겠죠. 그 엘비스라는 DJ가 했던 말을 떠올려 보세요.

바람과 함께 로그아웃

요나를 오래전부터 기다려 온 사람들이 그 부녀를 지키는 성벽이
되어 줄 거예요. 무엇보다 아빠가 딸과 한 식탁 앞에 앉을 수 있게 된
걸로 충분하지 않나요."

후크는 딸의 손을 잡고 로그아웃했다. 내가 생각한 바가 맞다면
그의 갈고리가 다시 메타 월드로 돌아올 일은 없을 것이다.

반면에 피터 팬은 결국 잡히지 않았다.

"본체가 추적당하게 되는 상황을 아주 오래전부터 대비했던 것
같아요. 현장을 덮쳤지만 거기엔 아무도 없었습니다. 대규모 인원을
벤투스 중독에 빠뜨린다는 계획이 끝내 이뤄지지 않았으니 혐의를
걸어 국제 수배를 내리는 것도 힘들고요."

어쩌면 피터 팬은 메타 월드로 돌아올지도 모르겠다. 요굴이
아닌 또 다른 조직을 만들어서 뭔가를 시도할지도. 내가 본 녀석은
아직 그림이 드러나지 않은 패를 뒤집는 재미에 중독돼 있는 자였다.

"고마웠습니다, 여러 가지로."

구미호가 내게 인사했다.

"피터 팬의 해킹 프로그램을 넘겨주는 대신에 제 지위를 유지해
달라고 당신이 본부에 부탁한 덕분에 아직 멀쩡히 일을 하고
있습니다."

"별말씀을."

나야말로 그녀에게 감사할 일투성이다.

"제가 피터 팬의 프로그램으로 또 다른 벤투스를 만들 수 있다는
생각은 해 보지 않으셨나요? 어째서 저를 믿은 거죠?"

나는 바다를 뒤로하고 언덕을 오르며 대꾸했다.

"우리는 모두 그날 그 노래를 들었잖아요. 세뇌 장치 없이도
오직 목소리만으로 사람들의 마음을 움직이는 소녀를 봤고. 당신은

가장 가까운 곳에서 그 광경을 보고 들은 사람이에요. 그렇다면 믿을
수 있다고 생각했습니다."

구미호가 말없이 서 있다가 싱긋 웃었다.

"행운을 빕니다. 오늘쯤에는 깨어날 거예요."

그녀가 로그아웃하자 무인도 위에는 나 혼자만이 남게 되었다.
야자나무 그늘에 양탄자를 깔고 누워 있는 한 여인을 제외하고.

한 사내가 영원히 로그아웃했으니 이제 한 여자가 영원히
로그인할 차례였다.

나는 조심스레 그녀를 불러 보았다.

"누나. 이제 그만 자고 일어나."

누나의 상반신은 완벽히 내가 기억하던 그때의 모습
그대로였다. 실제와 구분할 수 없는 픽셀의 조합. 하반신의 조합은
아직 완성되지 않아서 수많은 빛 무리가 햇빛을 받은 비늘처럼
색깔을 바꾸고 있었다.

동화 속 인어 공주처럼 보일 수밖에 없는 모습이었다.

나는 누나의 손등을 어루만져서 청각 센서를 조금 키웠다.
그제야 거품에서 벗어난 인어 공주처럼 누나의 입이 달싹였다.
지독하리만치 그리웠던 목소리가 그 안에서 흘러나왔다.

"안녕."

모음과 자음이 만나 이보다 완벽할 수 없다는 듯 어우러졌다.
세상 어느 곳에도 없는 바닷가에서,
동생은 파도처럼 울었고,
누나는 바다처럼 웃었다.

바람과 함께 로그아웃

작가의 말

멀티 레이어
이경희

원고를 쓰는 내내 절망하지 않기 위해 노력해야 했다. 기후
위기에 대해 자료를 조사하고 또 조사할수록 더는 내가 할 수 있는
일이 없으며, 세상은 착실히 망해 가고 있고, 뭘 어쩌다 이렇게까지
망쳐 버린 거냐며 추궁하는 다음 세대 아이들에게 두들겨 맞는
정도가 그나마 남은 선택지라는 망상에 빠져들곤 했다. 하지만
착각이다. 아직 할 수 있는 일들이 많다. 더 힘껏 목소리를 내야 한다.
이 소설은 우리가 시도할 수 있는 수많은 투쟁의 방식 중에서도 가장
사소한 발버둥일 것이다. 잘하자. 나중에 두들겨 맞기 싫다면.

　메타버스를 소재로 한 편의 소설을 완성하고서도 여전히 나는
메타버스가 무엇인지 잘 모르겠다. 하지만 한 가지는 안다. 당신이
누구든, 어느 우주에 있든, 사람 사는 곳은 어차피 거기서 거기라는
것. 자료 수집을 위해 몇 달간 온라인 게임에 접속해 생활하며
느낀 점이 있다. 그 어떤 온라인의 가면과 레이어의 층위도 인간의
뾰족한 악의를 막아 내기엔 역부족이라는 것. 또한 선의가 그 공간을
가득 채우는 기적과도 같은 순간들이 존재한다는 것. 그러니 부디

상냥하시길. 나중에 똑같이 찔리고 싶지 않다면.

부디 100년 뒤의 누군가가 이 소설을 비웃으며, 그 시절 사람들 참 겁도 많았네 깔깔 조롱하게 되기를.

구여친 연대
전삼혜

임태운 작가님, 이경희 작가님과 같이 프로젝트를 하게 된다는 얘기를 처음 들었을 때의 얼떨떨함이 아직도 기억납니다. 네? 제가요? 이분들과요? 음. 두 분은 제가 쓰고 싶어 하는 '센' 글을 아주 잘 쓰시는 분들이니까요. 자신의 이상향과 일하는 것이 얼마나 기쁘고⋯ 피 말리는 일인지 아시는 분은 아시리라 믿습니다. 물론 원고를 쓰는 과정에선 서로 독립적 작업을 했지만요.

그래서 생각했어요. 내 장래 희망인 강한 글은 두 분이 아주 잘 써 주실 테니까, 나는 내가 잘하는 걸 하자. '구여친 연대'의 존재 자체는 실화이고, 소설 내용은 허구입니다. 하지만 누군가를 좋아했던/누군가와 사귀었던 사람들이 서로 얽히는 일은 흔하지 않을까요? 왜, '취향이 소나무'라고들 하잖아요. 서로 닮은 사람끼리 얽힐 수도 있죠.

거기에 더해 아마도 제 인생 최초의 유사 메타버스일 싸이월드가 부활하시어 소재를 던져 주고 가셨습니다. 실제를 기반으로 한 허구는 이렇게 세상에 나왔습니다.

당신의 추억이 당신에게 기쁜 여행이었길 빌어요.

바람과 함께 로그아웃
임태운

안전가옥으로부터 메타버스 앤솔로지에 대한 제안을
받았을 때 두 가지의 소재가 뇌리를 스쳤습니다. 첫 번째는 제가
여태껏 잘 다뤄 온 영역이었고 두 번째는 단 한 번도 써 본 적 없는
새로운 영역이었죠. 첫 번째 회의에서 저를 제외한 모두가 두
번째 소재에 눈을 빛냈던 것이 기억납니다. 그렇게 〈바람과 함께
로그아웃〉이라는 중편소설이 탄생하게 되었습니다.

소설의 주인공인 도깨비는 메타버스 세계에서 범죄를 저지르는
조직에 언더커버 요원으로 잠입하게 됩니다. 다양한 느와르물로
변주되어 온 소재지만 메타버스와 엮는다면 새로운 결을 빚어낼 수
있지 않을까 생각했습니다. 한 발만 잘못 내디뎌도 정체가 탄로 날지
모른다는 스릴뿐 아니라 섞이지 못하는 두 세계의 충돌, 그 사이에서
번민하는 인물들을 그려 보고 싶었습니다.

메타버스 전성시대가 실제로 온다면 우리는 로그인을 할
때마다 흥분된 마음으로 아바타에 올라탈 겁니다. 누구도 당신의

작가의 말

진짜 모습을 알지 못할 것이고, 현실에서 내린 선택과 굴곡이
쌓여 있는 인생 자체를 숨길 수도 있을 겁니다. 반면 로그아웃을
할 때에는 그런 아바타를 내려놓아야 하는 순간에 직면하겠지요.
작품 도중에 도깨비가 마주하게 되는 선택의 순간이 언젠가 반드시
우리에게도 찾아올 겁니다. 독자 여러분들이 이 이야기를 통해 미리
그 순간을 체험할 수 있다면 저는 아주 흡족할 테지요. 〈바람과 함께
로그아웃〉을 완성하면서 저는 제 세계를 한 꺼풀 벗겨 내는 수확을
거두었는데 그 열매를 독자 여러분과 함께 나눌 수 있기를 바랄
뿐입니다.

　이야기의 설계부터 함께해 준 안전가옥 팀과 용기를 북돋워
준 CJ ENM 팀께 감사드립니다. 그리고 이 까다로운 여정을 망설임
없이 함께해 준 이경희, 전삼혜 작가님께도 고개를 숙이고 싶습니다.
아마 저 혼자였다면 이렇게 과감한 도전에 선뜻 몸을 던질 순
없었을 거라 확신합니다. 작가 생활을 하면서 다양한 앤솔로지에
참여했지만 유독 이번 책은 잊지 못할 한 권이 될 거라고 생각해요.
조만간 만나서 따뜻한 우동에 소주 한잔 함께 했으면 좋겠습니다.

프로듀서의 말

CJ ENM과 안전가옥이 공동 기획을 한 이번 앤솔로지《가까운 세계와 먼 우리》는 '메타버스'를 키워드로 한 작품집입니다. 기획을 준비하면서 한 기사를 접했는데요. 키오스크를 잘 사용하지 못하는 고령층에 대한 기사였습니다. 현대사회에서는 키오스크뿐만 아니라 휴대폰의 애플리케이션을 잘 사용하지 못하면, 식당이나 영화 예약을 못 하는 등 꽤 많은 기회를 빼앗깁니다. '도시'는 기술혁신의 장이고, 사람들은 제각각의 속도로 그 뒤를 쫓고 있죠.

여전히 메타버스의 의미는 모호하고 이전부터 존재했던 개념을 새삼스레 꺼내 들었다는 비판의 여론도 있습니다만, 이런 단어가 좀 더 구체화되고 현대 기술을 통해 형상화되면 인류는 더 빠른 속도로, 지금과는 점차 다른 미래를 맞이하게 될 것입니다. 그런 미래 세상에서 인간은 어떻게 살아가게 될까요. 이것은 아무리 이야기해도 질리지 않는 주제인 듯합니다.

미래의 인간 생활에 대한 궁금증에서 파생된 이번 기획을 통해 한국 SF 장르를 멋지게 이끌어 가시는 세 작가님들이 모였습니다. 이경희, 전삼혜, 임태운 작가님께서 파격적이면서도 꽤나 평범한 이 키워드와 관련해 각자가 품고 계셨던 이야기들을 써 주셨죠. 키워드 외에 맞춘 것은 따로 없었지만, 이야기를 모으고 나니 메타버스가 현실화된 미래에 있을 법한 일들을 하나의 마음으로 전하는 작품 모음집이 되었습니다.

이경희 작가님의 〈멀티 레이어〉와 임태운 작가님의 〈바람과 함께 로그아웃〉은 가상현실인 '세컨드 서울'과 '메타 월드'에서 살아가는 인물들을 그렸고, 전삼혜 작가님의 〈구여친 연대〉는 NFT라는 소재를 이용해 가상 갤러리에서 나도 모르게 전시되고 있는 내 신체 일부를 되찾고자 하는 인물들을 그렸습니다.

이들이 맞닥뜨리는 사건처럼, 기술이 발전함에 따라 인류에게
일어나는 일은 이전과는 비교할 수 없을 정도로 기상천외해질
것입니다. 다만 그런 힘든 일들을 이겨 낼 수 있는 방법은, 항상
하나였습니다. 선사시대에도 그러했고 온갖 기술이 만연한
현대에도 마찬가지입니다. 이 앤솔로지를 읽으신 여러분들이라면
지금쯤 그 답을 찾으셨겠지요.

얼마 전에는 은행에서 이런 대화도 들었습니다. 대기석에
앉아 제 차례를 기다리는데, 옆자리 아주머니들께서 키오스크를
언급하시면서 "기술이 너무 발전해도 안 좋아."라는 이야기를
나누고 계셨죠. 저는 특히 이 앤솔로지가 그런 분들에게 닿기를
바랍니다. 미래 사회의 기술이 어떤 식으로 발전하든, 그로 인해
어떤 기상천외한 사고가 생기든, 인간으로서 의연하게 난관을
뛰어넘는 데에 좋은 길잡이 역할을 할 수 있는 의미 있는 작품들로
여러분들에게 다가가기를 바랍니다.

여러분들이 변화한 세상 역시 사랑하며 살아갈 수 있도록.

안전가옥 스토리 PD
임미나 드림

가까운 세계와 먼 우리

기획   안전가옥
콘텐츠 총괄   이지향
프로듀서   임미나
            고혜원, 김보희, 신지민, 윤성훈
            이은진, 조우리, 황찬주
공동기획   (주)씨제이이엔엠 IP소싱팀 이유진, 공준
            강나연, 신유경, 장지아, 박슬기, 주현아
            이수지, 양지혜
퍼블리싱   박혜신, 임수빈
편집   이혜정
디자인   금종각
경영전략   나현호
서비스 디자인   김보영
비즈니스   이기훈
경영지원   홍연화

펴낸이   김홍익
펴낸곳   안전가옥
출판등록   제2018-000005호
주소   04779 서울특별시 성동구 뚝섬로1나길 5
        헤이그라운드 성수 시작점 201호
대표전화   (02) 461-0601
전자우편   marketing@safehouse.kr
홈페이지   safehouse.kr

ISBN   979-11-91193-77-0 03810
초판 1쇄   2022년 12월 29일 발행